“海岸线”美文典藏

笔底烟云

陈章汉 著

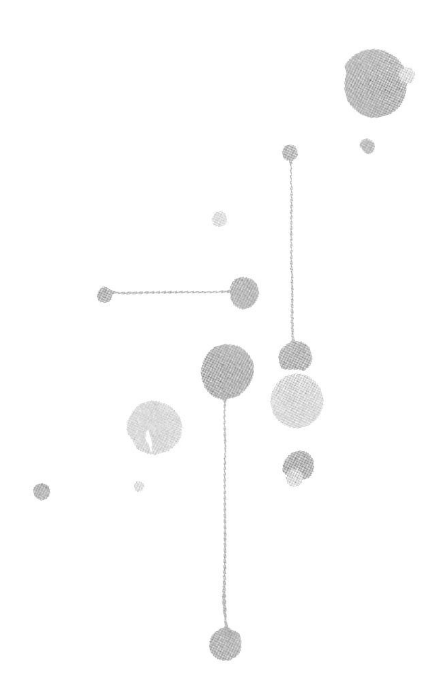

海峡出版发行集团
海峡文艺出版社

图书在版编目(CIP)数据

笔底烟云/陈章汉著. —福州:海峡文艺出版社,2023.7
("海岸线"美文典藏)
ISBN 978-7-5550-3379-0

Ⅰ.①笔… Ⅱ.①陈… Ⅲ.①散文集—中国—当代 Ⅳ.①I267

中国国家版本馆 CIP 数据核字(2023)第 138808 号

笔底烟云

陈章汉 著

出 版 人 林 滨
责任编辑 陈 婧
出版发行 海峡文艺出版社
经　　销 福建新华发行(集团)有限责任公司
社　　址 福州市东水路 76 号 14 层
发 行 部 0591—87536797
印　　刷 福州力人彩印有限公司
厂　　址 福州市晋安区新店镇健康村西庄 580 号 9 栋
开　　本 720 毫米×1010 毫米 1/16
字　　数 242 千字
印　　张 19.25
版　　次 2023 年 7 月第 1 版
印　　次 2023 年 7 月第 1 次印刷
书　　号 ISBN 978-7-5550-3379-0
定　　价 68.00 元

如发现印装质量问题,请寄承印厂调换

序

孙绍振

陈章汉出生于厦门同安，乳名“安生”。他身上的那份“偷安不苟且”的自信自得劲头，让多少人羡慕。他总会在逆境中弄出些声响，把自己整傻，把对手搞软，把旁人逗乐，再把故事做旧。

书香门第，父母“黑九类”，自己“老三届”。生不逢时，世态乱码，他能黄梅树下弹琴。在福莆分水岭一侧的岱麓老家修地球，他会编出“小扁担，三尺三，一头挑海，一头挑山”之类的打油诗，自我陶醉。还凭鸡鸣狗叫的拟声绝活，与当地农民哥们称兄道弟。章汉谐趣，谑称家里的那位“小芳”为“田中首相”，可把中文系老主任俞教授笑翻，专门写了个书评《打赤脚上路》。他常自称“农民后”，与“博士后”齐名。三十岁捱上“范进中举”，连翻三个跟头进长安山校园，绝望时曾许过一愿而竟然兑现。他与方彦富、汪毅夫、戴冠青、哈雷等同窗结伙，居然把“文革”中停办的系学生刊物《闽江》恢复起来，他任主编，请我当顾问。复办早期还是山寨版手工刻印，他曾怯怯地问我对刊物印象如何，我幽他一默：“蜡版刻得不错。”他竟为此得意很久。后来才知他的平生第一双皮鞋是猪皮鞋，还是凭刻蜡版印春联勤工俭学挣来的。走出校门后首选之路便是职业编辑，先后创办了《青年博览》《家园》《闽都文化》《耕读》等刊物；并且歪打正着，担任起福州市书法家协会主席，至今还是。

这位弟子“打赤脚上路”，练成一副铁脚板，哪都敢闯。他曾有句歌词写得深刻："有时候，人探着路走；有时候，路领着人走。穿越了山重水复，领略了柳暗花明，才晓得命运握在了自己的手……"他因此乐观，也因此忙碌。他曾在省版协的专业刊物上开了个名曰《红蓝墨水》的专栏，倡导编辑"为他人作嫁衣"，自己也要"做一两件穿穿"。即"操红水笔，改别人的文章；握蓝水笔，写自己的文章"。知行统一，他自个儿先就陀螺般疯转起来。眼看着一本又一本地出书，体裁都不一样：散文集、特写集、随笔集、美学专著、小报告文学集、长篇报告文学、长篇儿童文学，还有书法、辞赋之类的结集，按其兄章武的说法是"打一枪换一个地方"。

就是"为亲者讳"的章武都不得不承认，其弟勇于"打通关"，"做什么像什么"，不造次。退闲后也知减法，来个"一甲子，两把笔"：小笔写文章，大笔写书法。文章越写越短，短到赋文楹联；书法越写越大，大到辞赋全文摩刻。"闽都九赋"自不必说，连《福建师大百年赋》《武夷绿色丰碑赋》也都出自其手笔。"七八级"弟子中能"双管齐下""左右开弓"的，有章汉和以撒。一辞赋一散文，贯古以通今，无独而有偶。

央视曾经开过我的《幽默五十法》栏目。没承想十年前弟子们为我过七十寿辰，章汉逮住主持之便，调皮得差点让我下不了台。独乐乐，众乐乐，不亦快哉。前些年他竟又玩转网络文学，开起《九赋轩延客录》的博客专栏，欲把立根、炳根、健民、哈雷、兆云诸学兄文友好生"开涮"一遍。有天章汉问我："孙老师再挺弟子一把嘛，先把您老人家请出来晒一晒如何？稿子出来您给把关一下行不？"我知道这厮是冲着"打七寸"来的，师生也该讲肝胆不是？第一时间我即给他个定心丸："涮就涮吧，谁怕谁？稿子不用看！"一句给力的默契话，让他又忙乎好长一阵，都快够出个涮涮专集了呢。

如今章汉也奔七了，琢磨着如何"从心所欲"而"不逾矩"。上次全国作代会期间我怂恿他几句，他回来后凭那份文化自信与激情，当真就在三坊七巷办起个半公益的“耕读书院”。其文化理想是“承启斯文”，旨在守望传统，聚焦前沿，深耕文化，导读大千。我和谢冕学长、立根师弟应邀担任名誉院长。去年耕读文化周，章汉山长把我等带到他老家的湄洲岛上，神秘兮兮地说是去领略一座“妈祖书库”。一去才知是鹅尾山一堆风化得酷似一摞摞书籍的海蚀礁群。这个青色幽默开得玄乎，我气喘吁吁却暗叹不虚此行：天演地择，各有所自。泰山石敢当，“书”也敢当，都化石了呢！

是为序。

目录

檐下岁月

窗外世界

笔底烟云

赋里乾坤

附　录

檐下岁月

跳跳鱼钻豆腐

惦着祖母临终前的再三嘱托，今年暑假，我来到了兴化湾畔的第二故乡——珊屿。

小时候我跟随父母来这个小小半岛上生活，奶奶几乎天天带我到海边来玩。这里的海边有点特别，村落尽处，蹲一座小庙，庙旁站几株老榕树，树根像章鱼似的紧抓住海滩，滩上却没有松软的流沙，也不见迷人的彩贝，只是一片灰褐色的海涂。

不起眼的海涂原也是一方海之精灵的极乐世界。潮水一退，这里可热闹了：海蟳在脚印窟里探头探脑，红脚蟹在海草缝中张牙舞爪，文静的螺子们贪婪地舐着海浪刚吻过的礁石，瘦巴巴的土夹虾则在曲曲弯弯的水路中弹来弹去；而最逗人喜欢的，要算翕动着两鳃的跳跳鱼了。

跳跳鱼差不多有拇指大小，灰溜溜的，不算漂亮，却也灵巧得逗人。在小鱼类中，跳跳鱼最具两栖本领。它们居住在海涂的一眼眼小洞中，潮水一退，便纷纷爬出洞来，四下里追逐嬉戏。遇上南风天气，它们都横七竖八地躺在土面上纳凉吃露，懒洋洋、醉酣酣的，可爱极了。

实在憋不住这眼馋，我就拽着奶奶的衣角嚷嚷：“跳跳鱼都睡着啦，咱下去逮几条玩玩不好吗?”奶奶破例允许：“爬着过去，嗯，悄悄地，然后……”我喜滋滋地向跳跳鱼撒野的地方匍匐而去。身后，跟来奶奶“像，像”的喃喃声，我惊讶地回头一顾，但见奶奶痴痴地盯着我的背影笑——奶奶怎么了?

坏透了那跳跳鱼！好不容易挨近它们，我来个山蛙扎水的动作猛扑过去，不想四肢还未着地，这些小东西呼啦啦全不见了。我沾了满身泥水狼狈地哭回岸边，捶着奶奶的膝盖骂她骗了我。“像，真像!”奶奶扁扁嘴笑着，带我到小庙旁的淡水洼里洗个澡，然后把裤子往榕树上一晾，又坐回到原来那块青石上，搂着我赤裸的身子，痴痴地看兴化湾潮涨。

——奶奶怎么了？老说我“像”，像谁呢？我不敢问。因为我发现奶奶每次喃喃起来的时候，深深的眼窝里总颤着泪花……

我朝着奶奶凝睇的方向望去，哦！来了，海风牵着潮水来了。海浪追着海鸥来了：哗——哗——

“华儿——华儿……”是奶奶凄切的沉吟！

“奶奶你……你在唤谁呀?”

奶奶浑身一颤，忙捂住我的嘴巴。哦，两滴冰凉的泪水滴落在我的背上，我噤住了。

听妈妈后来偷偷告诉我：我有个叔叔叫“文华”，我出生的前三年，他东渡台湾，在一所小学里教书。蒋介石退踞台湾岛后，叔叔就与家里失去了联系，至今杳无音讯。

——叔叔小时候也在兴化湾玩海吗？这片海涂上也曾写遍他歪歪扭扭的脚印吗？他也被调皮的跳跳鱼骗去了童年吗？……

自我朦胧地懂得这些事以后，我乖多了。奶奶叫爬我就爬，叫滚我就滚，只是，我不敢回头看奶奶的眼睛。

第二年暮春的一个早晨。海水正在退潮。奶奶忽然问我：“安生，喜欢吃跳跳鱼吗?”“小狗才不喜欢呢！可我老逮不到跳跳鱼，真没意思……奶奶，你逮得着吗?”奶奶浅浅一笑，竟挽起裤管，牵着我，追着潮水的脚步下了海涂。

我奇怪奶奶怎么也会讨小海，而且居然是那样子逮跳跳鱼的：她相准了跳跳鱼的洞，就在洞口差不多一步远的地方挖个拳头大的新洞，又掏出洞底稍硬的海土，一掰两半，一半搓成个烙饼模样的盖子，平平地盖住新打的洞口，然后在盖子正中用指头戳一个眼；另一半往小腿上一扣，又一推，揭下来卷成个两三寸高的圆筒，轻轻地罩住跳跳鱼的小洞。我学着歪歪扭扭地做了几个后，她便拉我回岸稍等。我疑心奶奶又在哄我，眨巴着眼正想发问。只听奶奶“嘘”了一声指着海涂说：“你看，鬼精灵憋不住，从圆筒里跳出来兜风了。快去快去——声音弄响一点！”

我“扑哧、扑哧”一路奔去，果见跳跳鱼一片慌乱，想逃回自己的洞，洞口却扣着圆筒一时认不出来，于是有洞便钻，钻进刚才设下的“机关”里去了。我掀掉新洞的圆盖往里一掏，哈！果然捞到一条。再掏一个洞，又是一条！我乐坏了，捏住鱼鳃高高举在头上，朝岸边喊奶奶看。奶奶摆着手连声说：“要活的！要活的！”我手一松，鬼精灵竟从指缝里溜走了。我急中生智，脱下背心，下摆处一结，做成个小提兜，把跳跳鱼一条条装了进去。

回到岸边，我劈头便问：“干吗要抓活的？”

“活着才能钻豆腐呀！”

“干吗叫跳跳鱼钻豆腐呢？”

奶奶扁扁嘴却不搭腔，接过一直在动的鱼袋子，磕磕碰碰地往家里颠去——奶奶又怎么了？

我踮着脚站在灶台边看奶奶忙乎。只见她往锅里舀了些清冽的井水，又放进几块又厚又嫩的生豆腐，然后把洗干净的跳跳鱼一条条放进锅里。跳跳鱼把头举出水面，悠闲地游来游去，一点儿也没有钻豆腐的意思。怪了。

奶奶端坐在灶下，不紧不慢地烧起火来。锅里的水渐渐热了起来，跳跳鱼开始慌了，有的竟耐不住乱蹦乱跳，把水溅了我一脸。奶奶忙叫我把锅盖扣上。我听见锅里噼里啪啦一阵骚动，鱼头撞着锅盖“哭哭”直响。不一会儿，便渐渐静了下来。白汽出来了。香味出来了。奶奶收住火，起身把锅盖一掀，我愣了：

“豆腐又不是海涂，跳跳鱼干吗要钻进去呢？”

“豆腐厚，热得慢，它们想钻进去避难呢，可是……”奶奶讷讷些什么我没听清楚，只咽着涎水想吃。可奶奶自顾捞起豆腐，整齐地叠放在海碗里，用竹篮提着，径向海边颠去。

我满脸沮丧地尾随着奶奶，来到海边的老榕树下。但见奶奶小心翼翼地端出海碗，虔诚地摆在她天天坐的那块青石上；又从篮子里取出一双红漆筷子，想插在豆腐上，却又紧紧捏在手中，抖抖地，像要亲手递给谁的样子。我竟忽地知趣起来，远远地站着，不敢去接那筷子，也不敢细听奶奶喃喃些什么了。

“华儿——华儿……”

我怔忡着别过脸去，啊！来了，海风牵着潮水来了，海浪追着海鸥来了：哗——哗——

“安生，肯答应奶奶一件事吗？”奶奶唤我到她身旁，嗫嚅了许久才说出声来：“长大以后，不管你在哪里，每年这个时候，都要回到这里，逮几条跳跳鱼，也像奶奶这样煮好，这样供着，你可知道，这‘跳跳鱼钻豆腐’，你叔叔……嗯，你文华叔叔小时候最……最喜欢吃……”

“哗——”什么时候，海浪悄悄来到我们眼前，把奶奶手中抖落的两根筷子轻轻衔了去。我想趋身去拾，奶奶止住了我，一任红筷子随着大海的信使，去寻找兴化湾外离家的游子……

几年以后，我们搬回岱岭山麓的老家定居。我上了大学，渐渐与海疏远了。但奶奶的嘱托我一直没有忘记。我嫌讨海麻烦，要跳跳鱼就上市场买去。奶奶虽然老了，可眼睛挺尖的，看我弄的“跳跳鱼钻豆腐”，一眼就断出那跳跳鱼不是现抓现煮的，便要讷讷着嗔我一顿。

去年这个时候，奶奶病危在床，我从省城赶回老家探望。老人家一听见我来到床前，颤巍巍地比着手要我撩起裤管。见我五个脚趾紧紧拢在一起，小腿上长出了密密的长毛，她竟一扁嘴哽咽起来，说我忘了玩海，忘了跳跳鱼，忘了救治奶奶三十几年来遮遮掩掩的那块心病。

我贴着奶奶的耳朵连连说没忘，并告诉她，叶剑英委员长发表讲话了，台湾会回来的，叔叔会找到的……“那就好，那就好！”老人家眼睛亮了起来，一把抓住我的手说，“你叔叔真能回来，记住第一件要紧事，是请他吃‘跳跳鱼钻豆腐’……哦，你们吃的时候，可别忘了，在灶台上，多搁一双……红漆……筷子……”我搂住奶奶失声痛哭起来，她却安详地笑了。临终，她忽地记起什么似的睁开眼帘，直直地盯住我的眼睛说：“安……你叔叔还没回来以前，你仍别忘记：一年一度，代奶奶到珊屿海边，看兴化湾……潮……涨……”

久久地，我坐在海边奶奶常坐的那块青石上，凝望着兴化湾外那条沉沉的海平线——啊！来了，海风牵着潮水来了，海浪追着海鸥来了：哗——哗——……

喔，我听出来了，这是老奶奶九泉之下的声声呼唤，在大海的每一页浪谷里撞回来的远远的回音：华儿——华儿——

如烟三题

山例·海例

曾经在海里蹚踏。

脚丫嫩嫩的，被藏在海涂中的螺锥或蚝壳划出道口子，拔出来，那殷殷的血痕留在灰褐色的脚印帮里，如凶杀案的线索。

自己找的苦受，无怨。

奇在竟不知痛。继续蹚踏不出几步，便自动止血。创口不论多长多深，在咸渍渍的温润海泥的裹抱中，很快就愈合，不用消毒、敷药。

孩时以此为奇观。如是亲历三回，遂信乎海之爱人，如口之含舌——舌头倘破了，三缄其口便自动见好，无须包扎。

人说残忍莫如往伤口里撒把盐，海里则例外。虽然，盐巴多出于海。

后来在山里蹚踏。

脚丫已经不嫩了，皮肉之伤却没少见。血照样殷红。山里人见怜，有抓把土粉堵我伤口的，有撮把烟丝为我止血的。说这是“山例”。我却背过身去，自个儿把尿尿洒在伤口上……

呵！那咸渍渍的温润的感觉，有如海泥的吮舐。尿有多长，海的抚存的记忆便追回多长！

我说这是“海例”，山里人倒也信了。这使我感动。

我是陪父亲坐罪才离开海的。

他的同胞在海的另一头。他偏偏又爱看潮涨潮落。于是被缴去教鞭，打发回老家执羊鞭去。白羊黑羊准有好几十头，漫山野里颠。那是他的迁爱，他的生命的寄托。日头贴山，羊群回栏，津津有味地清点起羊儿，这种时刻，便是他的节日他的圣典。但见他半伸着两个指头，眯着眼成双成对地数过去，数一下头点一下，遮颜的破笠也抖一下。他似乎宠辱皆忘了。

有次，我不经意说了句："你好逗，像班主任给学生点名……"不知怎的，父亲的嘴唇颤了一下，眼泪就下来了。我不知发生了什么事，以为是丢了小羊。却不见他急，只是不语，只是呆望这满眼白的黑的，久久不去。

我吓了，自此不敢再看父亲给羊儿点名……

倒真的丢过一只小羊。可那是公社的财产！

父亲的脸倏地煞白了，磕磕绊绊颠回山去，长一声短一声地学着母羊叫，带着喑哑的哭腔。

在一个石隙里找到摔伤的小羊羔，膝盖上淌着血。父亲一把抱起它，手都颤抖。

我就地抓起一把土粉想给羊羔止血，父亲忽地伸手一扒拉，扯下我的裤衩，急声说："海例！"我打了一个寒噤，一时竟尿不出。及至我约略读懂父亲的眼神，嗬，那咸渍渍的温温的"一壶子"撒拉拉全出来了！

羊儿轻轻地叫了起来。父亲也欣欣然地笑了起来。我从不曾留意父亲竟有如此灿烂的笑。

等到我发现父亲的脚踝上也渗出血，我已经没尿了。我急得直想哭，一路上再三叮嘱自己：明儿得多灌些水——加盐的水……

海在，盐毕竟还便宜。

龙眼·人眼

“处暑，鼠鼠。”——这土话真有趣，说的是每年处暑那天龙眼开始成熟，馋嘴的野小子们可以像小松鼠那样，偷偷拧下一两颗来尝尝了。

父亲放羊的山上没龙眼。就是有，他也不会捎带半颗给我。他是回乡接受“改造”的，瓜田李下，从来规矩。母亲还在山外的渔村教书，海里没长龙眼，这我也是知道的。

这就注定我必须当“鼠鼠”，自食其力。我却不敢。那可是“公社的果实”！

一天，放学回来路经龙眼树下，贫下中农小同学当“鼠鼠”时掉下两颗，我馋眼一亮躬身便捡。不待剥开壳，忽听一个敲钵头般的声音从天上地下传来：“你吃你吃，把你眼窝里的两粒留下来赔！”

原来“鼠鼠”也要拣人做，我这才知道。

一肚子委屈中竟生出个坏念头：要是忽然来场台风多好，把树上的龙眼果全摇下来，看你们还在乎我尝两个鲜！

老家厨房后面就站着棵大龙眼树。不知是先有树还是先有屋，反正都很老了。看那树干弯的，看那树冠垂的，这把年纪了竟还结出几串黄灿灿的果子，就在小天窗上晃呀晃的，诱人又恼人。

不敢看天窗，多看几眼要起歹心的。

我就没话找话，与灶下的老祖母穷开心：“知道哪个地方最热吗？——茅坑房！为啥？谁进去了都急急扒拉下裤子呗。”老祖母横了我一眼回了一句：“知道哪个地方最冷吗？——灶膛口。谁凑过来烤火总要搓搓手说：‘好冻好冻！’”

于是嘻嘻哈哈笑成一堆，暂且忘却天窗外那一串串无望的希望……

某天傍晚，听得屋后闹嚷嚷，杂有靠竹梯上树的声响，猜想是社员们摘龙眼来了，心头不由得一紧。正好老祖母在灶台前淘米下锅，我就势躲到灶下，帮她生火。

“慢着，屋上有人，别把人家熏着。”老祖母止住我。她总这样善良，对谁都一样。

对着死寂的灶膛愣神许久，屋后屋顶的动静渐杳，我便开始引火煮饭。恰在这当儿，一股裹挟着囱灰的气流，蓦地从长长的烟囱里压下来，紧接着，“噗噜噜”的似有什么实物掉进灶膛。我的眼睛被溅起的草灰蒙住，一时睁不开，边骂娘边伸手往灶膛里摸——

天！你知道我摸到什么了吗？奶奶，你猜你猜，你猜也猜不着呀！我的眼泪，从来没有这么轻易地，就流下来啦……

别去猜那好心人是谁，别猜。我尽可以想象是村里的任何一个人，在偷偷向着护着我们呢！

一阵激动过后，便是加倍的惶恐。

见我从灶膛里掏出两大串龙眼，老祖母惊愕中的第一个反应是：吹灯，关门，上闩。

是的，天上掉下来的口福，不吃白不吃。可这会儿已浑不知龙眼为何味了。只觉得是在销赃，贼似的，手足无措。

皮儿扔进火里，核儿扔进火里，枝儿扔进火里……处理了“作案现场”，心稍稍放宽。忽听得火堆里“噼噼啪啪”骤响，又叫我惊煞。

老祖母仿佛这才回过神来，赶紧取水往灶膛里泼，讷讷地嗔道：“怎么老长不大，不知道龙眼核遇火要放鞭炮吗？”

我哪晓得这些呢？我没有“前科”呀！

从此恨龙眼核，它会“报警”。

屋里忽然静了下来，静得叫人心慌。细心的老祖母似乎记起什么，从墙角拿来个畚斗，把灶膛里半焦不焦的龙眼核兜底儿掏出来，趁着朦胧夜色，蹑手蹑脚转移到小院墙边的桂花树下，悄悄挖个坑葬了它。

这下好了，再没有作案线索好让人抓的了。

奇的是，第二年春上，桂花树下竟长出一株龙眼树苗，那嫩叶儿的边上，还带点焦色呢。

呵，活的线索，让我见了不知是悲是喜的活的线索呵！

真枪·假枪

小学都快毕业了，我还会尿床。我羞煞恼煞，心想自己怕是长不大了。

出于同样的原因，我那会儿仍喜欢玩木头枪，也就不足为怪了。

没有人给我买这种玩意儿。小伙伴们也从不肯借我过过瘾，反倒理所当然地拿我当靶子，还非要我做出中弹倒地的熊样。我不依，他们就起哄：“陈脏汉，小坏蛋，蛋蛋蛋！”

我只好自己动手做。儿时在海边常跟修船的渔民和造鸡公车的师傅们泡，多少懂点刀凿功夫。我避开大的小的所有眼睛，躲在柴草间里好歹削制出一把龙眼木二十响带穗驳壳枪。又跑到镇上的寿材店里乞了一蛤蜊壳黑漆，把枪胚油了个贼亮，然后搁到估计谁也够不着的地方晾着……

我的心里从此有了秘密。我觉得自己好像忽然长大了许多，也壮胆了许多。

某日，家里涌进一拨大人，脸上肌肉缺乏弹性，眼睛倒还活，四下里搜寻着什么。有一个还操起我常用的那把小铁锤，这里地板敲敲，那里壁上捣捣，有“噗噗噗”的声音，便撬开来看看有没有暗洞或夹层。他们显然在找一样要紧的东西。

什么也没找着，便把父亲和祖母带到大队部，“背靠背”交代同一个问题：家里藏有武器！

大人们不知祸从何来，莫名其妙地白添了一茬罪。及至放回家后的一天，偶见我神秘兮兮地玩着那把木头手枪，父亲像找到了孽障，气不打一处来，一巴掌重重地掴在我脸上。我这才悟到：怕是我的“以假乱真”害了他们！

我后悔至极，一转身将“二十响”狠狠地塞进灶膛。父亲却止住我，说：“你明着做也许就不会有事，偷偷摸摸搬弄，难怪人家把草绳当蛇……”

我愕然。原来小孩子是不该有秘密的。

显然是一场大误会。

可是怎么好挑明这是“误会”呢？有模有样的大队干部怎么可能有“误会”呢？

父亲沉吟了许久，还是把刚抢救出火的“误会的证据”，重又投进了灶膛。为了成全那些捕风捉影的干家，父亲宁愿自己受屈沉冤了。他总这样。

灶火的明灭中，我看见的是一张扭曲的脸，一张逆来顺受、息事宁人的宽厚而可怜的脸……

若干年后，父亲复出任职，继而光荣退休，重归故里。恰好在这时候，为我家一段劫难作证的老屋支撑不住，得推倒重建。我也恰好长成大汉子一条，且对清理废墟的事颇感兴趣。

主动上门帮忙的村民空前地多。其中也有当年这里敲敲那里捣捣寻找“罪证”的人，这会儿显得格外地卖劲：收破瓦、拔烟囱、拆夹墙、扳壁柱、推残垣……大汗淋漓，目不斜视。他们似乎在捐弃什么或在弥补什么，这令我感动。

我几乎插不上手了，于是想说些笑话让大伙放松放松。却不知怎的竟冲口这样子说：“诸位请多留个心眼，发现哪里藏着金砖、银锭什么的，尽管拿去吧，我……什么也没看见！”

有人听懂，有人没听懂；有人发笑，有人发窘……

我还来不及后悔自己说走了火，老父亲的眼睛早从天井那边横过来了，那意思显然在说：这又何必呢？让大家忆起真假莫辨年代的荒唐事，不觉得残忍吗？

他总这样。他永远惦着让所有的人灵魂安泰，唯独不让自己好歹舒一口气，解一回嘲。凭这儒雅性格，他注定不可能拥有过真枪。因而他当年所受的冤屈可谓是双倍的！对此，父亲并不自觉；而于我，似乎这会儿才悟出什么，已浑不知对父亲是敬还是怜了……

“贼”二章

读此文之前，咱先把时空概念调整到20世纪60年代末的乡下，这样，免得粗心而又关心我的读者，以为我这不惑之人怎的与“贼”有如此这般牵扯，以致侧足立侧目视，令我难受。

邻居小嘟嘟说“大肥肥是好人”，咱不能让他失望。

做　贼

在李树下斗笠碰歪了千万别去扶，免得被怀疑你举手偷摘李子；在瓜田里经过时松了鞋带也别忙着系，免得人家以为你蹲下来偷抱西瓜呢！小时候听父亲讲了一百遍的成语故事，这会儿他还在说。所不同的是，那时候他是光荣的人民教师，教育对象是祖国的花朵；而这会儿竟变成“黑五类分子”，与他大眼瞪小眼的我，则是“可教育好的子女”了。

我感觉到父亲的口齿大不如儿时听到的那么清晰、顺耳了，并且好像有点喘气，有点故作镇静，有点王顾左右而言他的味儿。这使我疑心似乎有什么事情要发生。老鼠搬家鸡上树井水浑浊……此类不祥的前兆，隐隐地挂在父亲忽然苍老了许多的脸上，令我心头一抖，却莫名其妙。

噢，是的，龙眼熟了……

一种诱惑熟了。

一种危险熟了。

那是人民公社的果实。

父亲开始怕那龙眼。

我却只有恨，我动着念头想局部“占有”它。我心里咬定那果实原本有咱的一份。父亲的老故事还在叨着。他不放心我。自从发现儿子已不再是小孩后，他便起了戒心。

他满心希望我是：“可教育好的……”

我的“做贼”没有师承。

但我着实做了贼，并且做得天衣无缝，不留痕迹。

那时候我精瘦，“远看苗、近看条”，不引人注目，见四下里无人时，挑枝叶稍密的一棵龙眼树，“嗖”的一声爬了上去，三两下登上树梢，然后选几串上等的龙眼，悄悄地，不急不躁地，开始艺术性极高的现场作案。

是的是的，那一串串的还是挂在树枝上，那一粒粒龙眼还是黏在那“串”上。我只是轻轻剥开那果壳的一条缝，把白嫩嫩的龙眼捏进嘴里，搅动舌头啖尽龙眼肉后，即将黑黑的龙眼核吐回原来的果壳里，那条缝稍稍一合便可乱真了。如法炮制了一阵子后，周遭的一串串龙眼看上去“金瓯无缺”，我的肚子却已鼓鼓的了。

我作案的那棵树下，不见龙眼壳，不见龙眼核，就是巡更人打树下过，也想不到这树上有“诈”。于是太平无事。于是嘴馋的时候或心理不太平衡的时候，我就找棵龙眼树“自我完善”一顿。然后开始可怜起我的父亲。

到了龙眼集体收成的那一天，有人摘到那些串有核无肉的龙眼，便要咧咧地大骂：“他妈的松鼠!”这时候我可是又紧张又觉得快活。轮到我自己摘到这些龙眼时，嘴里也会不由得咒骂：“松鼠他妈的!”心头却难免一恸：

我何至于此?!

捉　贼

乡里到处是龙眼树，远的在山边岭下，近的就在房前屋后。

龙眼熟了的时候，无论是男是女是老是少是人是鬼，无一例外地都手脚痒痒、眼里生钩。口福如何，就看你有贼心是不是还配个贼胆了。

老实人绝对吃亏。

队里为避免失控，把年轻人组织起来，划片看护龙眼林，如当年民兵，放哨巡逻。

实际上是把"嫌疑犯"请到明处，以红纸封了"菩萨"，让大伙相互盯着，免当"小鬼"。

父亲大为我高兴。自己没资格当"民兵"，儿子好歹当上了，形势看好不是?!

我着实也有点受宠若惊。以为天降大任于是人，自当肝脑涂地，豁出来真干。

天未擦黑，我便扛一张四脚竹床，悠悠地下了草寮。然后带上一把公家发给的新手电筒，不吱声地，在自己的辖区四处逡巡。

这时候的感觉极为良好。这时候的情怀极其豪迈。这时候谁不识好歹撞到我枪口上，那算他倒大霉了。

有天晚上，近午夜时下了一小阵秋雨，山野里一片清寂，鬼鸟的啼鸣掩掩抑抑，有点不畅。"月黑杀人夜，风高放火天。"我浑身一激灵，起了一层鸡皮疙瘩，隐隐地意识到今夜说不定有"情况"。

果然，我撞见一个不小的人影，拿我负责管的那株大龙眼树开刀。大概是我不打手电筒又不作声，冷不丁出现在眼前把他给吓了，但见那黑影突然见了鬼似的呼啦啦撒腿就跑。

我从未发现自己竟如此勇敢。那人逃的什么路，我追的什么路；

他从落差颇高的梯田里一丘一丘地往下跳，我也跟着一丘一丘穷追不舍，那梯田可都是长势不错的新插水稻，这样一路叭啦啦糟蹋下来全遭殃了，但我这会儿哪管得了这些。我只顾满足自己赴汤蹈火义不容辞的那种快感。我想借此证明本人真真是“可以教育好”的那种人。

我没能追上那黑影，想起来应打亮手电筒照他一照，才发现它已不知丢到哪丘田里去了。因此始终辨不清那人是谁。但我已经盯上他了。我跟踪来到了另一个生产队的护林员营地。

我屏住呼吸，那是一片古屋的废墟，残存在半拉子瓦檐下，依稀摆着几张守寮人习用的竹床。床上都垂着活动蚊帐，帐里显然都睡着人了，听那鼾声！

不敢惊动他们。咱不能自讨苦吃。其中必有一个是假睡着的。我必须准确做出判断。我想到了他们床前的鞋。刚刚作案回来的贼鞋，肯定是湿漉漉黏糊糊沾了泥水的。

我忽然发觉自己很聪明。

我果然在一张竹床前摸到了那双又湿又黏的鞋了！

就在我可以宣布办案成功的当儿，我却决定悄悄离开这地方。

我永远也无法说清楚自己当时是出于一种什么心理。那年头贼与非贼、罪与非罪似乎难以分清。我只是凭感觉，认定那作案未遂者不像是个坏人。

我见过每逢处暑季节，“上头”来的一茬茬人便候鸟似的在龙眼林下鱼贯来去，只要他们在哪里停下，附近几棵好龙眼不出片刻便因公牺牲了。他们不用半夜偷着来。他们不用模仿小松鼠。他们的鞋子从来不会湿的。我并且知道他们对龙眼贼是绝不心慈手软的！

那蚊帐里的呼吸开始急促了……

我从心里留下一声“晚安”，转身离去。

漫话骥斋

上

“骥斋”，说起来好听，古典而新潮，斯文又洋气，实际上，就那么一间不足10平方米的百年老屋，眠床靠后墙一摆，旁边剩一隙“粗桶弄”，只能侧身进出了。楼高一层半。所谓的“楼上”其实只是堆放杂物的阁楼，上下靠梯子，进出得猫腰，恐怕是祖宗专为鼠辈设计的。为了迁就这个半拉子阁楼，一层就奇低无比，楼上鼠们追逐嬉闹太过分了，你只消一抬手，即可在任何一片楼板底边敲出警告意见来。

骥斋坐落在莆田江口镇大岭村。大岭整村在若干代前，是从隔一座山的福清新厝海边沿古驿道搬迁进来，繁衍成族的。此方文风久炽，祖上曾出过进士。父母亲都是读书人，曾沿这条福莆岭的古驿道“倒流”回兴化湾畔，为农渔后代教“五星红旗”“天安门”和“东方红……”不出几年，父亲返回大岭老家。其时胞兄章武正值青年负笈在外，但逢节假期回乡，对父辈的身心困顿比未及开蒙的我，体味得尤为深切，却是无力分忧，唯有发愤，唯有潜心，多少给父辈以精神上的慰藉。

这下忙了。把床铺挪个朝向，腾出一条1米宽的通道，竖着推进一张书桌可直抵后窗下。这个后窗正好朝东，并且正好遥对古驿道翻磴而过的福莆岭山门。于窗下一踞，可闻第一声鸡鸣，可通第一抹晨熹，可沐第一缕漫山而来的童年磨鬓过的海风，就有一股豪情从心底冉冉升起，以为躲进小楼成一统，春夏秋冬但且少管，又有东壁之方窗涵纳天地精气，于是诗意生焉，给逼仄书屋起个斋号的雅兴也便一拍即合。

章武年长我五岁，大主意由他拿，没的说。何况从童年起他就是我的崇拜偶像，1960 年高考他的作文拿了 100 分，令我彻底绝望，心想自己再怎么闻鸡起舞，悬发锥股，也决计赶超不了这个身边的“状元”。只好认命。他说取雅号“骥斋”，我即纳头表示原则上同意。他属马，志在千里，不用扬鞭；我属猪，虽然奔不出“得得得”的美丽蹄声，但猪好歹也有四蹄，速度有限，分量却足。日后生仔，从了马旁取名，不就有种认同感在里头？

生活却不是写诗做对子，讲平仄押韵，求骈求工。章武早早开悟，认定书中自有“黄金屋”“千钟粟”和“颜如玉”之类，用起功来可以不知有汉，更无论魏晋。灶间里老祖母炊红团炸“狗猫”，其油香够威够力，却对他无效；大院埕头晾衣晒豆，忽遇暴雨亟待抢收，他竟能无动于衷。如此的潜心入定，宠辱皆忘，今之时语曰“投入”，在我却做不到。

因为我好奇，喜动，见什么学什么，功夫多在书外。当时折了教鞭捡起羊鞭的父亲（刚削职归田因不谙农事，被照顾放牛牧羊百十头），倒也“因材施教”，一任章武全天候地闭门苦读，却让我鞍前马后地陪他，十二分虔诚地做了躬耕陇亩、补习农桑的“同学”。这下兄弟俩各得其所了，不必再为骥斋里摆不了两张书桌而苦恼。

章武乳名白生（出生于闽江口外的白犬岛），我的乳名叫安生（出生于厦门同安）。白生与“白面书生”巧合，除了一双浓眉，可谓一脸斯文，取名“武”是上辈一大疏忽。安生原意甚妙，但老祖母贵忌，常常唤我“康安”，而土话“康安”正是“二百五”“昂仔（傻子）”，形象几与猪同，本名后来之被谑称“沾汗”“脏汉”，还颇得几分渊源呢！

兄弟同斋，实际上一脚门里一脚门外，来左去右，各领风骚，倒也相安无事。只记得有一回例外，章武在东窗下伏案笔耕，我也得空抱起他刚读过的《收获》，不待屁股坐热，父亲说是有件紧急农事抓了我的差，还嘘一声示意别惊动哥哥。这让我心里不由得不平衡起来，临动身时提起锄头，在斋门外的石磴上重重地“顿”了一下，那声音之响让我自己都吓了一跳，屋里却是没有一点反应，可能以为我是纯粹给锄头上紧“铁精”呢。这件事章武兄至今浑然不知，更不解我正是从那重重的一“顿”过后，悟及自己欲有所成，也应像兄长那样，风吹不折，雷打不动，矢志笃动，孜孜以求。那是一种自主意识极强又几臻忘我，看似自外于尘俗，实则满怀文以济世理想的明白境界！

章武兄似乎是骥斋的“主席”，实际上也只在学期间的假日归他使用，更多时间，尤其是我等“老三届”辍学回乡“接受贫下中农再教育”的非常年月里，我不幸同时又是万幸地做了骥斋的苦主。寒碜老屋，竟也胜任多多的功能：章武和当时在军垦农场“锻炼”的大学生嫂子将就着在骥斋里成亲；若干年后，我也和弯弯古道另一头走来的“伴我度过那个年代”的“小芳”，在同一间小屋里筑窝。斯是陋室，又何陋之有？古戏台般的床铺是章武那年请桥尾木匠修旧利废用老“彩架”改制而成，不够新潮却结实。一顶蚊帐在章武的洞房里垂过，轮到我时还再接再厉地用，可以解释为那时候的纺织品质量不错。床顶的楼板太矮倒也好，闹洞房时做“经文”、抱“出灯”，工作量小多了。斑驳的土墙上灰裱了层报纸，横横竖竖的铅字触目即是，文化氛围颇足，不便再称“家徒四壁”了。知足常乐，即是最大的财富。我们不穷！

中

大岭老屋得名“骥斋”迄今，不吱声地走出七个大学生，明年章武的“尾仔”高考得中，便可称“八仙”了。这是时代的造就，不言而喻。然而，晚生我搭上章武的伙，成为“兄弟作家”“同榜高知”，并且在中国渊源深广的散文道上殊途同归，则是连我自己都始料未及的。

那简直是一场误会，一场歪打正着或正打歪着！

因为在章武含泪咀嚼《钢铁是怎样炼成的》的时候，我则在捉摸如何用弹弓把邻家暂搁在厝边的小夜壶击出音响效果来。章武在福清虞阳（渔溪）中学读书时就开始天上地下地发表文章，我则浑不知文学为何物，只知“鸡公相斗尾双叉，鸡母相斗啼咯哥，婶娘相斗起外家（娘家），达埔（男人）相斗使扁担”之类的方言儿歌。但我也有很快就让章武兄刮目相看的一招，那就是画画。

当然，我的美术启蒙者究其实也是章武，以及我们的母亲。母亲当年在兴化湾边的双屿渔村里任小学校长，全校教师就那么两三个，年轻而逞能的母亲也便什么都自告奋勇兜过来做，教“扭秧歌”，演“民兵戏”，画“抗美援朝”宣传画，忙不过来时，就给我个漫画册子，让我依样画葫芦。我的涂鸦之作隆重上墙张贴时，年方六岁！章武不知是恨铁不成钢还是摆老资格，每次从硋灶中心校或渔溪中学回来，就抱来一大摞儿童画册或小人书，瞪着眼儿要我收下心来大面积地临摹，按时交上“作业”了，他还要正儿八经地评上“5-”“4+”或“甲、乙、丙、丁”之类的分数（五分制当时是学苏联的），外加几行言之凿凿的权威批语。那时候这个哥们也不过十来岁，在我孩提的眼里却永远是大人，好像跟现在也相去无多，我自然只有一切照办的份。

没想到这一“赶鸭子上架”，竟让我着魔了。几年后陪父亲坐罪返乡，我居然把画画当作“骥斋”里卧薪尝胆的主修课。在东源念小学六年级时就自我感觉良好，敢跟着农民画师陈金星先生，在本村和邻乡四处搭架上墙，先是画“消灭四害”等爱国卫生的壁画，后来是“农业学大寨”的宣传画，再后来就是“样板戏”的剧照和“三忠于”领袖油画像等等。如此这般一时难以尽述的画事，费去我整一个第二本命年轮的时间，中间有喜有恼、有乐有愁、有得有失，最大的遗憾是疏淡了文字，同章武兄简直是两股道上跑的车，碰不到一块了。这哥们也真是的，抬来楼梯扶我上了墙，而后赤溜溜跑开忙自己的去，让我上不上下不下的好生清苦，那滋味几与“带鱼挂钩”同。

对于骥斋来说，如此的“阴差阳错”，倒使斋门里的内容丰富了许多：一个文，一个武；一个爬高爬低，一个搜肠刮肚；一个被笑称“书虫”，一个被谑称“色徒”（丹青之色）……兄弟俩凑在一堆，一准有戏。文学与艺术原本就是双胞胎。

章武一条求学出仕之途走得顺，所以不常在家。我待他探家一走，便变书斋为画室，案头桌侧、箱后柜边、帐顶铺下、壁角墙根，尽是文房四宝、印石刻刀、瓶瓶罐罐，乱七八糟的好不热闹。我的落泊日子的自为和自强，很让父母亲感到宽慰。但在他们潜意识里，章武一介书生，弄文学堪称正宗；章汉回乡知青，“候补农民”一个，写写画画似乎是不务正业！其时搞宣传献忠又兴“没钱热”，顶多拨几个工分补贴，还是记账不兑现的。对这我倒并不太计较。因为我知道章武文章疯写，稿费也不见其多，积至二十八岁结婚前夕隆重抠底盘点，“工农兵”尚不及三十张，把闽北的媳妇整个儿娶回来，才拿得出一只普通女式机械表；到福清某军垦农场迎亲时，为了省一笔三轮车费，竟央我权当“散车”夫、随他潇洒走一回。可知当时从文，也不足为稻粱谋。

倒是有一件至今羞于言说的事，使我对文学创作心向往之，不可自已（至于改弦易辙、弃画从文，那还是后来恢复高考进了大学中文系，才正式实现角色转换的，此是后话了）。记得是我当临时车夫帮章武兄接回新娘不久后的一天，我的尚未过门的“小芳”第一次不宣而至，来到骥斋，老屋为之一灿然，我则心中惴惴，手足无措，一时不知该炫耀什么，才能让对方相信嫁到这样地位低下、背景复杂的家庭尚不至于太丢面子。忐忑间竟灵光一闪，下意识地打开章武的抽屉，搬出三大本他精心辑录、装订的历年文艺作品剪报，往“小芳”面前一摊，那含意语焉不详，有点暧昧不是？这海妹子大概是看花了眼，或者根本无法集中注意力，直把文章的署名“章武”全看成“章汉”了，证据是她的脸一红，问了句：“以后还写吗？”

天哪！我那时候还没有发表过一个字的作品呢！于是心中便有了一种犯罪感，好像是我拐骗了良家女子，端的是二赖子阿混一个！脸颊及至脖根一阵燥热过后，牙齿就咬紧了，信誓旦旦地回了一声：“那还用说！”自己感觉有一种秦松汉柏骨气和商彝夏鼎精神在里头，文学的发轫正始于此。至于日后将成何等气候，能否赶上武兄，那就看自己的造化了。

下

房屋与人一样，也有寿命。除了天灾人祸的意外发难，一般地说，房屋的寿命比人长多了。因此就有房屋是“主人”，主人反倒是“客人”的说法。百年老屋常常好像是位明哲而缄口的尊者似的，静观屋檐下的烟火人家生老病死、吐故纳新、圆圆缺缺、聚散依依。若以快镜头重放，那气象当像走马灯一般，一转眼便“换了人间”。

而作为托蔽于檐下的具体一代的具体一个人，要逢上旧居的毁圮和重建，却很是不易。故而摊上此事的人，既感身心负担，又觉豪情万丈。

十几年前的一天，忽然有邻居婶子捎上话来，说家里老屋不住人坏得才快，天井椽头的檩木屋架已腐朽拆裂，几近下陷崩塌，乡人们七手八脚砍来几根大松木好歹先撑住，如何处理，但等主人回来定夺。

这事不管不行，祖宗的遗物毁在哪一代手上，都是罪过。稍作翻修看来也不行，老朽之身，一碰就会出现“多米诺”现象，所有零部件都呼啦啦发出“廉颇老矣，尚能饭否”的疑问。

那就推倒重建吧。理论根据是“长痛不如短痛”。

有一点保留，是我与章武兄共同坚持的，那就是：不要动骥斋。

经济上的考虑当然是原因之一。其时我们两家都刚在福州落脚不久，豪情空涨而阮囊羞涩，抠了兜底，只各拼凑六百元支援父母亲“重建家园”，能解决正厝三间就够你喝一壶子的，这稍后建的骥斋“辟舍”，还是将就着用吧。

而我们主张不拆这间老屋的真正原因，是属于心理上的，一种恋物怀旧的可以叫作“古典情结”的东西在作怪。只要踏进这间屋子，甚或远远瞥见它的外形，听见屋门那熟识的启闭声，甚而至于只要一想及、一提及“骥斋”二字，我分不清是心头还是眼际，就会重现厮守其间的岁月里所体察所寄情的每一个细节。

比如那个后墙朝东的方窗，我曾凭它辨明天界的月光曙色，而决定休憩或早起；窗外不息来去的足声人语，常送来最不掺水分的尘世信息；甚至凌晨摸黑出发进山的讨柴女，那“枪担”尾挂着的“钩契”（麻绳头部的木钩子）与“桂子”（月牙形柴刀）的轻轻的碰击声，都成了我不闻鸡照样起舞的心愿的支点；以至不时地出没在窗台四周举目等着扑食蚊蝇的壁虎，我也莫名其妙地引为“同室”之缘，而从不忍伤害它们。

还有就是成为骥斋经典的“门后三宝”：扫把、秤子和壁尺，更够我怀念到永远。

门后不起眼的扫把，有细竹梢绑制的，有“芒杉”芯缚制的，有脱粒后的高粱棒子束制的，也有用叫不出名字的单株灌木晒干去叶后拢成一把扎制而成的，花样翻新，做工精巧，“你方唱罢我登场”，接着茬儿用。那都是老祖母的杰作。她不识字，也没积蓄，无力为骥斋添置什么，只知道爱护和珍惜，连骥斋里的垃圾都看重了，非得用亲手精制的扫把来扫。她还不时提醒我们要单侧扫地，渐渐地使扫把成裁刀状的斜口，用起来顺手多了，造型也美。“敝帚自珍”的成语，祖母未必知晓，但那层意思却早有了。

秤子挂在门后，那是因为那里的框骨上正好有个目洞，秤钩一挂就牢。令人感到亲切的是儿时听到的一个谜语：“一个孩儿浑身长疥斑，躲在门外老偷眼往外看。”听久了，那谜底“秤子”不由得就人格化起来，并且感觉自己似乎也像那把自惭形秽又不甘寂寞，藏之深深却又对走向外部世界充满期盼的秤子一般，意欲尽己所能，掂量社会森罗，同时掂量自身凡几。惜当年鲜有商品流通，秤子被隆重起用的机会不多，倒是“破四旧”那阵用它论斤卖书，铸成悲剧性细节，斯文扫地，令主人们擗膺追悔三百程！

所谓“壁尺”，就是门后划一道落地长线，上有详细刻度，专用来量孩子体高的。我们兄妹一窝子，我们的下一代六窝子，无论在家在外、是男是女，但逢假期年节拢聚老家，必起了雅兴，关起门来，一个个脱鞋、举头、收腹、挺胸，在壁尺上次第量过，然后用墨笔分别在刻度旁注上某年某月某人名字。这一发明的专利当属于章武兄，因为在那密密麻麻、斑斑驳驳的刻痕上，如今可以读到的最早的记载，是1952年章武十岁时的高度。他大概从小就颇在乎自己的成长。后来我们也都很在乎了，都觉得关起门来量量自己很有意思，很有情调，很有诗意和哲味。人的长大与天阴了要下雨鸟儿醒来要唱歌一样自然，一样地不可遏制。它与忍辱负重无关，也与宝山空回、马齿徒长无关；它与沧海横流无关，同样亦与斯文扫地、知识贬值无关。我从“三年饥荒”“瓜菜代”岁月长得最快这一历史记载里，得出了人的命因为“贱”而“硬”的结论。于是处变不惊，处优不陨，复归于自在。

新居在旧址上挪后一步建起，原宅地变成天然院落了，老骥斋也就成了院边孤舍。因福州有了一东一西两个“骥斋分部”，老家的骥斋毕竟失去了作为书斋的意义，于是“实事求是”，把它改为厨房。唯“门后三宝”功能依旧。尤其是那篇幅偌小、容量弥大的壁尺，但凡“骐骥骏骖骅骝驰骋”，鱼贯返乡，斋门声声里，壁尺寸寸间，传出笑语，凝着亲情，盈盈一屋，都是无价的温馨。心想这老斋不陋，真如何拆得?!

想起磨磨

与章武兄拍档，合开《虆斋随笔》专栏，迄今已有两度了。前者践的是《福州晚报》之约，后者应的是《湄洲日报》诚邀。每周一篇，交错登场，为期一年。两人都有公务缠身，写作皆为业余，产量有限，集中在一家报刊发表，诸方文债只得长长地拖着了。这是一件令人尴尬的事，但我俩却都乐而为之。因为，福州是我们的第二故乡，莆田是我们的第一故乡。故乡的召唤，自然是应声而往没商量的。

正所谓乡心无解。

记得给《福州晚报》副刊《兰花圃》的随笔专栏写开篇时，自然就联想起家乡常见的戽水抗旱一幕，于是以此为题，细细玩味，文末附言写道："与章武合开专栏，也像兄弟搭伙戽水，二人四索一只桶，抡得圆不圆且不论，但听'泼啦'声起，便双双梦回童少也！倘力有不逮处，还请岸上诸君垂下一竿一绳，助我俩一臂之力如何？"

两人在副刊《湄洲湾》的"文武棚"不觉亦已经年。章武兄嘱我速速为之写篇"煞尾"文章，以及时鸣金，好让后头的好节目登场。我纳头便允，但因元旦前夕的一个紧急出访任务，稿子延耽至今才动笔，导致专栏脱期，我自为此惶惶良久。

不由得就又联想起家乡虆斋天井边的那一尊老磨，和兄弟俩合伙磨磨的日子。

南方的磨与北方的磨不同。北方的磨用的是石滚子，碾的是干货，人推畜拉都行，但必得绕着磨台穷转；南方的磨使的是石盘子，碾硬的、磨糊的、榨浆的均可，不用牲口而用人力，且无须绕圈，只消平推悬在梁上的一把“丁”形木制“篮勾”，带动旁边装有“柴精”、中间安有“磨心”的帽形磨盘徐徐旋转，就可以了。

哪一天清晨醒来，听见“悠——悠——”的磨磨声响起，就知道该是什么节日来了，有好吃的啦，贪嘴的一窝子心有灵犀，呼啦啦全往磨兜围去。老祖母这会儿的感觉就特别好，说这个没技术不敢乱碰，那个弄不好要砸大锅。章武居大，老祖母网开一面，教会他推磨。我缠着要学，却只允许我与武兄搭伙练习。也好。我踌躇满志，武兄亦谦谦相让，把“篮勾”绳放长了，让我够得着。可一试才知这种粗重活儿却有细细功夫，不是够得着就能做得好的。

瞧！武兄双腿一前一后煞下马步，就只需重心在两脚间来回移动可也；我则不行，下肢太短，为与武兄保持同幅协调，其中一只腿非得前后交替着垫步，稍一偷懒，“篮勾”的横杠就正好磕了你的门牙！两手平推“篮勾”也有大大讲究：推到极限前和拉至近身前的一刹那，都必须恰到好处地发力，使磨盘凭惯性连续转圈；要是匀速用劲，慢条斯理的“篮勾”就容易中途滞留在类似钟面十二点或六点的那个位置上，让你推也不动、拉也不转，非得让放磨的奶奶伸出手去助上一臂之力。

双人使磨比之单人使磨，力是省了点，“相就”的难度却加大了。用力的轻重控制不到同一幅度上，发力的时机没有掌握在同一点上，使劲的角度再出现大的误差，这场事关口福的“做吃”工程就很难告竣了。我就常常因老学不会磨磨碍手碍脚的，而被老奶奶支到一边玩去。

玩而有吃，何乐而不为？但老苦了武兄一人终不好意思，咱也不能恁是“三年长两岁”呀！于是背着人好歹学会了磨磨活儿，个子不觉间也牛高马大起来。这会儿与老哥排排站，系高了篮勾绳，推起了故乡的磨，自是别有一番风味在悠悠间。

可惜老祖母已经不在了……

所幸的是，像老祖母那样宽慈而精明、事事严要求又充满爱心的长者尊者，一路上所遇多多。比如我俩联手推动眼前这尊《骥斋随笔》的大磨时，就有许培元总编和陈光铸、林金松二位主任等行家，在一边殷殷呵护。他们或执勺子不失时机地往磨盘的洞洞里“放磨”，或伸指头随时脉一脉所磨浆粉的粗细，或清锅明火烹而煮之，并组织诸方读者美食家细细品尝。也许，人们出于客气，对我俩劳动成果未作直接的评点，但从吃“红团”“泡起”“狗猫”“丁果”时的种种表情里，我们多少理会出在制作工艺、在合作技巧、在选料配水等等方面，都有哪些需要坚持或需要改进的地方，这是我们的大收获。有道是“听了主人嘴，得了好功夫”！

何时想起再尝“骥斋”系列食品，打个招呼，我们还回来。

戽　水

莆阳号称泽国水乡，其实那柔柔媚媚的风景线只在兴化平原一带。我的老家坐落于福清与莆田交界的长长的分水岭边上，不山不水的尴尬便没个穷期。连郭风老前辈初访我家时都不由得啧啧叹惋："你们两兄弟怎的乱住，住到这么个地方来?"

"乱住"二字，充满诙谐，却也颇令我寻思：人和生存空间，究竟谁选择了谁呢？命运也罢，机遇也罢，还多亏了这么"乱住"，才在我心中建筑起家乡的概念，才有机会认识了山野之人胼手胝足、随遇而安、临难从容、无比坚韧的适应环境的能力，比如没火就上山，没水就抗旱……极其简单明了，斩截而痛快。

我因此也学会了戽水。

戽水就是用戽桶把低处的水"戽"到高处来。见过的人都会觉得这戽桶的构造简直太简单了：一尺高的阔嘴桶，两边对称着各系两条长长的麻绳，潭水多深，这麻绳就放多长；两人相对着在小潭边站好，左右手上分别抓牢戽桶同一边的两条长绳，那架势就大致对了。但你倘没有学过戽水功夫，那是绝对甭想戽起半桶水的。当你与对面的搭档双双躬下身去，两只手捏着的绳子必须控制得恰到好处，使戽桶的前唇成一定斜度"唰"的一声扎下水去；当戽桶进满水的一刹那，靠桶沿的那条绳又必须不失时机地往上提；待戽桶凭借惯性升到一定高度时，靠桶屁股的那条绳再用力往回一收，戽桶撤回来了，一泼水则继续往上飞入上圪的水缺里了。在这周而复始的每个来回中，两只手用力的轻重、缓急和方向几乎没有一处是相同的，稍有不慎，左右两手的配合出现误差，或对面两人失去默契，那么这个戽桶的名字就改叫“吊儿郎当”了，不是打不上水让你扑空吃个趔趄，就是桶里的水飞不出去原装退回白搭一身劲。

熟练的戽水人就不一样了，一俯身、一后仰、一萦手、一甩肩，行云流水，一气呵成，那简直是在做艺术表演了，一招一式，有板有眼，简约而不粗糙，幽默而不夸张。要是水位落差小的，两人相互抛个眼色，刹下马步，戽桶送水出去的当儿往回猛收，空桶便在空中划了半个上拱的弧圈后复又急急扎下水中，手脚灵的，这“半圈满半圈空”竟抡成个大圆，节奏明显加快了，那“泼剌泼剌”的水声如抗旱宣言落地，谁听了都掩不住激动。

枯水季节“吊龙潭”更是有趣，两人对戽的活必得添一个在中间提吊的角色。这角色一般站在靠近上水缺的高处，双手执一长竿，竿尾垂下一绳绑在戽桶唇边的横杠上，每逢戽桶升到一定高度却又够不着上水缺时，执竿人如姜太公钓鱼顺势往上一挑，那“泼剌”声便落地生焉。这“第三者”角色技术要求不高，老人小孩都可凑上份儿，家庭的温馨气息在潭边地头氤氲，儿歌也就有了：“戽水泼剌，五十一百……”

水是生命之泉，情感之渊。抗旱季节，那泼剌剌的水声便是山乡最通神、最可人的音乐。瞧那些帮不上手的顽童稚子们，沿着水沟，追着“水头”，一路上载欣载奔，如簇拥一顶三姑六姨出嫁的花轿款款而去。待远远传来各自熟悉的“水到田头啰”的童声惊叫，那份激动，那份成就感，那种如听到沙漠驼铃般的迷醉以至晕眩，便只有戽水人才体验得真切了。他们明白：干涸的水路填满了，“水头”到田了，往下戽起的每一泼水，就全都属于焦渴的庄稼了，于是心中也便升起了不单属于孩子的儿歌：“戽水泼剌，五十一百……”

人生百年，风调雨顺的日子不嫌多，戽水抗旱的活计不见少。山野之人，但逢久旱，自然巴望有天水惠顾，但多半不喜欢折腾嗓门唱《祈雨歌》。他们只相信“戽水泼剌”的美丽，和“五十一百”的实在，于是乐观。我庆幸自己曾经于不山不水的尴尬中学会了戽水，人生的枯水期便等闲过焉。我得承认自己爱听的一句“名言”，是带着童腔的“水到田头啰”！

拐　杖

窗外新雨淅沥，清明又至。想祖母憩息前山，面朝祖上老屋，如当年拄杖，守望麦田，多少爱意，皆在望中。而今子孙却都朝山外青山楼外楼，各自奔去，欲相聚一次，只等这纷纷雨时。不知老祖母能否也把那份清寂，看作门风盛达的代价？

陌路羁旅，身不由己。春节可以不回老家过，清明却是一定要回的。常常是不待打开带锁的家门，先就投前山而去。鹧鸪声声里，烟火袅袅间，似有祖母的呢喃轻唤。这时便在心头应道："我这就来了，这就来了……"

我知道自己的应声中含有一层深深的内疚：在她生前，我没有为老人家买一根好看一点儿的拐杖！祖母暮年时，我正回乡种田，于是只掩一把柴刀上山，偷偷砍下一截留着枝丫的相思树，剥去皮后削制成一根带把儿的拐棍，没有包铜头，没有打磨上漆，就这么将白坯儿交给祖母，敷衍塞责。

怎知祖母接过我手制的拐棍时，不仅不嫌弃，反而横看竖看、左摸右摸表示满意，轻轻说一声："阿婆有三条戈（脚）啦，不愁走不动啦。"眼里的泪水就颤颤地盈了一眶。

祖母的腰板和脚板原是很硬朗的。记得我妈在山外海边教书那些年头，祖母差不多每个礼拜都要用箩筐挑着我和妹妹，沿着古驿道，翻越福莆岭，送到我妈身边过个周末，再往回挑。我们一窝子就这么一个个被挑大了，祖母却渐渐地佝偻了，但仍在人前人后不知疲倦地逞能。特别是我的父亲丢了教鞭捡起牛鞭那个年代，她好像特别会做。不仅兜着所有家务穷忙，还拾头拾尾地抢着农活干：父亲使牛她动锄，父亲布田她拔秧，父亲抗旱她戽水，父亲扛杉她扶尾……她是怕我爸受不得精神之扼又抗不住筋骨之劳，才勉力把自己当了扶持儿子的一根拐杖啊！

当父亲和我在山旮旯里次第锻炼成两代标准农民的时候，祖母却需要拐杖相倚了。这是我无论如何也不愿接受的现实。我一直以为祖母是不会老的，因此当她开口向我说起有一根拐杖多好的时候，我竟以为她只是想用它来赶鸡吓狗。

祖母不识字，却培养了几代读书人。老来无甚嗜好，就爱听子孙“讲书”。好玩的是没听多久她准迷离欲睡，先是听一句，“嗯”地应一声，渐渐地，“嗯”声含糊了，接着鼻息声也均匀地响起了。心想老人一定是疲劳了，听累了，可当我停下不讲时，她便会醒转过来，催我接下去讲呀。我问她刚才讲到哪里了，她居然能大体复述出来，这让我好生奇怪，以为祖母小时候若是有书念，必成大家。

祖母原本有个极好听的名字，叫郭凤仪，自打从山外的岭边嫁进岱麓山庄，就按这里的门第排行而改称“廿二房”了，以致我们小时候竟然也迟迟未识祖母的原名。对此，祖母不当一回事，因为她的心中从来就没有自己。她对什么东西都说不好吃，为的是让儿孙后代多吃。家里的众生都是她养的，但节日里杀鸡宰鸭，她无论如何不肯动箸，只有鸡鸭被水淹死了，她不舍得埋掉又怕孩子们吃了不好，这才躲着独自享用。后来当我读到“遍身罗绮者，不是养蚕人”时，不禁掩面大哭。

我们兄弟俩是老人家的最爱。哥哥书读得顺，早早进了社会；我则因“文革”而辍学，成了她沉沉的心病。因此当我“三十岁读开宗”终于有机会进大学时，老祖母激动得简直要替我做了范进。她乐颠颠地一手牵着我一手摸着骥斋门后斑驳的墙壁说：“看见这墨痕了吧，这一道是你 1956 年的高度，这一道是 1962 年的……出门去别忘了过年回来，再到这门后量一量啊！”那年我的儿子都已上小学一年级了，我还能长高吗？但老祖母的心思我明白，她是怕我忘了归家的路。

每年清明节回家，我们把一路采的野花供上祖父母的三合土坟头。我们七手八脚清扫着墓地，却拂不去心头那份永远的遗憾：祖母还来不及用上我大学毕业后挣来的钱，就匆匆地走了。我无数次后悔自己的粗心，没能为祖母买一根崭新而时髦的“文明杖”，陪她走完人生的残年，而只让那根白坯拐杖做了她唯一的陪葬。

想想祖母原也不喜赶时髦，她也许就喜欢这根用相思树制成的白坯拐棍？岁月把它风干了，老人的手把它磨亮了，说不定祖母正是把它当作膝下的子孙而日日抚摸。

不求人

种瓜得瓜，种豆得豆。

江口人爱吃黄豆做的白豆腐。

爱吃自己细细磨浆的，并且是用盐卤而非石膏点制成的豆腐。

老磨没齿，不紧不慢的，磨得才细。但豆渣终还是有的，得把它滤出来。

四方方的白滤布，系在两根木棍打叉着串制成的架子四端，高悬于天井边的梁头上，然后把磨好的豆浆倒进滤布窝里，双手轻握木架子的两个端头，交替着悠悠地晃动起来，那乳汁般的纯豆浆，便淅淅沥沥地滤进了底下的大木桶里。

豆浆汁放在大锅里煮及沸点，然后用那阔口矮沿的大木桶盛着，搁在天井边上，一手执木刀不文不武地轻轻搅动，一手端盐卤点点滴滴地往里加，渐渐地，变戏法似的，蛋花般的嫩豆腐朵儿就浮出来了，翻动起来了，围观的贪吃婆们就“呕呕呕”地乐开来了……

我最爱吃的，是锅底的剩豆浆汁烫兴化米粉，那种特有的风味谁能描摹得出来，我愿就此罢笔！

我最爱听的，是过滤豆浆时，晃动那木棍架子发出的“悠悠”声。那节奏，那旋律，那孜孜的悠长的风情，令我怀念到永远！

那木棍架子没有学名，乡人们都叫它“不求人”。

外间好像有把搔背抓痒的小搔手称作“不求人”的。那大意相去不远：哪里有痒自己抓，爱吃豆腐自家做！

家乡的“不求人”，过年过节做吃的时候才用得着，平时就悠悠地闲置着。闲着的“不求人”大都被挂在天井边的墙壁上。

挂在墙壁上的“不求人”就像一个“十字架”……

我家四代女

不求回报的祖母

祖母不识字，不懂得“家”是宝盖头下一只猪（豕）。但她的潜意识里，自己就是那个撑得住天的“宝盖头”。祖父早早上了不归路，这不影响祖母的信心。她要庇荫一窝子“猪”，而不是一只。

据传祖母出身名门，却不见她缠足。因此后来的上山砍柴、下地挑粪、埕头晒场、队里分红，也就有了“本钱”。当家乡逢上任谁的“本钱”多厚都无法解决温饱的日子，祖母的本能反应是：开源与节流。

祖母的开源有两招。一招是嫁进山时随带来的祖传治“飞蛇”医术。小孩子背上长的什么东西，经她五指探摸确认是长了“飞蛇”，她就有把握救治。见过她寻来灯芯草，蘸油点燃，在成双成对的“蛇头”处狠心一烤，只听“噼啪”两声脆响，患者下意识惨叫一声，便觉浑身一松一爽，隔日即好。可无论家长们如何感激，祖母从不收费。倘过意不去拎“点心面”前来谢劳，祖母难却盛意，也就两碗收一，一碗留半。而这一天对于嗷嗷待哺的我们，便是重大的节日了。当年因饥馑而变形的我，竟希望多多的人长“飞蛇”呢！

祖母“生产自救”的另一招，是养猪。不多，一次养一只，却是老养不大。人家一年养成大猪投市卖钱，祖母手下的猪还没多大动静。祖母常为此懊恼和不解，直咒自己“手气”不佳，无脸见人。有次竟嗫嚅着对我们兄弟说：“你俩一个没书教一个没书念，回来满山里捡石头、印‘土格’、卖马草、换瓦片，盖起这么像样的新猪圈，却一直养不出大猪来，真难为情，也不明白这是为什么?”我倒是听人说啦，也亲眼见过，祖母把猪当孩子一般宠的、惯的，吃几口头一抬，就撮一把糠或添一匙海产渣汁，说是“骗嘴”，就把猪的胃口惯坏了。吃了咸的猪难长膘，这道理祖母也懂，却就是心慈。我们安慰她说这也没什么，我们吃了多少年了都比不上猪呢，总不能拿吹火筒顶着肚脐眼吹呀！祖母掩不住脸上的尴尬，颤颤地笑了几声，眼角就有了泪渍……

那年头谁也“开”不出什么大“源”来，就只有勒紧腰带“节流”了。祖母的节流是专节自己的。我们吃稠她吃稀，我们吃薯她捡皮，我们配菜她配酱，我们吃蛋她喂鸡。那时候，乡下人的小钱袋就挂在鸡屁股下，养了鸡却难得吃鸡。有大年节偶尔宰鸡改善生活，祖母就十分警惕鸡腿之类的好料会出现在自己的菜里饭中。她会罗织一百条理由，说明自己不宜或不敢吃这吃那，她像富家老太，对什么都不满意。

但也有例外的时候。鸡呀，鸭呀，不小心掉进粪池或深潭淹得半死不活，祖母会不吱声地心痛半天，捞上来了也舍不得埋掉，躲前躲后地自己处理自己受用，一点儿不让子孙们沾嘴。这时候好像她很自私。但我们都知道这是怎么回事，劝她也没用，就当没看见，跑得远远的。到后来似乎成了条件反射，祖母的碗里一出现鸡翅鸭翅，我们就断定今天哪只畜生瞎眼误入不干不净的死途了。在我们的记忆中，老祖母从来没有“正式”吃过一样好料的。在她老人家的心目中，后代就是她的唯一她的全部。我至今记得，在我呼天喊地地叫肚子饿，祖母又实在拿不出东西让我充饥的时候，她会焦急懊恼得捶胸浩叹，说：“要是人肉能吃的，我也愿刈下来呀！”

到我终于能挣钱反哺老人家时，祖母走了。她没有遗憾。她原本只知付出，不求回报。她从来只认为自己“欠”后代什么，而不觉得如何亏待了自己。她没有自己！

这就是父亲的妈妈，我的祖母。

“公家”的阿妈

母亲识字，而且多才多艺。她在一个渔村的祠堂里当小学校长兼民校教员。白天教小孩子读书，晚上教翻身农渔识字，还挤时间教海仔村姑打腰鼓、扭秧歌、唱“雄赳赳，气昂昂，跨过鸭绿江”；稍一得闲，就教我兄弟俩握毛笔、写粉牌、抄标语、画漫画……

母亲好像总是忙，忙校里的，忙村里的，甚至忙乡里的，记不得怎么就次第生了一窝子六个。大概觉得这也好，老大带老二、老二带老三……哆来咪发梭拉啦，土虾鱼仔过家家，一棵草、一滴露，不信有谁活不下！

母亲性子急，好激动，正是“乐观”二字救了她。在我十岁出头时，父亲因了一桩错案（后来彻底纠正复出），丢了教鞭，回乡“修理地球”，我们一窝子也炸了巢：老大留在山外上中学，老四就地送给渔村梅姨，我等“来咪梭拉”尾随父亲，鱼贯进山跟祖母，就有了“小扁担，三尺三，一头在海，一头在山”的自编童谣。

命运的打击，家境的逆转，没有动摇母亲对这个家的信心。其时她才三十多岁，原可以改换门庭，重新开始缔造生活，但她从未作如是想。她认为，家就是“有福同享、有难同担”，家就是“你有事了，我撑着”。她勇敢地拱起来，成为我家的脊梁，以至于我们一窝子的印象中，母亲从来就是“家长”，就是“总统”。好一堵可靠的墙！

母亲的乐观，在于心中从来存着一份希望。她相信时间会摆平一切。相信任哪个流鼻涕尿床的孩子，都会有一个美好的未来。她留给我们的，不仅仅是疼爱，更主要的是生活的信心。每周末从山外回来，一进家门就把那双三十六码蓝色“回力鞋”褪下，然后狡黠地说："各自试试，看还差几指头！"那时候母亲的工资每月四十七元，要对付全家大小九张嘴，哪有闲钱武装好一长溜的脚丫片子？但孩子们的最高"奢望"无非也就一个新书包加一双好鞋子，母亲心里当然明白，却就是办不到。而话那么一讲，让孩子们自个儿不好意思起来，觉得好鞋大概都在三十六码以上，谁叫自己的脚不够长呢？换了个念头，就来了希望：希望自己的脚丫快快长大，妈妈会给一双大"回力"呢！……

记得母亲理财，几无例外的是：月尾借债，月头还钱。每月工资一发，转眼就所剩无几。她说："乡里人扁担上都写着哪——'有借有还，再借不难！'"我有好几次不解地又自作聪明地"劝导"妈妈："你好傻，你不可以忍一忍一个月尾不借钱，下个月就省得还，不就全顺过来啦？"母亲苦笑一声应道："你叫安生，懂得什么？"或者潇洒地一拍手："下个月试试！"

就这么试着试着，"苦难的一窝子"长大成人了，各自"幸福的一窝子"又次第签到了。母亲退休后，还想包打天下。"祖母""外婆"的牌儿挂了一脖子，就感觉是联合国名誉秘书长了。这一家婴儿的奶嘴儿洞洞太大恐怕会呛着，那一家老鼠不除养得太肥别把宠猫吓着，又一家新单车坐垫太高担心校服裙子挂着，再一家使用"必扑"怎不用报纸把厨具统统遮着……凡此种种西瓜芝麻事，她都关心到位到家，真是"一心挂九头"，半夜里说不定就会热线电话打一圈过去，只通知一句"某某牌矿泉水不能喝"，或"点蚊香了吗？后窗得开一条缝！"……

这就是我的母亲，"公家的阿妈"！

多功能的妻子

妻是"老三届"。虽是同一个母校，由于她低我几级，故未曾同过窗，参商未遇。

相逢是在“知青”落魄年代。都是回乡插队，不同一个县，却仅隔一山梁，而且我母亲就在她家乡的小学里教书。母亲其时边坚持课业，边当“牛鬼蛇神”，戴过白布圈劳动改造，却认真保密，不让我们全家人知道。这个未来的儿媳居然看到了。母亲还咧咧地问过她：“臂上的圈圈儿有没有戴正？远远看过来是不是也蛮漂亮的？”她听着这穷开心的话，鼻尖儿一酸竟险些下泪，不知怎的，晚上就悄悄溜进学校，陪母亲住，怕这个“外地的王老师”孤独，或者想不开。她和母亲当然也都始料未及，两人在若干年后竟成婆媳。我曾笑问妻说：“你是不是当年‘怜屋及乌’才‘怜’上我的？”回答是：“有一点。”

那个年代，妻是“红五类”，我是“黑五类”，中间有一个“怜”字牵系，是犯了忌的，殊为不易。《红与黑》的“中国农村版”终于付梓后，这么“一点”仍是我永远的感念。

一个有悲心、有怜意、有宽宥之怀的女子，是足以为盟的。那时候我还求什么？

吾乡习俗，晚上洗脚都用木制脚桶。单个人洗一桶，一家人也合一桶洗。大脚搓小脚，热脚暖冻脚，那一份温馨，与卫生无关。

非常时期成的家，并不影响家的正常。洗脚桶里的脚丫片，先是二二得四，一眨眼就二三得六，再一眨眼便是二四得八了。有一天，我不得不告诉少不更事的一男一女，有一双大脚明天就要抽走了，也就是说爸爸要去上大学了。“还有一双大脚呢？”孩子们问。妻笑笑地说：“仍陪着你俩呢。”声音就有点打战了。有人唬她，“世美”也姓陈呢！她看过那戏，知道说的什么，却只莞尔，心里头回人家：“我可是‘情相连’呀！”……

就凭这一份信任和无猜，即令我感念到永远。大学四年，我八次告假回家参加农忙；毕业分配留省城后的第一项“工程”，就是回去把另外六片脚丫一并搬进城来；然后便着手培养孩子，“改造”老婆。

也是妻的造化，她挺有可塑性的：从山里嫂变福州姨；从“小芳”变大方；从“个体”变“集体”以至“全民”；从使犁、扶耙、玩锄头，变得能打字、复印、用电脑……十年磨一剑，不利也吓人。回过头来，天哪，我倒成了“改造”对象啦！

这下好了。不让我学摩托，说那是年轻人的事，咱得悠着点，地球照常转。早晨赶猪一样轰我出去爬山、跑步，晚饭后影子一般陪我聊天、散步。我说我是“砍柴的”，陪不起“放牛的”，她回一句：“留得青山在，不愁没柴烧。”我开夜车爬格子，落得自主神经功能紊乱一疾，她“叫你红、叫你红”（“红”，方言逞强、好胜之意）地责我，然后就是深深的自责。一听到对面楼里传来乐声，就怂恿我去跳跳舞，唱唱歌，放松放松。我说我不是不想去，而是陪不起时间，她就拿“过期作废”的时髦语激我。最让我感到水深火热的是，一会儿要我喝这个吃那个，诸如冬瓜汤、胡萝卜汁、西瓜皮、青苦瓜以及各种可疑营养液之类，尽是我望而生畏的；一会儿又警告我不敢贪这个好那个的，诸如油炸物、肉食、甜点以及各种饮料等等。酒我原本不喜，烟是我自愿戒的，这点令她大为赏识，甚至好奇，不时地提起它：“该不会复辟资本主义吧?”

常让我忍俊不禁的是，每年我订《随笔》《读书》《美文》《中国书法》之类的杂志，妻也急急乎地订阅家庭健康咨询医药保健知识气功饮食参考吃喝拉撒文化之类的报刊，一回家就指指点点，要我读这篇看那篇，这还不够，随时会带回一摞天边地角的劳杂子剪报，让我读后“照着办”或“看着办”。久了也便同时发现不少“炒货”和自相矛盾的文章，让人无所适从。于是面面相觑，痛感报刊界必须整顿！

把我当“防潮防震、小心轻放”的科学仪器或“出土文物”的，一是母亲，二是她的儿媳。

这就是我的发妻，多功能的、全天候的老婆！

长不大的女儿

女儿像她尾姑，聪明、懂事、有志气。不小心读到小学毕业才发现还是“农户”，不能在省城继续就学，无能又爱面子的父亲没有替女儿跑门路，只好原路返回老家，在县城的中学里寄宿求学。

十二岁就独立生活的女儿，随遇而安，憋了一股劲争气。六年的“好自为之”，竟三夺华东六省一市中学生作文竞赛桂冠，高考时又以英语全市盖帽的成绩，被福建师范大学外语学院录取。

父女成校友，并不奇然。而我前脚刚离校十载，女儿就踏进老子的“读书处”，这不能不令我汗颜。女儿善解人意，见我亲自扛箱子送她上学时掩不住一脸尴尬，竟拿大人话宽慰我说：“你是不巧碰上那个年代，又不是故意慢节奏或痴呆弱智二百五。”途经母校大门口时，我说起当年“三十岁读开宗”，大喜过望，入校时当众履约翻三个跟斗进得校门的趣事，意在告诉女儿：爸爸的梦想能成真，是多么不容易的事啊！女儿盈盈一笑，眼角的泪花也出来了，轻轻嘘了口气，说：“女儿也不容易哟！……”

我的心不由得起了层厚厚的歉意。这些年把她“放生”了，父爱积压在胸无以排解。曾写了篇《我家的“小皇帝”是“黑人”》万言纪实，发泄了满心的无奈，也寄予了盈握的希望。如今“黑人”变成了“白人”，少女也变成了“大人”。感觉很多事情自己还来不及为女儿补充做一点，女儿就成熟了，独立了，学会了自己面世和处事。譬如中学时入团，假期胸前佩个团徽回来，我们才被非正式告知；大二时纳新，“预备党员”都预备了好一段时间，我们也才获悉此情。记得是在用餐时，她爷爷刚从老家来，正好在场，一听说孙女入党，不禁正色说：“你怎么就入党了？你这么嫩嫩的，怎的就可以做党员呢？人家革命前辈，哪个不经过出生入死的考验，才入的党，你怎可以这么轻易就……”我们都听得一惊一乍，女儿的眼泪都快下来了，这才悟出老人家严格要求青年的原意。事后，女儿私下对我说她好感动。我趁机开导她，有事应多多请教长辈才是。

但孩子毕竟已经长大，有自己的理想，自己的价值取向，自己的生活理解和行为方式。长辈主要以积极、向上、自律的人格形象，影响晚辈，而不应越俎代庖，包打天下。放手，对孩子是一种锻炼，也是一种信任。

女儿对信任是敏感的。她感到了家的温馨和宽怀，感到了大人们“够朋友”，于是对我们无形的牵念的反馈，是加倍地恋家。她几乎每周末都回来一趟，其意不在揩家里几顿，问她干吗跑得这么勤，回说中学断了六年，现在补补嘛。平时有事没事一个电话敲回来，问一句安撒一句娇也甘愿。妈不在家时，甚至半夜会电话警告我：“蚊帐有没有掖好，当心毒虫子叮！”

歌里唱的“世上只有妈妈好”，女儿觉得爸爸也还可以。于是记得住爸爸公历一个生日，农历一个生日，生肖为猪，外加一个父亲节。也就见她不时地带点近似于哄小孩的礼物回来孝敬老爹。最令我哭笑不得的是这十二年一度的本命年，女儿迄今已隆重赠我大小“猪”凡二十几只，连同我不久前访台时带回的数只，简直可以举办一次“家庭猪展”了！昨天下午当家教顺路回来，还一次性拎回两只并坐的精品猪，我故意挑衅说：“这另一只是否影射妈妈？”女儿说不是的：“那只男猪是哥哥，那只女猪是我呢，想我们时就逗它们玩呀！”这男猪、女猪都是原话，你说俏不俏皮？

这就是我的女儿，永远懂事又老长不大的“同志”！

断鸿声里

几位神交已久的兄弟杂志社编辑同行，在成都年会期间见面之后，相约取道重庆，泛舟直下江陵。朋友们白日里一路看山看水，谈天说地。某君忽来雅兴，提议说难得相逢而分手在即，每人公开一段自己的爱情经历，好互相“参考参考”。

被这话触动的，首先是我。这一夜，我一点睡意也没有，用我的心，认真追忆起我和妻子共同度过的十五年蹭蹬岁月……

最难忘，是“患难夫妻”的情分。唯此情分，构筑着相濡以沫的爱屋，氤氲着生死共赴的悲壮。它比理性约束、道德规范之类的外力坚忍、有效得多。

我俩都是“老三届”，且家都在荒僻的农村，这注定我们有没完没了的“难”可患。共同的命运把我们抛到同一块黄土上，你是“红五类”，海边赤子，我是“黑五类”，山里浪人。你本可以从我脸上从容地移走你的目光。可是在两县交界的分水岭上，你却跟着我偷偷唱起了钟情的歌：“小扁担，三尺三，一头在海，一头在山……”

我明白，你要跨过那道“分水岭”，必须独自承受多大的政治压力，但不知道你的“叛逆”态度竟是这样的决绝。记得那次你绕了四倍的路程找到我家，说你大队“革命组”有人向你严肃摊牌：嫁给山里的那个“专政对象”，将毁掉你的一生；留在那领导身边，可入党做官……我是不忍心让你好端端的前途押在我身上啊。没想到，我的犹豫引来了你那样的激动和愤怒——“你这不争气的糯米团子！你承认你是‘专政对象’没有出头日子，那我是自投罗网自讨苦吃陪着你毁掉自己？没那么便宜！我相信你的清白，你的本事，你的前途，将来有你出息的一天，我要陪你争气，陪你创造，陪你过好日子，而不是白来抵罪的呀！我才没那么傻，不想嫁给你还用得着征求你的意见……”

好家伙！恋人之间不忌讳用“征服”二字的话，你这空前流利的口舌，你的爱与怨扭结起来的突然爆发，征服了我的心。你不靠同情和怜悯，而是靠与命运抗争的怂恿和激励，使我恢复男儿的勇气与自信，卧薪尝胆，熬过了艰难岁月。

家徒四壁，两袖清风，唯感情富有。画毛主席像积下三十六元误工补贴，下放的哥哥卖掉收音机支援六十元，再向舅舅借来二十多元，好歹买下一块上海牌手表给你当定情物。你一过门，便硬要我戴，只说回娘家时让你戴出去“摆阔”。我犁田、淘粪、打短工，你送饭、养猪、带小孩，累死累活而苦中有甜，只有你我相知。出外当临时工、代课、民办教师，每月挣二十几元，得买粮买肥买农药，只能给你一元五角当“私房”，你却悄悄积下来，给我买了生来所穿的第一件的确良衬衫。至今不会忘记那夜，我在流泪你在笑，时公元1976年夏。

恢复高考制度后，我以高分的成绩考取了大学，你却因独自兜起了全部的农事和家务，而未能挤进驶向高等学府的“末班车”，我们一则以喜，一则以忧。我们的爱情将不可避免地面临一场新的考验！

记得那年，你送我到通向省府的古驿道的桥头，眼眶里两星泪花不小心让刚入学的小儿子看见了，这小子不解地问你：“都是念一年级，你送我去，好高兴好高兴，送爸爸去，干吗要哭呢?”你回答说：“你放学了就回来吃饭，你爸爸要等很久很久才……”说着就滚下泪来。临别，你轻轻地说了声“路——走好”，拉起孩子的手朝我直摇。你大概不会想到，就这内涵无限的三个字，叫我断鸿声里，五里一徘徊……

一篇写我们这一代爱情变奏的言情小说《杜鹃啼归》，顿使高校里的“老三届”们个个成了联系实际的活靶子。一些小年纪同学，时不时又尖又酸地冲我们逗乐：“老国粹，甘愿当封建婚姻的牺牲品啦?”“过了这个村没了这个店，趁早来个重新排列组合吧!”他们还年轻，不理解我们这一拨人所特有的情感体验。婚姻不是玩积木，这里面的丝丝缕缕，都是心头抽出来的啊。我把《杜鹃啼血》寄给你看，想探探你对我放心不放心。你的回信多坦然：“那是说着别人的故事，我不爱听。我相信你……”这，就是无言而诚笃的信任。

大学四年，我请假八次回去参加农忙，有几次正逢着期中考，我宁愿下保证回校后补考，也要及时赶回去。你独自在责任田里摸爬滚打没人扶你一把，孩子绿着眼儿看邻家小子吃肉扔皮，你说我能安心在校园的花丛中大念“关关雎鸠，在河之洲”吗?每次白白的回去黑黑的来，晒脱的一层皮膜揭下来可以糊笛子的洞眼儿，可心里痛快啊。同学们看我这狼狈样，眼里却添了敬意，“排列组合”之说也悄然敛声。一些对我的“免疫力”屡存好奇的女同胞，转而对你表示由衷的祝福，感人的“小动作”则是：暗地收集一沓又一沓的粮油券，非要我往家里寄。

记得那年国庆节，我把你和孩子一并带到学校来玩。起初你还觉得难为情，怕“乡下人”被人瞧不起，怕“不般配”刷我的面子……亲爱的，我不嫌弃你，你怎么倒自贱自轻呢?来学校后，你的感觉就不一样了吧——当我把你介绍给大家说“这位就是我家的‘田中首相’”，你看男女同学们对你的欢迎是多么真诚，暖心话说个没完，时不时地“奚落”我几句，让你听了美在心底。女同胞叮叮当当备餐具邀你参加节日“改善”。那个小机灵故意正色问你：“嫂夫人不担心家里出个驸马吗?”想不到你会那么轻松地反诘一句：“你碰见陈世美带秦香莲进过京都吗?”多带劲!

毕业分配到杂志社不过半年，我便动员你扔掉家里的责任田，举家搬进省城来住，14 平方米单身宿舍安下个四口之家，轻轻一笑也觉响亮，够美气的呢。可是问题接踵而至。占全家四分之三的成员是吃高价粮的“黑人”，柴米油盐酱醋茶、蔬菜瓜果水酒糖之类的“硬通货”，半个月时间便可轻松敲掉我整月的工资。你首先坐不住了，非要我联系个运输装卸工或建筑临时工甚至医院的清洁工的工作，让你去干，再苦再贱没关系，只要有收入。我没答应，也不忍心让你刚放下背篓又挑起粗桶。我就是开夜车一夜之间熬白了头，也不愿看你受二茬罪。你再次求我，说帮你找个“东家”也行，让你去当保姆搭两顿饭挣几个钱，这样我可以少熬夜。我几被负疚之心噬咬得不能自持了，我们抱头痛哭了一个晚上。

第二天，那是怎样辛酸的一天！我带着你，破帽遮颜，沿街边、沟沿、巷口，挨家挨户打听过去：有没有谁要雇保姆？……有幸的是，我们在南门兜找到的“东家”，全家都是软心肠的人，他们慢慢了解到我们的遭际后，不再把你当保姆看，而看成是来此小住一段的远房亲戚，到后来简直成了一家人，这倒使我们有点不好意思起来。在这短短的几个月中，我们感受到了小街人的温情和善良，感受到理解、尊重和抚慰。这烟火人间，人道主义是金！一位同学得知我把“糟糠之妻”接到身边而没有事做时，便自告奋勇把你介绍到市雕刻厂当临时工。开机器锯寿山石，活儿重，且是浸水作业，但我们感激在心。

1983 年年底，我从东北出差回家，见你双手被这石粉“咬”出道道裂痕，浸在冰水中肿痛难忍，还一丝丝殷殷地渗出血来。我猜想你准是图这计件生产，趁我不在时拼命加班，才把自己糟蹋成这副样子，心里疼极气极，跟你吵了一架。编辑部领导了解此情，赶紧与东门装订厂联系，把你安置在厂里学搞装订。你一进厂就埋头学埋头干，没几个月就赶上了多年工龄的熟练工人。我见你形容憔悴，心中不忍，你却说：“我必须这样做，不然工友们会以为我是杂志社塞来的包袱。”

装订期刊每月有两周大忙，晚上得开夜车到深夜。我每晚赶两三里路给你送饭送汤，心里感受到多少能为你做点事情的幸福。你在二楼车间开装订机，轧轧的机声淹没了我的脚步声，但好像真有什么遥感似的，每次我上楼见到你时准能同时看到你嘴巴微微一咧，然后往墙脚的桌上努了努。我发现你这时候很好看，真的。你却说我好看："要不，每次送饭上楼，全车间几十位女工的眼睛怎么会全'刷'过来?"你开玩笑了。你老说很感激我，在众目睽睽之下，敢大摇大摆地给一个乡下人模样的临时工送饭，让你感到了心灵上的满足和自豪，而忘却了全身的疲劳。我已经说过多少遍了，我不能自负，你也不能自卑，什么叫同舟共济！什么叫祸福相依！自你我地位发生"错动"之后。我深知我已不复为我自己，我还有另一半——你！一半在岸上，一半在水中，这岸上的一半不能苟且此生，更不能独领风骚。不管在哪个角落，只要两人同在，便有一个灿烂的世界！

我家的“小皇帝”是“黑人”

“你是灿烂的太阳，我们像葵花，紧紧地围绕在你的身旁……”似曾相识的一段歌词，被一幅20世纪80年代发表的漫画移植过去，引起了我的好奇。

端详那画面：一颐指气使的小子俨然居中，父母亲、爷爷奶奶诚惶诚恐围成一圈，一律做全天候的彻底效忠状。倘没有猜错的话，那“灿烂的太阳”当是指“独生子女”吧。

及至作家涵逸发现此乃当今社会生活中普遍存在的现象，遂起忧国忧民之心并决定为文以醒世时，似觉“独生子女”以“小太阳”为喻体多有不妥，于是改以符合国情的“小皇帝”相称，推出数万言的社会问题报告文学《中国的“小皇帝”》，很快引起了烟火人间的一阵骚动，其振聋发聩之功几可与马寅初之说论相比。

作者的全方位把握，想来并不排除某些例外现象吧。不巧的是，我家的情况恰是“例外”中之一例——我可怜的女儿，想留在身边好歹让她赶时髦称“帝”一阵子，却因是没有户口的“黑人”而未能长留；孤身一人被扔到二百里外的乡下上初中，又因远离“朝廷”而丧失“登极”的条件……

1986年8月29日，赶赴成都参加一个专业性的全国年会前夕，我不得不把女儿送到一块从海底浮起不上几千年的蒲草地里“放生”。那里没有家人没有亲戚，嫩嫩的十二岁，便开始寄宿学校的独立生活，于心何忍啊！好在那毕竟是我的摇篮地，我有好一批散文都是写这块土地上发生的事。悠悠兰溪水，曾孕育过海峡女神妈祖娘娘，孕育过“南都江堰”失败的英雄钱四娘，孕育过叫杨玉环打破醋瓶的梅妃，也孕育过半导体专家林兰英、小说界新秀林丹娅……

不敢指望我的女儿将来会成什么大器，但至少在今天，站在这一方小小的土地上，她不再是——“黑人”。她的受伤的心灵多少得到些抚慰，这就够了。

可是，与女儿辞别的挥手之间，我发现她比我更冷静，眼睛湿湿的却不见下泪，回眸一笑却没有留声……我被这意外的情景震得心头发痛。回省城的一路上，我的心绪整个地耽在百感交集的回忆之中。我忽然觉得，自己是个不称职的父亲，这些年给予的爱太少了！回到单位，与妻待在空落落的房间里，四眼相对，我怀着愧疚之心疯也似的想给女儿写封长信。思忖再三，又觉不妥：她还小，不能这么早让她知道除直觉以外的更多的世事。那么，写一封暂不发出的信吧，再过八年，也就是说当她上大学三年级，正好过二十岁生日的时候，再让她读读这封信吧。到那时候，她理解也罢，不理解也罢，现在的，都成为过去；而过去了的，都将变得美好……

琳，我的女儿：

我在努力想象你二十岁时会是什么样子，读爸爸这封纸张发黄的古怪的长信后，会有什么样一种心情。也许，此刻你会生出一种“凯旋感”，在学府的幽径上，或在运动场的台阶上，你神秘地朝好朋友抖了抖手中厚厚的一沓，然后像讲别人的故事似的说：“小时候真够意思，老嘟嘴老嘟嘴，爸爸说我嘴巴噘起来时挂得住一只酱油瓶子，现在好些了呗？还说我曾经是‘黑人’，这不是挺白的嘛，你说是吗……”

我想象你的朋友（兴许还是男朋友吧）此时不知该置可否。因为你的声音有点走样，你还没从爸爸的信中走出来，你在强忍着什么。你真聪明……

想象未来，总是幸福的，美好的。而往事的影子竟也随之俱来，且越想超脱越是拂逆不去。于是，美好里添了悲壮，幸福也便有了厚度。是这样的吗，我的女儿？

说真的，你来到世上很不是时候。你爸爸和妈妈均因“文革”动乱而失学，在社会最底层挣扎到第八个年头，经济上的困顿和精神上的窘迫，使我们赶不及给你备下哪怕一小片蓝色的天空，你就匆匆地来了。不等妈妈赶到医院，你就在老家山旮旯的一间百年老屋里，急急地完成了你的第一声啼哭。更深夜静，你猫仔般的叫声过后，便是妈妈的低声呼唤：“快回来看看，咱家添了个‘半劳力’……”

你的“母难日”，我正在兴化湾老港口边的一家工厂里，为每天八角钱而盘点着青春和生命。民国残余的老车床随时可能绞去我的双手，我还觉得幸运。比起两年前你哥哥降生时，我在另一家工厂的高炉屁股底下推车斗出煤渣，日子好过多了。于是玩命地干。不料在磨车刀时，每秒钟几十转的砂轮把钢末射进我的左眼球。进医院治好工伤后，我戴上挡沙遮风的自费“劳保”平光眼镜，兴冲冲回家看你。你妈妈见我突然换了一副学究似的斯文相，脸上兀的飞出红来，竟那么重地拍你说：“妹子快瞧，大学生爸爸看你来啦，知识分子爸爸看你来啦……”她忘了你还不会睁开眼睛看人呢，她太激动了——为你，也为我。你大概被拍痛了，哇的一声哭开了，她这才回过神来，嘤嘤地陪着你掉泪。她明知“老三届”是被耽误的一代，当大学生、当知识分子的机会很难再有，但心底里存着那希望、那幻觉，却是怎样地真实，真实得令我不忍自谦。我咽着苦水强颜欢笑，把母女俩一并拥在怀里，讷讷地抚慰道：“会有机会的，会有出头日子的，大学生不是我就是你，就是小哥哥，还有这妹子——”我轻轻一点你的小扁鼻，你的哭声戛然而止，不由我心头一抖，觉得似有命运之神在窃听咱一家子的穷开心呢……

蓦然记起汉魏时陈琳的《饮马长城窟行》，诗中有云“生男慎莫举，生女哺用脯（干肉）”，可我给女儿的“见面礼”是什么呢？仅仅是阿Q自我安慰的毫无实惠的傻笑？为了勤些回老家看你妈妈、你哥哥，探探你蠢蠢欲动的消息，我借钱买了辆自行车；为了还债，我在小赌席上“两间挤一卒”，自己不懂摸牌，只管五分一角地分头往两边押注，陪着赢陪着输，陪着丢下几寸光阴加三十斤膘。“男儿宁当格斗死，何能怫郁筑长城……”我心中一动，不觉呼出“陈琳”的名字。你妈妈一惊一乍，欣欣然地说：“陈琳？多好听的名字！就叫她陈琳吧？”我似有所悟，心想陈琳乃“建安七子”之一，曾为袁绍掌管过书记，后在曹操手下统筹文书，好歹算个“知识分子”，让女儿沾沾这份福分吧，你于是得名：琳。

别笑我，那阵子似乎真有点变态。不瞒你说，我曾好几次偷偷跑到距家乡六十几华里远的一座半山庙里去窥探，发觉进香请愿的人明显年轻化了，同辈人甚而比封建“遗老”更其虔诚，更其迫切。黄杨厄闰，人生多？一筹莫展如此，这是怎样的悲哀啊！然哀莫大于心死。有求于天助，不也说明这些人并不满意于命运安排的既定格局？他们小心翼翼地揣着各自的希望，无声地呼唤着某种转机的早日降临，虽不得法，耽于“唯心”，却也切切地感人，天可怜见啊！回来后，我居然也生出奇想，从一位“工农兵学员”那里借来一面大学校徽，端端地摆在灶头，然后点上几炷香，口中念念有词……

机会终于来了，却并非借于神明的护佑，而是因了“四人帮”着着实实的倒台，和高考制度着着实实的改革。一脸憔悴的“老三届”们像发现了地质之光似的，从各个角落纷纷涌向通往高等学府的路边。可惜只有1977年、1978年的两班车。然而“老三届”无端被误掉十年岁数，却怎样也掰不开，甩不脱！第一趟车，我因扛着上一代留下的政治包袱太碍眼，被“左撇子”检票人推出车门。第二趟“末班车”，我死活挤了上去，却发现你妈妈因你们这一代“包袱”的拖累，而被撇在路边……

我可不能撇下她，我的风雨同舟的妻！

记得第一趟被推下车之后，我吻别了刚四岁的你，踉踉跄跄逃到远离“左撇子”的某县海隅去。在当地开明领导的庇护下，我边教书，边刻蜡版挣钱给家里买“黑市粮”，边萤窗雪案复习功课，横下心做最后一搏。第二年高考刚过，当地突发瘟疫般的二号病，所有路口全部戒严，许进不许出。你妈惦着我“两条”生命，怀揣高招政审所急需的原大队一份证明，迢迢百余里，跋山涉水，像豁命送十万火急的“鸡毛信”似的，秘密潜入警戒区。我在那棵古老的相思树下等了三十几个钟头，两人相见，能不无语凝噎！……相依在荒山的古塔边，我把路旁顺手捡来的一黄一黑两块泥土，慢慢地捏碎，掺和在一起，揉成均匀的一团，又慢慢地掰成两半，捏成两尊小人儿，然后轻轻地对妻说：“我要重新捏一个你，捏一个我；我中有你，你中有我，而颜色一样……”你妈听懂我的意思，早已泪水涟涟，只说了句“只是苦了你了”便泣不成声……

感谢时代的赐予和生活的厚遇，我的前进道路上开满了鲜花。然而，每至收获和播种季节，我的耳边便会响起古老而熟识的声音：“归去来兮，田园将芜……”

我想象你妈妈饿着肚子，在山瘴的裹挟中犁田耙地，或在焦渴中把戽桶的绳子一头系在塘边的刺头上，一头紧抓在手里，半泼半泼地戽锈水抗旱，而你跟哥哥“放学”回家，和小猪小鸡合伙着四下哭叫寻食……我的“陈情表”便添了一分沉重送到系里，无论如何让我告假回老家参加农忙。四年八次，都逢着期中考，回来再说吧。

你这鬼精灵，还没读上书，就学会拿模拿样地说大人话——我每次回去“双抢”，你就嚼着我塞给的光饼瞥了我一眼，咕噜噜地数落道：“又逃学回来了，怎不安心读书！阿骋哥哥都期中考了，你考好了吗？分数单带回来了吗？”

我常把你带到田头地尾的树荫下自个儿待着，我下地还没干多久，你就像班主任似的唤我过来，尔后从小书包里掏出我的笔记、卡片递给我说："听说你回学校要补考是吧，还不赶快背书去！"显然，这都是你妈妈教唆的，是变着法子让我休息。但从你小嘴里"布置"下来，真叫我又感动又觉为难，只好乖乖默诵一阵子"春色三分，二分尘土，一分流水"之类的词句，然后朝你道声拜拜，重又杀下田去。

还记得你儿时跟着哼哼的那支《扁担歌》吧？当你妈妈和着泪把末两句唱成"一头在城，一头在乡"时，我忽然感到自己肩上的担子有多重，今后的道路有多艰了。"遥怜小儿女，未解忆长安"所透出的诗意，毕竟是凄婉苦涩的。"两情若是久长时，又岂在朝朝暮暮"这句成为时髦，对天各一方的新牛郎织女来说，是无可奈何的自我安慰，是歌哭后的解嘲。

人到中年了，家庭不得团圆，那是怎样的一种悲哀啊！把妻长年扔在一边，还清谈什么"重新捏一个你"？老请假往家里跑，上了工作岗位后有在学时那么随便吗？"田中首相"即便愿意咬咬牙终身连任，可孩子的教育呢，孩子！

离了吧，重新排列组合，组织个双职工的家庭，可惜我办不到。不是因为理智，而是因为感情，因为最质朴也最坚忍的爱。爱的沉淀力使我所思所想的全是：创造。创造生活环境，创造家庭格局"优生"的一天！于是记起小时候听到的一个动人的口号——"消灭城乡差别"。在社会的某些局部里首先谋取"消灭"的成功，不同样体现对这一号召的竭诚拥护吗？岂知好事多磨……

早在我毕业前一个学期，曾向系里要求分配时把我分到大山区一个新建的城市去任教。我教学实习所在的中学欢迎我去，答应让咱们全家迁居到那里，把你妈妈安置在校传达室，你和哥哥就近联系入学。离乡背井算什么。只要你妈妈能摆脱独自强撑的农务，你们兄妹能迁进一所像样的学校读书，我甚至愿意举家迁到边疆去。

及至分配时，系里有意让我留校，多次向校方打报告。校领导则从“大局”出发，认为“老三届”的家属多在乡下务农，多留下一个，意味着给学校多添一个“包袱”，后患无穷。除非能保证“在十年八年内闭口不提照顾家属的事”。天！我肯下此保证吗？我不照顾你们，谁来照顾！我尚能理解“在其位”人的难处，没批准我留校，我不遗憾。只是在毕业筵席上，校领导刚好亲临话别，我在举杯祝酒时，不小心溜出一句：“祝你们放下‘包袱’，轻装上阵……”好在他们没听懂。

在家乡的责任田里，我接到了分配通知，让我当编辑办刊物。我非常感激系领导的举荐，感激杂志社的器重。没有这一生活道路的新转折，也许你爸爸就不是今天这副模样了。但那时候，当我发现你妈妈比我更兴奋更激动，以至手一抖，差点让一阵狂风把“通知书”给刮进龙潭，我的心底反而涌起了一股莫名的惆怅。好像预感到什么，又说不清楚。只觉着我们所面临的磨难和考验，似乎从这个时候才算真正开始……

当编辑、记者，求之不得，我却一则以喜一则以忧。入学前我当的是民办教师，毕业后“改行”，以前的工龄不仅没连着算，反而被一笔勾销，一切得从零开始。天哪，等我具备让家属子女按“政策”农转非所需的足够工龄，我已年过半百了！

夜，市声渐歇，我常带着案牍劳形，独伫落日楼头，听断鸿声咽，天影邈邈，不由哼起了《卖花姑娘》里的插曲。想着这会儿你大概正偎在妈妈怀里，期期地说着梦话：“妈，爸爸把我们忘了，忘了……”我心头便涌起一股酸楚。

一万年确实太久。到21世纪才“大团圆”，还有什么意思？我要事业，我要家庭，我要你当真做几天“小皇帝”！我实在陪不起耐心等待的时间，第一次那样理智地不按理智办事——决定破釜沉舟，背水一战。我把家里的责任田、自留地无偿转让给其他农户，柴门上狠心落一把锁，把你哥哥送到邻县的外婆家寄养，把你和你妈带到省城来住。

“先斩后奏”，万不得已啊。时值春节，机关的同志以为你们是来探亲的，忙腾出一个完整的房间。我们团聚了，竟赖着不散伙。我知道这样做不对——我算“单身汉”，原则上只能住集体宿舍呀！可除了“赖”，还有什么办法呢？

你见我那阵子脸有喜色又有愧色，好像偷了邻桌的铅笔盒似的，便怯怯地问：“爸爸，什么叫‘单身汉’？你怎么才‘单身汉’呢？”琳，你还小，不该懂这些东西，更不敢当着妈妈的面问我这个。她那阵子太自卑了，老说她是个“包袱”，连累我里外不好做人。她为此常在夜里默默流泪。

城市里这样一个不“合法”的古怪的“黑户”，注定有没完没了的苦要受。就说你当年转学的事吧，没有城市居民户口，就像“黑人”那样，吃不消“白人区”那一双双异样的眼睛。碰够了鼻子，最后还是通过同事的旧友的亲戚的熟人的老师的特殊关系，你才终于进了一所必须拐十四道弯才能摸着大门的一般小学里寄读。

这一夜我们像过节一样高兴。你妈买回几个大苹果，却不懂得怎么削，偷偷躲在门后，用老家刮芋头丝瓜的刮子刮苹果皮。你一乐就乱说话：“妈，人家阿姨是用小刀一圈一圈地转，皮儿拖得长长的，厉害咧。”我在一旁听了，心中不由一恸。在乡下，能得温饱便是新生活，哪有闲钱买水果？偶有一两个，怕也是连皮吃了。那年春节，我喜滋滋地带回一包瓜子，竟没有一个会啃，一粒粒塞进嘴里吮，只知皮儿咸不知仁儿香……这些年，我当的什么家啊！

而今一时也翻不了身。你们离乡离土，吃的是高价粮，更没有副食品供应，邻居们不时送来些票证，我们精神上得到温暖，但哪能靠接济过日子呢？想给你妈找一份临时工作，可是农村户口谁要？即使让你干了，领工钱也得冒城里人的名，上头风声一紧，时不时还要“清退”。更何况我天生一个书呆子，毫无门路，也不懂利用职便，只想自己多开夜车写稿，应付五口人的生活开支，好让你妈安心歇着。

她却坐不住，非要我帮她找个东家，当保姆挣几个小钱也好。你不知道当时我们走出这样的一步是怎样的痛苦啊！怕你和你同学懂得这事，我俩瞒着你，沿街打听谁要请保姆的消息。终于有一天，我骗你说："妈妈要上班去了，每天晚上你睡下了她就回来……"你听说妈妈有"工作"啦，那样高兴那样认真地对妈说："你放放心去吧，我跟爸爸。"还在文具盒盖子里面的左上角，端端地记下了这个美丽的日记。那天晚上你睡得特别好看，却不知爸爸的心儿被愧疚之情捣成一片废墟！

你不该去跟踪妈妈。那个星期天，你远远地尾随而去，发现妈妈是在干给人家煮饭洗衣带小孩的工作，你痴痴地站在门边，面对着真的"小皇帝"，是艳羡？是妒忌？或者另有一番难忍的滋味？首先受不了的是你妈妈，她好像忽然欠下你什么债似的，回来后抱着你流了那么久的泪。这一天，你仿佛一下子大了五岁，夜里醒来，非要把妈妈的手牵过来暖在你腋下……

琳，你懂事得太早了。有件事我后来知道了是怎样地心疼啊。你们学校为了学生的健康，每天课间操代办些豆浆、面片、锅边糊之类的热点心给学生吃。你回来说每月得交三元钱、一块煤，我给你足够的钱，却拿不出这一块煤。我是"单身汉"，户粮搭在机关集体户，哪来煤票？不看看咱家用的是煤油炉吗？我多给几分煤球钱不就得了？大概你不愿向老师说明这种特殊情况，或者说了老师也不相信，你自个儿跑三四里路寻到伯伯家，要了一块蜂窝煤，用了个大纸袋包好后急急赶回学校，不料那块煤竟在过大街时被自行车撞落在地，摔得粉碎……你自此便学着说谎了。你骗老师说自己每天带干粮做点心，不再在学校"搭伙"，而每天上学却照样在书包旁系个牙杯，让我真以为你在学校天天有东西吃。你这又何苦呢？你好傻！

那一阵子，你越来越消瘦，眼睛大而无神，旁边黑黑紫紫的一圈，嘴巴也嘟噜得更长了，见着我们却强作笑脸。你是在宽慰我们，怕我们为你担太多的心？也怪我当时太粗心了，我不知道那是由于饥馑和营养不良，只当是缺少体育锻炼，于是等你放学回来拼命教你打羽毛球。你咬紧牙关学得挺快，却换来更大运动量的折腾……你爸真糊涂啊，只留心寻求某种“诗意”，聊作顿困生活的些许填充——且看当时偶得的一则于你无补的散文诗作《在草地上》：

累了。我躺在草地上小憩。女儿坐在我身旁，把羽毛球拍掩上我的脸，叫我别动——

“爸，我瞅见一个鹅卵形的地球，真的：陆上有几条浅浅的河，河里淌着什么我知道；河下有两个圆圆的湖，湖中映着谁我也知道……”

是瞎编？是猜测？是憬悟？我惊喜地把住女儿的小手，不让球拍匆匆离去……

哦，我瞅见的是一张粉红粉红的方格纸，每一行每一格，都写着我的祈求我的梦、我的希望我的爱，还有我无端给添上的小小问号……

不知该不该告诉她：这河水的咸淡，湖心的深浅，这地维的迁变和春夏秋冬？

……

在一家文学双月刊上读到这篇作品时，你那双大眼睛举到窗外高高的玉兰树上就凝住神了。是奇怪叫作“文学”的东西居然可以发生在身边？是惊异沉重的生活中居然还有美在？

自那以后，我发觉你一放学回来，就悄没声儿地钻进编辑部的资料室，我太粗心了，从没过问你到底看些什么书。还是管理员阿姨有经验，不合适你看的书不让你多接触，对你有帮助的书则大开方便之门，竟让你冒我的名陆续借出那么多课外读物。年终丢了几本向我索赔，我这才悟及你早早地到了“第二次断乳期”求知欲旺盛的心理年龄，赶紧给你订了《儿童文学》《少年文艺》等几种杂志。

我是个不称职的爸爸，从来没检查过一次你的作业。考卷带回来让家长签字，我只看看分数，不及九十分就瞪起眼睛训你，也不帮忙分析错在哪里。拿作文稿给我看，天，在编辑部终日“挖山不止”，见到方格纸就怕，回来还要受二茬罪？“不看，自己掂掂！”你碰了两次钉子后，就再不来打扰我了。及至前年，你告诉我你有篇习作《在爸爸的编辑部里》发表在一家小刊物上，我还不相信，后来领了稿费才知是真。可话说出口却变得尖刻：“怕是语文老师帮你改的吧？”你小嘴儿一扁，丢下一句：“爸爸都不关心，谁还管我！”扭身就走。直到去年，你的另一篇习作《老家门前的海》，在一家刊物的全国范围征文活动中夺得了头奖，我这才觉得可怜的女儿在家里当不成“小皇帝”，自个儿杀出一条血路来了，这严酷的生存竞争因了我的无情而加倍地艰难啊！

当我良心发现，想多给你一点父爱的抚存时，你小学毕业了！一条从来不曾退远的可怕阴影，再一次如期扑来——你是“黑人”，没有资格吃商品粮的“黑人”，本市的好中学不容你踏进一只脚！为了你能就地参加报考，我记不清递上多少份“申请”“证明”，好歹得到个答复：“好吧，考了再说。”你真争气，连续两年“区三好生”，历任少先队中队长，初考总分超过全国重点中学——本市一中的录取线，学校老师们都为你高兴，可是升学的事他们爱莫能助。你的额上似乎烙了个什么肉印，那条阴影不肯轻饶你。

看着你那可怜兮兮的眼睛，我不得不放下“臭架子”，低声下气四处求人。到几所中学叩门，回答大抵是：“苗子不错，很想收，只要招生办能把陈琳的‘卡片’抛出来……”这话令人鼓舞。但忘不了刚见面时也有这么一句话："这个时候，该来的人来了，不该来的人也来了。"能不叫我羞煞！我理解人家的难处，及时退下。找"抛卡片"的有关单位大小领导，诚惶诚恐地递上一份份"陈情表"，回答的口气大抵是和蔼的，充满希望的一句话也讲得实在："假如能弄到一份市公安局的常住户口证明，哪怕是来不及办完而确在办理之中的'农转非'手续，事情就简单多了。"……

前前后后盖的红印子、找的人面子总计不下一百个，历时不少于两万分钟，最后还得在公安机关身上打主意。我惊愕了，畏惧了，我感觉到自己几欲滑到犯罪的边缘了！某根神经蓦地抽动一下，我方才警醒过来——天下人可以负我，我不能负天下人；女儿可以离开爸爸，不可以失去一个正直的父亲！

我决定中止一切活动，忍看前功尽弃。

可是，我怎么向你交代呢，我的女儿，当时我信誓旦旦地对你说："只要你考出好成绩，人家就会欢迎你的。"而今该作何解释？

我绕了好大的弯，说青山、绿水、古渡、栈桥，如何如何地美；蔗林、沙渚、金光菊、蒲公英，多么多么地耐玩。最后才说："到乡下独立生活，对你……也许更有好处……"我忽然觉得自己就像拐骗稚童的牙人，多么地可憎、可耻！没想到你早从我晦暝的眼里读懂我的苦衷，那样坦然地接上话茬说："放心吧，爸，妈，我……不会给你们丢脸的！"你的空前冷静使我感到吃惊。我第一次发现，你已不是个孩子了。你对命运逆转和精神磨难的心理承受力，比我们要强得多。我和你妈面面相觑，竟不知该喜、该忧。

苦戏且当喜剧唱吧。穷人的孩子早当家，你就去吧，一个人到二百里外的一所中学当寄宿生去吧。"小皇帝"当不成，说不定将来更有出息……咱就赌一次吧！

临别，过你的十二岁生日。第一次为你买那么大一个生日蛋糕，还有足够的小蜡烛。躲开市嚣，到二十里外一条没有住家的名叫鳝溪的小山沟里野炊去吧。在潺湲的溪流边，妈教你领子和袖口怎么洗，我教你饭罐的水该放多少，你教我们来信时信封上要写“同学”，不要写“同志”……每块石头每片树叶，该都记住我们快乐的笑声？

为你送行那天，你忽然那么认真地撒了个娇：“爸爸，让我把羽毛球拍带走吧，啊！”话未说完，便抱住我的腰，泣不成声……

我心头一抖，不由记起当年那则散文诗的后几句：

无形的羽球哟，从屋檐滑下，像崩雪；从树梢飘坠，像梨花；从海边飞来，像鸥鹭；从天外陨落，像流星……

有限的土地上蹦跶的我的女儿。在无垠的天空中扫描的她的眼睛。她学着用那织着经纬的小小球拍，迎迓馈赠和考验的同时降临……

文学是梦？生活是梦？哦，游戏的文字，今天竟不幸或者有幸而言中了！

好在人有奇妙的想象力。想着八年以后，你二十岁生日的时候，全家因你的微笑而生辉，我这会儿心灵的煎熬便显得微不足道了，我完全有理由现在就遁入诗的微醺。

……

1986年10月于福州

【附文】

我不再孤独，爸爸

——一个中学生的心里话

亲爱的爸爸：

您可能没想到吧，我在学校里意外地收到一个寄自上海的小邮包。拆开一看，呀！精致的小木盒里装着个带卷笔刀的小老虎工艺品。底下还压着一封信，信上写着——

陈琳小妹妹：

你不认识我，我可认识你。读了你爸爸发表在《演讲与社交》1987 年第 1 期上的《我家的“小皇帝”是“黑人”》一文，我的内心受到了强烈的震动。我是全家人围着转的大都市的宠儿，从未想到同代人中，竟还有像你这样艰难生活着的带引号的“黑人”！我同情你的处境，寄上玩具小虎一只（我从文中推算你属虎，没有错吧），愿你生气活泼，经受住独立生活的考验。我也要重新开始，不再“身在福中不知福”了……

信末的署名是：一位与你同龄的读者。

看了这封信，我又激动又觉得奇怪：您以往发表的文章不管我能看懂多少，都要寄给我读。这篇写我的，却偏偏不让我知道，这里面一定有什么秘密。于是，我怀着疑惑的心情，跑到县文化馆借阅这本杂志。

爸爸，您可知道，我读完您那篇文章后，禁不住趴在桌子上大哭起来。我虽涉世未深，您那洋洋万言的长文我不能全部理解，但从字里行间，我体味到了慈父的长长的爱心。

文章是写给我的一封长信，却发在《心弦读奏》栏目里，您在引言中说："她还小，不能这么早让她知道除直觉以外的更多的世事。那么，写一封暂不发出的信吧，再过八年，也就是说当她上大学三年级，正好过二十岁生日的时候，再让她读读这封信吧。到那时候，她理解也罢，不理解也罢，现在的，都成为过去；而过去了的，都将变得美好……"

是的，我还小，但特定的环境使我变得早懂事，您不是也这样认为吗？我了解爸爸和妈妈，念中学时碰到了"文化大革命"，整整耽误了十二年之后，您考上了大学，妈妈却为了您和我，仍留在家乡的责任田里劳动。您没有忘记妈妈，每季农忙都请假回家做帮手。您分配到杂志社工作不久，便把妈妈接到省城来住，我也随之转入附近的小学就读。我当时是怎样高兴啊！我知道这种日子来得不容易。因此，不愿意也不忍心当娇生惯养的"小皇帝"，给你们添烦恼。我只有自觉，只有争气！几年来，连续被评为区三好生，学习成绩名列前茅。还在一家报刊的全国范围征文中获一等奖……多少个日日夜夜，我们一家子同甘共苦，有悲也有乐，有哭也有笑，生活倒过得挺够味哩。

可是，我越临近毕业，您的眉头锁得越紧。似有什么不祥的征兆，却不让我知道。原来，是为我的户口问题伤透了脑筋……

爸爸，您是正派人，不会去找关系、开后门，为我和妈妈搞"农转非"（多别扭的字眼儿）。我吃的不是"商品粮"，按"规定"，不能在本市上重点中学，这岂不意味着我初考的成绩（超过全国重点中学——本市一中的录取线）被无视、被轻贱？我为此委屈得哭了好几回。爸爸，您似乎强忍着什么，绕着好大的弯子，最后才讷讷地对我说："到乡下去独立生活吧，对你……也许更有好处。"见您眼里噙着泪花，我赶紧装出副无所谓的样子，可心里却在暗暗抱怨您，怨您没本事、铁心肠，忍心把我扔到那么远的乡下中学去过寄宿生活……

现在不怨了，爸爸，可以告慰您的是，我已经习惯了这里的学校生活。在这块土地上，我不再是"黑人"了。老师、同学都很体贴我：生病时带我去看医生，没钱时借给我饭菜票。每逢佳节特别想家时，他们更没有忘记我。去年中秋节，同时有好多人送月饼给我，并邀请我上他们家吃"团圆饭"，共赏明月。今年端午节，同学们还依照当地的风俗，往我书包里塞了好多的鸭蛋和粽子呢……我虽然远离父母，但我并不孤独，时时感受着师生之情、同学之谊的温暖。记得临别时您用异样的声音对我说："琳，克服克服吧，熬过这一年，我再想办法把你接回身边读书。"我看不必费心了吧。我不愿意您为我的事而去苦苦求人。我们要活得有志气——这也是您常常告诫我的话呀！

另外，还有一件事：您在那篇文章里有意隐去我的地址，这很好。但有心的读者还会四处打听，请您想办法告诉读者们，他们的心意我全领了，希望不要再寄东西给我。我正在长大，不喜欢自己生活在一片同情之中，那样对我没有好处。您说是吗？

祝

健康、快乐！问妈妈好！

您的女儿：琳

1987年9月3日

童年真好（节选）

妹妹一箩我一箩

妈妈在兴化湾边的渔村教书。

她说她很忙，不让孩子们跟在身边。

她把我们扔在山里的老家，哄说山里的鸟声好听，山里的枣子好吃，山里的青蛙会讲故事，还说山外有一种带轮子的房子滚来又滚去，跟老虎一样吓人。

却不知怎的，每月每月，妈妈都要让奶奶把我们从老家搬到学校里来，说是给她瞧瞧，不知瞧的是什么。

这里所说的“搬”不是用错词。那时我和妹妹还小，不会走远路，更不会爬山，聪明的奶奶想出个用箩筐来挑的办法——我一箩，妹妹一箩，像贩猪崽一般。

上下七八里，悠悠看光景，好舒服的旅程啊！

奶奶却很累。这从奶奶背上地图一般湿湿的一片汗渍，就可看出。

我能读到那份“地图”，是因为我这一箩子重，总处在殿后的位置。妹妹一箩子太轻了，担子不平衡挑不来，奶奶每次总要在妹妹的身前身后塞些什么来“添重”。

这下有戏了。

有次奶奶把一钵子自制的豆酱搁进妹妹怀里，还叮嘱妹妹用两只小手护着，不敢偷吃。没想挑到福莆交界岭山门的平地上刚歇个脚，前头那个箩筐就歪倒了，一钵头的豆酱浇得妹妹满脸满身都是。

妹妹倒是没怎么哭，估计是好歹尝到了酱味，有失亦有得嘛。奶奶却大惊大呼，除了自责害惨了妹妹外，一定是心疼妈妈将少了整一个月的口福吧。

妹妹的花脸，飘香的酱味，引得来往的熟人生人问这问那，奶奶总是咧咧地解释说，安生（我的乳名）太重了，给妹妹一头凑个斤两，哪想凑出了狼狈来哩。

这才知道，妹妹的狼狈，原来跟我的重有关?!

我记忆中最早的负疚感，正是从这次带点喜剧性的小事故中产生的。

我隐隐地感觉到了：一个人的存在，好像不单单只是一个人的事情。是这样的吗?

可是，安生的重又不是故意的呀!

妈妈还不回家

祠堂里也有不见一个人影的时候。那都是因为妈妈外出家访去了。

妈妈一出去家访，就叫安生把祠堂的门全部关上，一个人躲在房间里看小人书。

小人书不能当饭吃，这在肚子饿的时候才知道。

肚子饿是因为妈妈忘了回来煮饭。妈妈一到学生家就好像决心不再回来。我跟妈妈外出家访过，才知道有时候还真是走不开。婆婆妈妈，琐琐碎碎，针头线脑，鸡零狗杂，有时不管不行，有时管了还不行。东家进，西家出，哈哈也打，实事也做。留下吃饭不答应，赶她早回又装没听见。

妈妈的家访时间，往往又安排在放晚学护送学生之后，说是顺路。这样子就耽误到自家带孩子做饭了。

天暗下来，小人书的人影儿就要走样，祠堂里好像有各种异样的声音响起。跟床铺正好仅隔一堵墙的那个大自鸣钟，发出的嘀嗒声更是不肯饶人。这让我联想起《大拇指遇险记》故事里的那个大拇指，跟四位同胞失散后，见自鸣钟里那个不停摇摆的大坠子像荡秋千一般，就抱上去过把瘾，没想到一连串的巨响把他吓坏了，逃到一个开水瓶顶上歇歇，又没想到"嘭"的一声，连人带盖冲上天去，掉进了一个墨水罐里，爬出来洗个澡后又被一只大老鼠追得魂飞魄散……想到这里，感觉自己就变成了那个可怜的拇指，于是自认倒霉起来，光着脚丫，溜出房间，踮到下厅，记不清凭借什么，竟爬到那么高的一个八角窗窗台上，隔着一条条粗粗的铁栏齿，巴望着那个不要家的妈妈早点回来。

有时也会有路过的村民发现我。当得知王校长家访未归，儿子关在家里还没吃饭，不禁大为同情起来，小声叫我开门出来，跟他回去先垫个饥。我只是摇摇头，不作声。我知道祠堂里三个门，两个上了大闩，一个在外头落上锁，外面的人没钥匙进不来，我在里面又怎能开得动门闩呢？

大概好心人也去一一试过，发现没指望开门进来带人了，便回去抓来几块薯片或一捧花生，唤一声"安生别哭"，然后踮脚搁在了窗台上。

也许是被撂在家里惯了，上窗台等妈妈时不会哭，却就是好心人那一声轻唤，常把我的眼泪给唤了出来，也不知为什么。

印象最深的是有一次，妈妈拎着风灯摸黑回来，见我高踞八角窗台之上，两手抓紧铁栏，小脑袋挂在胸前，有点饱态地睡着了，窗台上留有皮呀壳呀大概被她摸着了，似乎明白了什么，还没等我醒过来哭出来，她自个儿先就"哗啦啦"地流下泪来。

妈妈问我："都是谁给吃的？"安生答说："反正不是妈妈！"屁

股上就这么被拧了一把，但不重。

会救火的锅盖

这一带流行红砖砌的大灶大锅。灶膛口方方地张着，就像老虎的血盆大嘴，每顿要吞去不少的柴薪。

每天早晨，我是在火箸或火钳碰击灶膛口发出的轻响中醒来的。厨房就在我们住的小阁楼下，一架柴踏斗（即木楼梯）直通到灶边。我醒后就爱不吱声地下到踏斗的倒数第三层，趴在楼梯扶栏上，看妈妈烧火、做饭，兼梳头。

灶火一亮一亮地照在妈妈脸上，很好看。观察久了，发现那么一亮一亮，跟火箸的拨动有关。顶端开叉的火箸每拨动一下，灶里的火就亮堂了许多。问这是为什么，妈妈说拨一拨让空气跑进去，柴草烧得才会旺而充分，可以节约柴火。

细细一想就生出了一分感动。因为灶下的柴草都是奶奶从山里的老家挑来的，妈妈不忍心浪费，就是对奶奶好不是？可是锅灶又为什么要建得那么大呢？

吃起来容易，做起来难。一顿饭也不是一次性就煮好的，第一次煮沸后，隔一会儿还得添一把火，让它“第二沸”，有时甚至要“第三沸”，当地人称这道工序叫“转魂”，很生动。“转魂”的事应该说是不难的，灶里有未息的余烬，只要添些刨木花（方言叫“柴火龙”）、松针（方言叫“秋”）或干树叶，执起火箸轻轻一拨，灶里的火就又着起来了。再不行，用长长的吹火筒吹两下准可以了，不过得注意火忽然一着，得赶紧把脑袋移开，以免额前那一撮头发被火舌舔去。

我有了偷煮“四不像”年糕的经验，心里就思谋着揽过“转魂”的活儿，给妈妈帮个手。因为我看到妈妈一早就忙个不停，饭一沸就出去，那么大一个祠堂，够她扫的，还要挑水浇菜，放鸡赶鸭，往往把“转魂”的事给忘了，害我没少吃夹生饭。妈妈听到我的请求，定定地瞅了我一眼，也便答应了下来。这让我太高兴了。

也是安生太自信，不知道煮一顿饭还有那么啰唆的文章。有次“转魂”一不留神，在喂柴时竟让火箸把灶里的火给带了出来，灶下的干柴倏地燃烧起来。我被这从未有过的情况吓得不知所措，只知扯嗓大哭。有时大哭还是有用的，就有路过的渔伯闻声而来。但见他乍见火起，先是一愣，继而眼睛一转，一伸手抓起靠墙那个大鼎的锅盖，奔至灶下，像戳大印一般，只按了那么两三下，那可怕的火苗就被压灭了！

一个平凡的锅盖会如此神通广大，让我感到无比惊奇，一时竟忘了死神刚刚擦身而过。倒是到下厝井头挑水回来的妈妈吓坏了，千谢万谢那个如天兵骤至的渔伯。见灶下后壁明显可见的烟熏的黑影和未散的焦味，妈妈的眼泪都滚下来了，嘴里一迭声地讷讷着“学堂、学堂”（当地称学校为学堂），就没听她念叨安生呢。

我猜想学堂和安生妈妈都是要的，但她知道安生有脚，自己会跑。

寻找相似的眼睛

安生当然有妹妹。那个在分水岭上洒了一身豆酱的娥娥妹，小嘴唇薄薄的，像泡了淡水的海蚌，脚拇指肥肥的，像章鱼的“和尚头”。白生和安生下面就是娥娥，属哆、来、咪的“咪”那个音的，本应是明珠一颗。可是妈妈太忙了，怕都带在身边影响工作，因此狠心把她放在老家。我想妹妹的时候，妈妈就说，可以呀，你回去把娥妹换来，肯不肯？这么一说，我就有了个印象：像是有谁规定妈妈身边只能带一个孩子。想想也是，我来双屿不久，白生哥不是也转到爸爸的硋灶小学去了？

于是一想起妹妹，心里就有一种莫名的内疚：是安生，占去了留在妈妈身边的唯一名额！因此当听说我还有一个妹妹，比娥娥只小一岁，刚养几个月就狠心送人了，并且就送在那个大井边的下底厝时，我简直不敢相信这是真的！

如果是真的话，这里面会不会又是因为安生，而不得不再次把妹妹送出去呢？

我开始心虚了起来，感觉安生又对不起一个妹妹了。

妈妈从来不向我透露这件事。于是我开始偷偷地寻找。凡下底厝里比我小差不多三四岁的小妹妹，我都留意观察和打听。我常常一哧溜就跑到大井边去，不再仅仅是打探地母的眼睛，更在暗暗打探估计跟安生差不多相似的二妹的眼睛！

男孩子本不喜欢照镜子的，那一段我却不时地对着妈妈梳妆的镜子端详自己。终于在一个麦收季节，我发现了一双很熟悉的眼睛，在下底厝前的大埕上闪着薄薄的泪花。问她叫什么，回说叫娇娇。问她为什么不高兴，她说这根麦梗怎么老吹不响。我接过那麦梗，在中间一个节的旁边用指甲破一道细口，再让她一吹，麦梗便嘘嘘地响得欢了。我忽然对自己的行为有了一种从未有过的感动。

再问小妹妹家住哪里，她小手儿一指，带我来到大埕东侧的护厝里。护厝一长串，只有一间是她的家。屋内暗暗的，灶台、床铺、家具、渔具及猪桶鸡槽等等全堆在同一室内，显得很挤。倒是一架眠床比我家的好，虽不新，但三面有挡板，床后有屉架，床前有踏板，估计是几代传下来的古物。

大人不在家。我问小妹妹妈妈叫什么名字，她说妈妈就叫妈妈嘛。我问要不要去祠堂里，她说大人会骂。我轻轻说我是你哥哥呢，她翻了我一眼说你坏！安生这会儿鼻子一酸，掉头就走。回去也不敢问妈妈，怕她会反问：“你要不要送人？”

后来从奶奶嘴里打听到，娇娇确是安生的妹妹。妈妈生得太密了（那时候还没有号召计划生育），累人，那个妈妈称作梅姐的阿姨又喜欢娇娇，好说歹说非要抱她回去当女儿。梅姨结婚几年了没生孩子，想抱她回去“招”个弟弟（后来还真生出个弟弟来，学名国文），妈妈见梅姨夫妇家穷，人却善良厚道，也就成全了这桩好事。

大人的事我似懂非懂，但知道自己必须常常去看望妹妹，安生的亲妹妹呵！

与苍蝇作对

苍蝇是我最讨厌的东西。主要不是因为它的脏——小孩子对脏的感知力不强，而是它到处乱爬，痒痒的难受。夏日里安生喜欢在乒乓球桌上午睡。可苍蝇不认识安生，咱仰着躺，它们往肚脐眼上叮；趴着睡，它们在屁股丘上（这当然是在穿开裆裤的时候）爬。恼人的是这些坏蛋无时无地，拂之不去，赶走了立马再来，不厌其烦，有时候还真佩服它们的勇敢和耐性。让我感觉最不卫生的是绿绿的金金的大头苍蝇，在妹妹的小屎蛋上刚做过客，转了个圈就想落到我正吃着的小红薯上，我都会认得的呢！有次安生忽然无名火起，就势掷出手中吃了一半的红薯，居然击中了好几只大苍蝇，心中不由乐了：这坏东西也是可以消灭的嘛！

因此有一天妈妈发动全校学生大打苍蝇，我虽然还没上学没分配什么任务，但仍自告奋勇说每天要消灭一火柴盒的苍蝇。奶奶教我自制了一把苍蝇拍子，厚纸坯做的，剪成乒乓球拍模样，上面凿好些个洞，再装上一片竹柄就成了，感觉挺好用的。

用拍子打苍蝇，还真得有点技术。特别是当苍蝇栖落在你碰不得的地方。在这方面我有三次大的教训哩。一次是妈妈伏在办公桌上刻蜡版，有只苍蝇正好落在妈妈的肘上，我对这些坏蛋打扰妈妈的工作很有意见，猛地一拍打将过去，岂知妈妈没有提防，整个儿吓了一跳，于是大怒，夺过拍子用竹柄朝我的屁股揍了两下。我知道妈妈的气，主要是因为手臂一动，蜡纸给戳出一个洞来，又得返工一遍。

另一次是，还没学会自己用饭的青青妹妹，背着大人吃起了哪位阿姨偷偷塞给的什么东西，弄得满嘴满脸都是，像个戏里的贪官，这会儿竟又饱饱地歪头睡过去了。当我发现好一群苍蝇在妹妹的鼻脸上旁若无人地叮着，我心里就有了一种妹妹被人欺侮的感觉，于是又一拍打将过去，其直接后果是妹妹的哭声雷动！还好我吓唬她一句："你偷吃了东西还敢作声，不怕妈妈把你赶到下铺去睡？"果然给止住了呢。

第三次是我自找苦吃。那回去过桥山捡稻穗不小心踢坏了右脚大拇指，好心人给敷了些药，但还是肿肿的生痛。有几只苍蝇却不识好歹，老在敷药处纠缠不走。我觉得自己经过一段时间的操练，准可以既打死苍蝇，又不打到苍蝇叮着的东西，于是很有点豪壮地打出一拍子。没想到苍蝇逃走了我的脚却碰着了，一时间痛得昏天黑地，龇牙咧嘴，大叫奶奶坏，怎教我制造了一把那么没出息的笨拍子呀！

但无论如何，苍蝇还是要继续打下去的。后来妈妈给了我一把不知哪里买来的网状苍蝇拍，效率就高多了。记得我正式上交的苍蝇共达一百个火柴盒，且是满满的。不过，其中至少有八盒到十盒是奶奶偷偷支援我的。她什么都护着安生，我知道。

又陪妈妈坐月子

我听到了新妹妹的第一声啼哭。我猜一定是哪里痛了。我无法上去帮可怜的妹妹一把，因为我在妈妈的呻吟声越来越让人揪心的时刻，被阿姨监居在隔壁。

我已无心于一窗的涛声帆影。我开始思忖着许多许多平日里很少想及的问题：安生也是这么从大人肚子里剥离（我当时以为接生员是专干这种残酷事的）出来的吗？安生的第一声啼哭也像这样响亮而凄惨吗？为什么要安排妈妈来生而让爸爸在一边一个劲地抽烟呢？当听说生的是女孩子时，我的思路倏地跳到另一种严重问题上去：我的新妹妹会不会也像娇娇妹那样，牙齿都来不及长就被偷偷送人了呢？当爸爸妈妈决定给新妹妹起名“青青”并相视而笑时，我忧忧地嘀咕了一句：“青妹不要送人嘛！”妈妈先就暧昧地笑起来：“谁说要送人？你听说什么了？”

才断定娇娇妹的事妈妈还想瞒我。我真怕双屿村又出现几个像梅姨那样爱要孩子又来不及亲自生孩子的人。因此回家后我总提着心儿，警惕着所有围着称赞小青青的姨婆或婶妈们。谁接过青青妹抱久了，或离开祠堂往外走，我就像发现坏人似的，大声嚷嚷起来。如此这般，那些常思谋着故意逗安生哭的人就有了妙法。

妈妈生新妹妹给我带来的最为实惠的好处，是安生可以陪坐月子。我是说妈妈坐月子吃什么，安生大约都可分享一份。奶奶从山里赶来侍候，那手艺是没说的。主食有糯米饭、细线面、硬米果、锅贴片，佐料有蛏干、排骨、红菇、豆腐皮等。有时当饭，有时做点心，东西就那么几种，每次配搭不一样，感觉就很有吃头。奶奶每当煮好了，都要让我先尝一口，然后问：“是咸是淡？”我尝的那一下当然尽量大口，往往被烫得龇牙咧嘴，边吸气边回答：“不多咸差不多淡。”废话！

妈妈坐月子，安生陪吃，多么幸福呀！白生哥就没这个福气。想想又不对，妈妈生我、生娥妹、生娇妹时白生哥一定陪过，到了生青妹时才轮到我安生不是？

奶奶或妈妈给小青妹喂米糊，我会在一旁用极为羡慕而且感动的眼光瞧着。我猜想她们在安生小时候也是这么喂养的吧？大人给婴儿喂食，怕太热了烫着，在小汤匙送进婴儿嘴里之前，都要习惯性地先凑到嘴前轻吹几口，又放进自己的嘴里吮了一下，然后才放心地喂给婴儿。我仔细观察到了，至少汤匙底下黏着的那部分米糊，落进了喂孩子的人的肚里。（后来才知道民间有“喂仔半点心”的美丽说法）安生以为发现了秘密，常会缠着奶奶或妈妈说：“你们忙嘛，让我来喂妹妹嘛……”她们却是不让，大约是怕我野蛮装卸，用汤匙把妹妹那嫩嫩的小嘴儿给撬坏了呢！

不会的，安生可爱妹妹了。妈妈生青青，安生可是陪生又陪养，疼都来不及，连被尿一身都不叫哩。我还会把感觉里大人欠娇妹的那份情，一并喂给小青青呢！

面对剃头刀

走村串户的担子，除敲铜锣的补鼎师傅外，还有用一串铁片震出有节奏响声的磨镜师傅，把一个带柄的拨浪鼓摇得咚咚响的货郎担子，背个褡裢口吹竖笛眼睛滴溜溜转的阉猪先生……是他们，不时地给寂静的村子带来几分生气，也给农民、渔民的安居乐业提供不少的帮助。因此，村民们大都欢迎这些异乡手艺人的随时到来。

也有让我不感兴趣的担子，比如那不吭一声悠悠来去的剃头师傅。要是热天来，担子会小一点，就那么一个长形藤篮子，剃头用的工具全装在了里头。冷天来吧，就多了个一路烧汤水的木头柜子，热气腾腾的，倒也给人几分温情。但是，我是一见到剃头担子的影子就拔脚躲开。因为我怕剃头。

可是，安生不喜欢的，妈妈却很欢迎。剃头师傅虽然不声不响，妈妈却能打老远就感觉出来，立马把我喊住说：“该剃一剃了，不然都长成刺猪（刺猬）了呐！”

剃头师傅应声就到，熟门熟路的，照例把担子停在大天井边上，没几下就把预备工作料理停当。然后笑眯眯地回过身来，抖出一大块白布裙子，把我围得只露出一个脑袋瓜子。再然后就亮出一大把用途不同的剃头工具。在耳朵边发出种种可怖又可疑的响声。我原本就不太大的胆子，先就被这隆重的架势吓小了一圈。

正是我需要壮胆的时候，妈妈往往不在身边。妈妈太相信上门服务的师傅了。她把安生整个儿交给了人家。锋利的东西就在头顶上舞动，那是多么不妥当的事情啊，万一师傅是坏人，只消一刀剐下来，不就出人命啦！这么想着，我不得不亲自生出几分警惕来，以防不测。比如推子重一点压进肉里，我会下意识地缩缩脖子；剃刀碰及耳郭或脖根的当儿，我会不由自主地往旁边躲一躲。

如此神经过敏，师傅就犯难了。他不懂我的提防心理，只以为自己的技术不够好，生出了几分内疚，于是愈发地认真起来，头脸上的任何角落都巡了一遍又一遍，让我受够了罪。而且我一紧张，他也紧张，有时难免真的就让我皮肉受苦，不是这里碰了一下，就是那里划了一下，双方都嗷嗷叫着，分不清责任在谁。

但剃头也有感觉很舒服的时候。比如剃头刀在后脑勺使出一连串弹跳的时候，绒球签子往耳朵眼里拧扫耳屎的时候，温水洗了头用干毛巾擦拭脸面的时候，再就是师傅为了分散注意力给我讲那些稀奇古怪的故事和笑话。

让我感到过意不去的，是有一次我居然开口问他，那块缺了个嘴的小小磨刀石能不能送给我，剃头师傅竟爽快地应允了。交代他别告诉我妈，他也笑笑地点了点头。这块磨刀石可能不值什么钱，但在安生的心目中，却是一件了不得的宝贝。剃头刀们正是有了它才利起来的，可见磨刀石是多么厉害！

自那以后，每当面对剃头刀心里怯怯的时候，我就想：我是一块磨刀石，才不怕你什么刀呢！

（注：本文选自《童年真好》）

窗外世界

驿道沧桑

驿道即旧时的官道。官员往来，邮差穿梭，或坐轿，或走马，足音跫跫，啼声得得，全敲在五色石拼成的磴道上。

这石磴道脾性可好，逢山便爬，逢弯便拐，因势迤逦，随遇而安。走在上面，你会觉着好像是路本身在走路，那一磴磴、一级级，就如路的脚步，不紧不慢，走出一条不辍的历史。

福（州）泉（州）驿道当年就是这样自省城南下的。当它穿过福清的蒜岭村，不期然撞见了泱泱兴化湾，一惊一乍中怕潮水打湿裤脚似的，于岭边那座面海的观音亭后来个急拐弯，一步一磴爬上福莆岭，又一哼一哧下到莆田境内的大岭村，尔后沿蒜溪出江口，探身兴化湾腹地。

这石磴道爬上爬下后稍事歇脚的大岭村，恰是我的故乡。说它是山区吧，其实与海只隔一道山屏；说它是沿海吧，渔仔们总冲我们喊“山里人”。这样一个特殊的地理位置，似乎有着不山不海的尴尬，又似乎占尽了山海的优势。村民们心里自有个谱：大岭村的衍生与发祥，全吃了这条古驿道的地理优势呢！

弯弯古道，宽不过三五尺，没有一片石头是规则的，却每一片都被历史的大脚磨得光洁可鉴。君不见，它曾肩过威震唐朝的黄巢农民起义军的步履，也曾留下陈文龙叔侄率乡勇北上保宋的足迹；曾回响过倭寇闻之丧胆的“戚家军”的马蹄声，也曾记载过闽中游击队为新中国征战的带血带火的行踪；更不消说，一代代挑夫贩卒、田佬渔樵们，自然也借了这光，用汗滴在五色石上，写下了各自的沧桑。

星移物换。古驿道再可人，也有被现代公路取代的一天。而且福厦国道线不走弯路，见着兴化湾竟不动声色，沿湾底走廊直奔江口。大岭村的乡亲们这才发现，原先穿村而过的古驿道已成废置的“盲肠”一截，不免生出莫名的遗弃感来了。

然而自生自灭的勇毅，决定农人们不服于命运的安排。他们忍辱负重，默默地创造着生活：没有柴，封了山，育了林，便自给有余；没有菜，茅坑边栽茄子，田埂上种秋豆，不就有了；想开开荤，有溪虾河蟹野狗山鸡；想尝尝海味，沿古道出山下海，拾软螺逮跳跳鱼，走运的话撞上搁浅的对鲎，两手提拎回来一次性受益半个村也未可知……

一根草一滴露，人均一个饭碗扣头。但毕竟，自给自足的自然经济勉强可以果腹蔽体，却无法让人发家致富。这是村民们自己发现的。这是村民们走出山旮旯，看江口亿元镇的崛起，看“小上海”涵江的重振，看莆田一双鞋闯世界……之后所得出的结论。于是封闭如钵的大岭村动起来了：凿木椿种银耳，拾牛粪种蘑菇，挖池塘养鳗鱼，买“手扶”跑运轮……

投石问路问开了迷津，各有各的奔头，各尝各的甜头，笑容日鲜，胆子日壮，都嫌往日踏上去时虔着颗心的古驿道，这会儿太逼仄太粗陋太不适应现代交通工具的引进了。于是有一天，古驿道出村经三教祠至“旮旯口”与乡道相接的一截，摇身一变而成一辆四轮车可随意出入的大马路了。

不过十里外，大岭村所在的这个江口镇，短短几年里就发展成为拥有千余家乡镇企业，社会年总产值突破三亿元大关的外向型工业市镇，王天全书记还代表镇党委进京接受中央的表彰呢。有道是“水涨个个浮”，大岭村被挟带着卷入山外“大进大出”的经济大漩流，最明显的标志是：在村道上跑的车轮子越来越多，且越来越大，越来越沉了。

这下可好，刚向石磴道炫耀过优越性的沙土路很快就不胜重负了。全线泥泞，路肩常崩，白羊黑羊过独木桥的尴尬事没少发生，倒霉的便连车带货歪进路沟呼天抢地去了。

活人不会被尿憋死的。大岭人都想好好改造这条村道。雷声隆隆过一阵，华侨陈先生率先播雨，一掏十几万，说还是铺石板路吧，好与古驿道有个历史呼应，所不同的是，铺路面的不再是五色碎石，而用统一规格的大型花岗岩方料，耐高压，抗水冲，省得养护，可谓“一劳永逸”。江口镇上的领导们真个是山、海、田、水、电、路一把抓，这会儿眼睛正瞄上福莆岭下偏僻的一隅。但听“王天”（当地群众对王天全书记的昵称）一拍胸说：“工程的事我包了！”不多时，一支正规化施工队伍便杀进村来，一阵摧枯拉朽之声，紧接着一阵土木金石之声……不待石码、岱帽、魁山诸峰从冬眠中苏醒，一条比乡道更规整、平坦、便捷的村道便自“旮旯口”伸向村中心。瞧那每一方寸路面，都有石匠的铁凿子走过的痕迹，单凭这份精细，千年古驿道似应自叹弗如了。

新村道仍从我老家大门前过，我于欣喜之余，心中不免又生出别一番滋味。母亲生下我，把我交给了地；等我可以站立起来摸着门了，又把我给了路——门外是未知数，路是未知数。每条路都通向阿里巴巴轻唤“芝麻开门”的那种洞口，显然是奢望；而在门口的路上先就跌了一跤又一跤，却是定了案也认了命的。等到家门口的路终于变得顺畅好走了，我竟又羁旅贪程，难得回去一趟了。这，也是一种阴差阳错？

于是我觉着不时有莫名情愫在胸中潜旋。于是当王书记和李德金镇长嘱我为村道大拱门题字时，我欣然应允，思来想去却还是写下三个字——“大岭村”。它也许毫无诗意，但村民们心里明白：大岭村，是驿道沧桑的见证人；它当年伴随着驿道的开拓而诞生，如今又伴随着驿道的更新而充满生机；它虽远离国道却不甘落寞——乡亲们的心早与国脉相系！

古道弯弯

一

离东海兴化湾三四里地，横亘着一列长长的山脉，如一群善良的水牛，顺着海岸线的走向，依次卧在那儿小憩。

山的那一面，有我可爱的故乡。沿柏油公路绕个圈可直抵家门。可我每次出入，总喜欢从这“牛背”上爬上爬下；有时还特意脱下鞋子，光着脚丫，一路噼噼啪啪尽兴蹬踏，像跟谁逗着玩儿似的。

脚下，是条不规则的石头路。瞧那不同颜色的石块块，是女娲补天的下脚料不是？而那光洁照人的石面，一准是老祖母的脚板磨出来的。要不，每踩上一步，怎会觉得脚底痒痒，感受到一种沁心的温热呢？

儿时，祖母常挑着我打这儿出山。一只箩装着黑溜溜的木炭，另一只箩装着傻愣愣的我。木炭，带给在海滨教书的妈妈晚上烤脚。我带给妈妈做什么？不晓得。

妈妈真忙，教海姑娘打腰鼓、扭秧歌，教大孩儿唱：“雄赳赳，气昂昂，跨过鸭绿江……”见着了我，一把抱起来，亲亲额头，拍拍脚丫，尔后又将我放回箩去。眼睛湿湿的，不知怎么了。

我可不哭，觉得这样来回晃荡挺舒服。怎知道：古道弯弯，担着几代人的心……

二

古道边亮着呢，是一眼清冽的山泉。

说不清是哪一代开始称它“水头镜”了。只记得姑姑们提着海鲜回山敬二老，婶婶们兜着果子出山走娘家，每经过这里，总要驻足泉边，伸伸脖子、探探脑袋。那时我还小，猜不准她们在找寻什么。轮到大姐姐也红着脸在泉边探头探脑的时候，我关心的已是：水中有没有毛蟹？

妈妈说是回来看我们，怎么带回那么多学生的作业？也好。我悄悄换上妈妈的蓝色回力鞋，拉妹妹一道溜到“水头镜”捉毛蟹去——妈妈很久没吃上这玩意儿了呀。

真气人，毛蟹老躲在石缝里不敢露面。天暗下来，我们点燃松明，耐着性子蹲在泉边候着，不一会，果见一只毛蟹幽灵似的爬到水草上头，一对毛茸茸的大螯像两把贼亮的剪刀，旁若无人地挥舞着。如镜如锦的水面被剪破了，揉皱了。我不由一惊，忽然记起：它便是“法海”。它捣碎这面宝镜安的什么心！

我忍不住一脚踏进水中……“法海”逮到了，可松明子灭了，回力鞋湿了，妹妹也哭了。我却只是乐。一手紧紧捏住毛蟹，一手将妹妹扶到背上，赤着脚丫摸黑往回跑。一路上不住地念着：不哭不哭，“水头镜”永远亮着哩。长大后想嫁到山外去吗？我还陪你来。歇个脚，照照镜，看你红红的脸、红红的眼，像姑姑不？像姐姐不？……

古道弯弯，牵着几代人的情丝。

三

又见着那棵龙眼树了！

哦，树干斑驳多筋，像老人的脖颈；树梢疏疏落落，开始谢顶。蹭蹬的岁月在它身上留下太重的沉疴，不知它晚景可好？

我想起了叔公。自他小时在这树下摔断了右臂，便恋上这棵龙眼树了——说它就是自己的一条胳膊，失望和希望一并举在了空中……

每回从树旁经过，总见他守着红泥小火炉，用树上理下的陈枝浇水泡茶，笑咧咧地招呼过往行人：“龙骨烧的咧……喝一杯手脚灵便！”

来树下小坐，他会不住地拍着树头叨叨：“别轻贱了它，锯下来制成镜框，镶列祖列宗的画像，经百载不蛀蠹变形；要是雕成观世音或弥勒佛，不贴金不打漆，单那龙血一般的本色，就够神的呐……”

话虽这么说，谁也别想动这棵“生命树”。烧炭炼铁那阵，有人扛来大锯，却见这老头儿颤颤地伸出左手的中指和食指，冷生生地吼道：“来吧来吧，挖你个狗眼祭龙眼！”

老叔公往日与这棵老树形影不离，而今安在？记得那一回，我脖上挂一串螺壳从山外的妈妈那儿归来，满脸得意地逗他：“怎么老守在树下？不去看看海，看看海上的帆？”老人眯着眼神秘地说：“你知道为什么船帆那么耐刮，渔网那么耐浸，讨海人的布衣那么耐盐碱吗？——全是用龙眼根熬汤煮染出来的呐！那颜色，龙血一般，你没留意是不？”

我有点不知所云了，微微发烫的耳朵轻轻地贴在了老树身上。哦，我隐隐听见了兴化湾外的涛声，如古道不绝的足音，如老人沉重的呼吸……我的心头仿佛升起一片赭色的帆，身旁的老龙眼便是高耸的桅杆！

古道弯弯，一头在海，一头在山。

四

山门内那座土地庙还在。

心不偏，地不远。谁过这道岗，都要踅到庙檐下小坐……却不曾有谁留下“到此一游”之类的题铭。庙墙上倒有三个用柏油涂写的大字——“牛禁草”。不囿语法，不究章法，似乎有碍观瞻。可有什么办法？谁叫“土地爷”渎职十年，把山上山下全管秃了呢！如今老树爆芽，新苗抽枝，村民们请“乡规民约”护山，让“土地爷”自个儿闲着了。

一放眼，我眺见了家乡村庄。绿波的袅动中，那帆一样的一扇扇白白壁，在向晚的落霞中闪着金色的柔光。我忽地记起，老屋的后墙上，也有几行用沥青写成的繁体楷书：“组织起来，为建立苏维埃政权而共同奋斗！”那可是几十年前，闽中游击队为共和国的今天而艰苦征战的不朽纪实啊！

当年，先驱们走过这条路的时候，每一段石阶都肩过滴血的脚板；每一棵树、每一眼泉都因寄托着人生和未来而充满了灵性……你能说，脚下这斑驳多彩的石头，是女娲手下的弃物？这温润光洁的石面，只照见我宁馨的笑，而不再有肃穆而绵邈的回思？！

呵！古道弯弯……

村 声

一

每天早晨，都是老屋顶上的鸟声通知我：天亮了。

我不一定就爬起来。我爱躺在床上想那鸟。想那鸟儿叫的是什么声音，并且判断哪一只鸟叫的是哪一种声音。

久了，竟然就熟悉起来。我会根据不同的鸟声，想象它们各自的种类、个头、羽色、体态，甚至鸣叫时的动作及其表情。

于是就有了一种莫名的期待和关心，某一种熟识的声音忽然销匿了，多日不知去向了，我便会暗暗地惦念起能发出这种声音的小生命来。猜它是不是嫌弃这山旮旯而迁居别处去了，是不是逢上好对象嫁出去了，或者是生了病、出了事再也飞不回来了。

不知道鸟儿会不会生病，但出意外的事却是可能的。因为我见过，见过大人们用鸟枪指着天空作案。我也曾学着做过帮凶，用弹弓。

记得那年用弹弓击中一只叫作“讨鱼翁”的鸟的腹部时，鸟清晰地发出“扑”的一声，却没有坠落下来，也不叫一声，径直拍翅而去。我感觉那鸟儿“恨别”的一眼，是何等的陌生与鄙夷，而让我惊心到如今……

我觉得我已无权后悔了。但我确实怀念鸟声。现在，每天早晨天照样会亮，屋顶上却静静的。我的期待我的关心变得没有了对象，这令我焦躁，令我怔忡，令我无端生出得而复失的莫名空虚。

——这就是一种“静的惩罚”吗?!

二

老屋后窗下是一条古道，一头通海，一头通山。

每天离天亮还有好一段时间，我总会被从古道上翻窗而入的种种声音轻轻摇醒。

这种有序、有谱、有节制，似乎是定了时也定了调的声响，不仅不会令我厌烦，反而让我于梦和醒的边沿，感受到烟火人间的生息与节律。

那不紧不慢的嘀嗒声，是与人风雨同舟的牛的脚步。倘伴有牛担铁链的响动，我就知道它要赶早下田去了，心中就会隐隐地生出一种它将要代人受累的感激；

那不温不火的叮当声，是月牙柴刀与制绳钩的碰击声。那声音是我最最爱听并且百听不厌的。我会猜想这是哪位细嫂或嫩姑进山讨柴去了，并且惦念起她是否随带了干粮，就是用咸草袋装米饭或者红薯的那种。

那不亢不卑的噼啪声，是讨海姑娘或弄潮儿故意拿赤脚板在古道的石磴上拍出来的。我发现那里面有一种自信在：山里人一手提拎野岭的鹧鸪，一手也敢摸来海中的鱼虾！山和海的联盟，原来是用勤劳而自信的脚步声连缀起来的。我才知道。

但是我爬不起来。我的挣扎很无力。眷恋被窝的温暖和安适，使我自外于窗前的精彩世界，只剩下于事无补的耳朵，在做着隔墙的感官享受。

——这就是一种“美的逃难”吗?!

三

老屋虽旧，久居而不觉其陋。有生命的朝气和家的温馨在，这门里门外的一切声息，都如同天籁。

爱听老奶奶早起磨磨发出的“依呀……依呀……”声，和做豆腐时木十字架摇出的“悠……悠……”声。这是一种令人振奋的关于口福的信息。长辈们常就是这样趁你不备时，把慈心和柔情一并揉进为了下一代的不倦的劳动之中。

爱听由远而近并穿堂而过的货郎的叫卖声。这声音常常会在长廊过道的天井边轻轻栖下来，然后是主客们的一片问安声和讨价还价声，再然后是关于山外世界的新闻发布会。四邻们长一声短一声的叹啧声和好奇的询问声，便是这山村的生气。

爱听修理师傅们上门服务发出的不同声响。磨镜修锁的锉刀声，制桶张犁的锯凿声，补锅补鼎的风箱声，编箩编筐的破篾声，都说着村人们对山外文明的乐于涵纳，和手艺人生存意识的无比顽强。

最迷人的是黄昏时分，炊烟起了，村声也起了。人仔、猪崽、牛羊、鸡鸭，凡从“宝盖头”下撒出去的一群，见着夕阳西坠便各自起了归心，高一声低一声地，发出或嗲、或急、或甜、或酸的不同的声音，纷纷寻着归巢的路。户主们轻唤人畜就餐、就槽、就窝、就寝的种种拟声，是任何规范语言都无法翻译也无法盗版的。感觉这里面似有一种可称作“场”的神秘凝聚力，叫人久违之后每一念及，心中便会油然涌起“归去来兮，田园将芜”的无边感慨。

可是，我们今天羁旅风尘，困于市嚣，与村声渐去渐远，欲闻一串咯咯呼鸡之声尚不可得，野居之趣、素人之乐，夫复何求?

——这就是一种“梦的痛觉”吗?!

白色联

山里人过年喜欢到处贴红。门窗上，灶台上，米缸、水瓮上，甚至牛棚、猪舍、鸡笼、鸭寮上，都要有模有样地贴上对联横批。说是能纳瑞迎祥、禳灾抵煞。

我每次回老家过年，不待换双跋拉鞋，前厝婶妈、后巷叔公们便循声鱼贯上门。手上各拎着一札预先撕好的红纸，往我八仙桌上一搁，咧咧地说："安生，回来得正好。央写几个字吧，咱那傻仔不行……"说着就传进个破罐子，倒扣在桌头，掬进一手窝清水，要过墨碇，便转磨般熟稔地磨开了。

就冲这份虔诚，我便极乐意出手代劳。我感到一种非我莫属的虚荣，好像这偏僻的山旮旯就因了我那几个字，而陡地灿烂起来。

不由记起旧厝里的"红薯仔"，好几年不来央我写联了。悄悄儿摸过去一看，但见天井边那间老屋的门框上，早已贴上一副大红对联。联上没有字，每边只端端地印着七个黑圆圈，猜想准是碗座蘸墨后钤上去的。

是不是因为当年那场"恶作剧"，他还窝着我的气？

"老三届"刚成为"怪味名词"那阵子，我耷拉着脑袋儿回到山沟沟。头儿们要我在四处墙头写"最高指示"，为贫下中农代笔写春联也得挑毛主席诗词。记得那年，我为红薯仔写的一对门联是："梅花欢喜漫天雪，冻死苍蝇未足奇。"没想到有人却阴阳怪气地在他门前嚷嚷："哈，红薯仔怎么成苍蝇啦？要被雪冻死啦……"

红薯仔不识字。听人这么一起哄，以为是我拿他寻开心，脸上泛出青来，脖根却红了一片；想一把将对联扯下来，又不敢。于是以不再央我写联来表示对我的鄙夷。多么原始而严厉的报复啊，它几将我仅存的优越感击得粉碎！

虽说是同辈分的人（“章”字辈），他的年纪却足以当我的大叔。“土改”那阵，我还拖着鼻涕，他已是新婚不久的大小伙了。那时村村时兴“民兵戏”，能进戏班子，被山民们视为莫大的光彩。红薯仔背不了台词唱不成戏，只好眼睛红红地蹲在台角，看人家咿咿呀呀地风流。偶尔有跪地磕头的戏，他奉命急急上前往土台上铺张破草席，便觉幸福得不行。

有次，戏老板突然要他当一名坏蛋败将的替身，穿着古代战袍，背插三角箭旗，在戏台上打滚。他自知机会难得，纳头便允，照戏老板的吩咐，锣鼓一响便背朝观众且战且退，至台前即仰天摔倒在地，在刀光剑影的包围中，像肚疼似的滚来滚去。后台鼓手见全场喝彩声四起，竟发了神经不肯结鼓。守约的红薯仔也发了神经似的，锣鼓声不止，便滚个不停，直滚得虚汗淋漓两眼发直。

谁知守信用倒卖了个傻，他自此被证实“断了几根神经线”。有说后来老婆跟他“分居”，也是打这时候就伤了心的。有说哮喘病怕也是滚台子憋不过气，才种下孽根的……

红薯仔自幼是个孤儿。家里穷得连个洗脚木盆都只是用篾箍的。一双烂木屐的带子钉不住了，换过一头再钉。讨不起老婆就上门入赘，倒也便当；孩子长大后他重又打起“光棍”，人们也觉理所当然。我所听所闻的原因似乎有三——

一是好“对风撒尿”。哪个头儿干昧良心的事，倘被红薯仔发觉，非得浸死在他的唾沫里。田头地尾房前屋后，双手叉腰，提着嗓门儿数落个不停；当事人在场，他嚷嚷得更来劲。末了总要伸出食指和中指，重重地点两下，说：“我要是公社头儿，准定把你撸下来！”有一阵子，大队、生产队干部到山外的公社开会，讲伙食标准，讲误工补贴，还要报销车马费什么的。他一听总上火，逢人都说：“‘土改’那阵到乡政府开会，只要一个口信咱连夜奔去，哪像这帮现世鬼！”头儿们拿这个“半癫”没办法，只好“拿红纸封菩萨”，随便口授个谁也不会当真的官衔给他，公社有开不太要紧的会就打发他去，点名时能应一声就行。红薯仔不知是“绥靖”，倒认起真来了。每次“出差”，带布套的雨伞背在背上，带网套的手电筒挎在腰间；上衣口袋插一把牙刷，脚上蹬一双平时舍不得穿的老回力鞋，端的一副‘土改’老干部的模样儿，抖抖地上路了……后来据说是在公社老爱捅大队的娄子，便渐渐地又把他晾在一边去了。野小子们时不时会揭他的疮疤：“红薯仔呀，红薯印丢啦？最近公社没什么会吧？”他翻了一下白眼：“少开会，多做事……你们懂个屁！”

二是爱管闲事。猪拱花生鸡啄菜，羊啃树芽牛吃麦，不管谁吃谁的，红薯仔见了，随地抓起两块石头就追。追上去就抓。抓不住就赶。赶开了还要跟。跟到谁家就叫谁家认罚。你一抵赖他脸就全黑下来，令人心里长毛。有时也会“跟”到自己家里来，于是免不了一场家庭风波，白挨一阵“吃里扒外”“半路死”之类的数落。

农村实行联产承包责任制后，家家都有庄稼蔬菜果树。因此谁都讨厌这位“黑脸将军”，但谁也都需要他。尤其是龙眼成熟季节，他会满山野里晃荡，贪小的人撞上他准倒霉。后生们夜里都轮班下草寮护果护林，他年纪大了，又患哮喘病，队里没让他夜里出来吹风吃露。他受不了这种冷落，说不排他的班也罢，但要求发一把三截电池的手电筒，让他随时出来转悠一圈，补贴费一分不要。山旮旯里七沟八壑、坑坑洼洼，红薯仔常常跌得鼻青脸肿回来。

三是不能容人。红薯仔抓龙眼贼都抓出精来。他知道，由于农村建制屡变等历史原因，不同队的龙眼树插来插去，混淆不清。下草寮看本队龙眼的人，往往就是邻队龙眼的贼。偷来偷去好不热闹还美其名曰“吃舅舅的”云云。最吃亏的要算那些没有男劳力下草寮的人家了。红薯仔就专盯各个草寮的梢，时不时摸去查岗。发现哪个草寮少了人，他便揣测方向，一路巡去。常常能截住个把倒霉鬼，骂个狗血淋头不算，还要罚电影什么的。时间一久，几乎把全村后生仔给得罪光了……

早年守寡的老岳母自然更容不得这丧门星，非要吵得他搬到旧厝的一间暗屋里另起炉灶。妻子孝顺，守住老母不敢跟去，儿女们也便视同陌路了。多少年来，红薯仔过着独身生活。妻子有时偷偷跑来关照，竟被好事者传为“幽会”，连小女帮父亲刷几个碗、洗一双鞋也被拿去当新闻，咬碎了多少耳朵。

红薯仔确实老得很快。米缸里一没米，头就勾下来，哮喘病就起了；而一病，下不了地，粮食歉收，头更抬不起来了。对他精神刺激最大的是，头儿们把他当“五保户”，隔些年匀给他一两件冬衣几斗米，体恤体恤。红薯仔又是感激又觉不是滋味……

我好久没回老家了。这次回去翻修旧居，一见到红薯仔的儿子，就听他红着眼圈儿告诉我，他父亲走了！他自己不想活了！……我心头一抖，不由记起两年前最后一次见面时的情景。

那一天，我正在屋里整理上大学前的一些旧书。近午，似乎听见门口有沉沉的喘气声，咕噜噜的，以为是猫。回头一看，原来是红薯仔。一手拿一张皱皱的红纸，一手捏半截小学生用的墨，见我愣怔着眼，他欲言又止。我在那一瞬间，忽然想起当年在他门上贴“冻死苍蝇”的往事，不由生出一股愧怍之情。心想那印着圆圈的“无字联”，这回该换上我真诚的祝词了。岂料他一开口便涨红着脖子咧咧地骂开了：“无法无天，无法无天！责任制，一时兴，大小头儿，只顾自家的事，把担子扔下，不管……这下好了，村里鸡会丢，猪也会丢；园里的瓜菜、树顶的果子，留不住；山上的杉树、松木，你砍三棵，我砍五棵，哄呀，抢呀……祖宗和子孙……全不要啦？做头儿的，屁法都没有，还，还凑上一份，我，我……”

见他脸上泛出青来，憋着憋着又要走火的样子，我赶紧转身给他倒水。他却一挡手，咕噜噜地继续叨下去："我那小子看了，气恼不过，也跟着拎刀上山。我到大队部报案，头儿们却做、做好人，打圆场……我那小子知道这事，提柴刀要砍我，像话吗像话吗？你说……"

我不明白他跟我说这些做什么，赶紧转过话题："今年这么早写联，敢是什么喜事？"

"不……帮我写一张'告示'吧。就说你们做坏事，别再让我碰上！晚上九时以后，谁在村头路尾鬼鬼祟祟，被我的石头砸到了，别找我要医药费！"

我已经取出笔墨，却又犹豫了——以个人的名义写"告示"，而且是这种内容的，合适吗？他似乎看出我的难色，声音显然暗了下来，甚至有点凄婉："老啦，跑不动啦……我只是想吓唬吓唬，只是想让大家知道有了个'法'。头儿们无心立个规矩，我自个儿立不行吗？……我想，我想我的名字再难听，一时还管用，一时还……"说着说着眼睛竟红起来，蒙上一层大势已去的悲怆。

我不由心头一颤，放下的笔又提了起来——却只是一支铅笔。我怕干部们会怨我干预地方的事，怕群众会笑我跟"断了几条神经线的人"凑热闹……于是只愿意拟个草稿，让红薯仔自己回去依样画葫芦，在红纸上"抄正"后贴出去。我忽然感到自己的卑琐。我想这样一定很伤他老人家的心。哪知他捧起草稿时竟乐得喘不过气来，掏出一把刺橄榄往我怀里一塞，纳纳头便转身去了。

第二天一早，听得屋外有人嚷嚷，说红薯仔病没死又活转过来啦，大名儿又上布告啦，"'土改'老少年"敢情要当"个体警察"啦……七嘴八舌、叽叽喳喳。人稍散，我绕后门出去一看，那张红纸告示歪歪地张贴在岔路口的一堵高墙上，但见纸上的黑字四分五裂、七颠八倒，且多半临摹错了——"法"字最大最黑最像，也近乎"洁"字。严格说起来，只有自己的学名写得稍微像个样——陈章志！

我忽然想，也许，他是真的勇士——一个似乎是残缺的人，却以他的自信，他的无邪，他的疾恶如仇和耿介性格，真正地拥有了他自己，拥有了一个由自己的意志为主宰的完整的心灵世界，一个忘却了生理年龄的、超越世俗同时超越自我的思维体系……而我却没有，我也不能！

不知怎的，我陡地涌出一股泪水……我记得我当时看完那不成文的“告示”后，内心经历了一场怎样的熬煎。回屋后，我竟取出那把自以为可使荒僻的山野灿烂起来的毛笔，塞进了余火未泯的灶洞……

这次回老家，我特地新买了一把豹狼毫毛笔，并早早拟定对子，准备为红薯仔好好写副对联。万万没想到，他老人家已悄悄地离开了人世！天井边那间老屋的门上，贴的是白联，没有字，没有句，连黑圈圈都不再见着的白色联……

岔路口那堵高墙，如今已粉刷一新。墙上再也见不着什么“告示”了，但“乡规民约”毕竟是有了，落款是：全体村民。

终于有了“法”。终于有了讲“法治”的一天。我为之鼓舞，但回头又想：这一天要是早来一步，也许，红薯仔就不会像单枪匹马战风车的堂·吉诃德，活得那样艰难，那样孤独。他为什么不可以长寿?！他何至于“自己不想活下去”了呢?！

不时可以听到这样的吓唬声：“你小子再不精神，看红薯仔把你提去！”

红薯仔被视为鬼，或视为钟馗了呢?

章志吾兄啊，我不知该为你喜，或为你悲?！

锦江春色

莆阳大地，做得最玄妙而漂亮的，是水的文章。原是蒲草丛生之地，一俟浮出水面，便褪去了“三点水”。有道是：水唯善下方成海。这三点水到了涵江境内，则化作木兰溪、延寿溪、萩芦溪三条“水袖”，汇入兴化湾。“潮平两岸阔，海近千帆悬”（《草堂山赋》），在这里感受得最为真切。

却就是萩芦溪一袖，改作锦江似更准确。锦江是在福清与莆田交界处，汇拢萩芦溪、蒜溪二水，经江口入海。江口俗称港口，唐代称迎仙市，宋代称通应港。古驿道穿境而过，故又称迎仙驿，建有迎仙寨和迎仙桥。明初迎仙寨移建江口鼓楼山，即今锦江中学校址。大寨扼龙津渡口，依山临水而建，为明代海防要塞。“锦江春色来天地，玉垒浮云变古今。”百年前一长髯老者闻见“锦江”二字，不由得春情荡漾，联想到杜甫的诗句，信笔便题了“锦江春色”四字。这吉语被搬上江口罗星顶一尊巨石，并署上时任国民政府主席林森的名字，其文化标高至此便与“莆田二十四景”连在一起了。

见过“与石同朽”的摩刻，言下之意即：石不朽，字也不朽。却说这罗星顶，就在江口老镇街区的最高处。《锦中赋》有云：“马江之畔，有罗星山。锦江之畔，有罗星顶；罗星山一塔巍然，称中国塔；罗星顶一黉俨然，曰锦江中学。”这“锦江春色”的石刻，恰就坐落于锦江中学校园内。卓尔罗山第一，豁然弟子三千。好个文献名邦市一级的经典景致，泊在一个中学的校园内，堪称天演地择，无独而有偶。

罗山位于锦江南岸的面海一侧，系先民生活遗址，先后出土过陶片、石斧、石簇等。宋时建有“迎仙寨”，明时在抵御倭患中发挥过重要作用。古为边防要塞，后成弘学杏坛，正合文修而武偃，吾莆之今古奇观也。锦江中学前身的前身，有明代的文昌书院，清季的锦江书院等等，风铃木铎，都作金声。“锦江活水堪研墨，罗岭朝阳好曝书。”难怪莆田最后一名进士张琴，在草创官立兴郡中学堂（即莆田第一中学前身）的历史性盛举之余，还乐而为锦江中学早期的私立莆田锦江初级中学题写校牌。两年之后，著名科学家林兰英之父林剑华，也为中西合璧的大礼堂命笔题匾——“吧城堂”。《锦中赋》里所谓的“抚剑听琴”，那“剑”字即指林剑华，“琴”字则指张琴。

这个“吧城堂”在“锦江春色”摩刻的附近出现，本身就充满了喜剧色彩。时任印尼商会会长的江口侨领林文祥，正值抗战胜利后百废待兴、重振乡邦之际，发动旅印福莆仙乡贤，组成锦江中学建筑校舍委员会，在捐建了四合院和一字楼之后，更别出心裁，盖起了这座以印尼首府吧城命名的大礼堂“吧城堂”。《锦中赋》里的“祥云纷至，吧城堂兴”，正是记载海外华侨热心共建母校的义行，也为锦江中学打上了侨校的烙印。多次校舍修缮中，这“吧城堂”的规模不变，功能不变，名字更不变。它寄托了历代侨贤对家乡重教兴学的共同信念，也表达了母校历任领导和学子校友们对薪火相传的价值认同。

如松之盛，似兰斯馨。崇儒重教的兴学风气，是从乡贤的勠力同心开始的。创校伊始，江口籍的福建全省商会联合会理事长蔡友兰筹措资金，鼎力相助，在罗星顶借用锦江祖庙和锦江书院房舍，创立江口第一所中学，初时依托涵江中学，称涵江中学江口分校，即锦江中学前身，迄今已历数十个春秋。

春色是有波澜的。善举是会传染的。到罗星顶走走，你会见到名曰“梓萱”的教学大楼，并由此联想到“梓荣萱茂”的境界，曾寄托了印尼侨领李文正、何青原、关文龙和关荣丰的好一派励学初心。

何青原还为教工们建起了“富玛楼”，而且不止一座。印尼华侨关美英携子捐建了“万聚楼”，并对“一字楼”进行认真修葺。

侨胞何天福、陈瑞生、林友德时时记着自己是华侨，做起善事也讲究师出有名，因此先后捐建的三座教学楼都嵌进一个“华”字——“锦华楼”“九华楼”“广华楼”，《锦中赋》里称之为“三华祥瑞”。后头这“祥瑞”二字，说的是林文祥、林文瑞兄弟当年初建的“祥瑞楼”，三十五年后则由他们的后人林树堂、林荣堂伯仲捐资扩建，可谓“善行接力”，而传为佳话。林振华、蔡美联夫妇捐建了一幢“凤腾楼”，二十年后又捐建了一座“凤腾亭”，无意中为“凤翥龙腾”这个美丽成语做了个漂亮注脚。

二十年前，在拙作《江口风流》里写过的“业余政协主席”郭祖基先生，其乐善好施的义行，真传在其快婿李承光身上。李先生是香港实业家，算不上富豪大亨，却同时领衔平民医院和锦江中学两个董事会。“承前启后”“光前裕后”，看名字就知是个事事为“后昆”着眼又着想的长者善者。他的睿识在于，一手扶持救民于贫病的医院，一手奖掖课教于童顽的学堂，肉体与精神一并打理，可谓双管齐下，软硬兼施。校图书馆“锦江书院”、女生宿舍楼“春梅阁”等，都出于他的手笔。在其引领之下，爱乡襄教传统得以进一步发扬，各种奖教、奖学基金纷纷设立。何青原、黄赛平、李国坤、李慧庆等，以及马来西亚无名氏贫困教育基金、福莆仙东岳观董事会等，心心相印，遥相呼应，纷纷为学校的发展慷慨解囊。

这回接任锦江中学校董会的新科董事长，是澳门莆仙同乡会创始人关荣丰先生。十八年前笔者赴澳门寻访过他，得知关先生曾在锦江中学当过学生也当过老师，最了解母校需要什么。这些年来除发动同乡会会员捐建校友楼外，个人还先后为家乡的教育发展捐献不下五十万港元，用于教室扩建和校园环境优化。同乡会的很多会员毕业于锦江中学，对母校优秀的办学经验和严谨的教学态度印象深刻，都以能为江口家乡和锦中母校出力襄助为荣。

“以人为本，以德为先”是锦江中学的办学理念。老师们的境界是：以育桃李为乐，以出人才为荣。每有校友擢升载誉，便让母校津津乐道，如数家珍。“沉潜科技”的，有校友关杰院士等一大批在科技领域贡献卓著的校友；“俯仰教坛”的，有曾任福建省教育厅副厅长的卓家瑞等校友；“忘情公务”的，有中国银行行长李礼辉、福建省检察院副检察长郑京水等校友；“乐裁嫁裳”的大编辑，有曾任福建省新闻出版局副局长、现任省期刊协会会长的李玉光等校友；“濡染翰墨，摇曳诗文”的，有福建省文史馆馆员、著名书画家方纪龙等校友；“驰骋商道，绸缪发展”的，则是成长为工商界领军或新锐的一茬茬校友。

地灵人杰，人杰地灵，一样地互为因果。郁达夫在《中国新文学大系·散文二集》的一篇导言里大概讲了这么一层意思：一方水土养一方人，要读懂并理解一个人物，必得了解这个人物所在地的自然人文双重环境。那就让我们回过头来，重读锦江，捉摸那春色究竟藏在哪？

锦江，是入莆第一镇江口的雅称。陆地面积 79 平方千米，生活着不过七万多人，更多的人口则随着江海吞吐，像螃蟹勾脚般一个接一个地，外流到世界各国和港、澳、台地区谋生去了，因此而成为闽中著名的侨乡之一。笔者当年曾在江口老家体验过知青生活，二十年前又杀回马枪采写过三十万字的长篇报告文学《春秋代序》（出书时易名《江口风流》），了解这一带乡亲既勇于“赤足上路”“白手起家”，又懂得“饮水思源”“去国怀乡”。若要问是不是嫌弃家乡才离乡背井，他们谁都不会同意。谈及“锦江春色”，他们会像老奶奶枕头柜里的细软一样，一一掏出来抖开来让你眼馋。说“锦江春色”是莆田古代二十四景致之一，至少有十个景观齐斩斩作证——

其一“江桥夜月”：萩芦溪入海处，接连三桥，夜间桥灯与月光相映，静谧迷人。其二“古寨夕阳”：罗星顶，迎仙寨，夕阳照临，通红一片，让人作古今玄想。其三“雨堤烟树”：微雨中伫于港边，望江下海堤迤逦东去，树影如烟，不尽遥思成缕。其四“瓜圃笙歌”：前面村园林成片，六月天，瓜棚下，清风习习，莆仙十音八乐，不绝于耳。其五“渔舟撒网”：清明鱼汛，正是盛产马鲛、力鱼季节，全湾遍布绫网，争个好收成。其六“青山倒影”：晴日风静浪平，舟行兴化湾，回眸侨乡，青山倒影水面，如在画中。其七“春郊麦浪”：“九里洋”逢春，绿油油一片，春风一吹，麦浪滚滚。其八“远浦归船”：忙碌一天的船儿，满载暮归，岸边的炊烟，正是家在招手。其九“隔岸吹笙”：锦江上游的芦溪、蒜溪二水，分别源自福清、莆田，山水会知音，隔岸更倾心。其十“海市蜃楼”：后郭小学隔海对面处，史上曾幻映过三座远山和一群集市，次日下午竟又依原样重现……

江口境内的人文景观，可堪与天造地设的自然媲美。至少有两个文化系列，说出来很值得“友邦惊诧”：其一是水利文化，其二是驿道文化。

水，善利万物而不争，老子所以盛赞“上善若水”。但这不等于人类可以不善待它。水可载舟，亦可覆舟，谁都晓得。如何亲水、理水，化害为利，泽及生民，正是“水利”二字的学问。比莆田木兰陂竣工早106年的宋太平兴国二年（977年），江口人就在萩芦溪中游兴建了长342米的“南安陂”，其陂坝比木兰陂还长123米。古老的南安陂，没有钱四娘、林从世、李宏、冯智日们死生相赴的悲壮故事，它只是默默藏在深闺人未识，守住那份从容而端凝的风仪。那附近还深藏着一处秘而不宣的温泉，让那些个知情者不时地结伴摸将进去，来个“一丝不挂，两眼生风，三围勿论，四肢放松，五体通泰，六神和衷……”，从而“一泡走红”。

人与水与土倘合不来，说成是“水土不服”。可知这个“服”字大有文章。土不服，就会有崩且溃；水不服，就会有洪和涝。人是自然之子，没资格也无本钱去硬碰硬。但人是有灵性和修持的。仁者乐山，智者乐水，态度上先就亲和几分。进一步，就思忖着如何兵来将挡，水来土掩，一物降一物了。蒜溪上游的“东方红水库”，就是这么执意要来到这个世上的。让水驯服，泽被农桑，人的聪明与狡黠都从这里开始，因此有“水平”一说？

与锦江“水汪汪”相映成趣的，是“古道弯弯”。福泉古驿道从福莆岭开始穿境而过，上千年的文化碎片撒得一路都是。福莆岭上上下下不过四五千米间，重要的人文节点就有：明代状元周如磐书额的蒜岭古驿道边的“武当别院”；宋代进士蔡襄发动沿福泉驿道种植留下的行道树“蔡公夹道松”；纪念闽王赐名翁承赞故里新厝岭边文秀里的“光贤亭”；闽国辅相翁承赞曾奏请朝廷救助孤寡贫病的“恤民碑”；朱熹曾结庐讲学的“草堂山”遗址及“紫阳朱先生书院”碑刻；林龙江“三一教”遗址并莆田最后一名进士张琴所题“宗善堂”；江口迎仙驿附近的福莆仙东岳观，中有纪念戚军部将曹将军的神龛；邻村“小南洋”大片百年洋楼与红砖建筑群至今犹存；村中心一棵千年风景树，树兜的虬根上可同时坐上二三十人乘凉聊天；村前的蒜溪里琴键般的“汀步桥”还在……

江口镇的大岭村，是福泉古驿道翻越福莆岭进入莆田地界的第一村，如今也是动车驶出山洞进入莆田地界的第一站。大岭宫至今悬有二匾“天之枢纽”“地之经纬”，可见此间自古即为辐射力很强的战略要地。《人民日报》的副刊《大地》、《人民日报》（海外版）、《福建日报》、福建电视台及作家出版社等，相继发文或著书，介绍了这一带的山水灵秀、人文积淀与社会变迁。

福建省作协原主席陈章武的祖居岱麓山庄，就在村头的古驿道边上。章武与其胞弟接连三届双双晋京出席全国文艺界“两会”，接受中央首长接见，陈家还曾先后荣膺全国读书之家、福州市十大“书香门第”等称号。这两年小学校长出身的九旬老母王荔仙，支持两兄弟自费把旧学间祖厝修旧如旧之后，建立岱麓耕读书院与村民共享。

以汪毅夫、黄文麟等为总顾问，谢冕、孙绍振等为名誉院长的福建省耕读书院，那“耕读”二字，正取自岱麓祖居里那对百年前祖宗留下的窗联“耕云”“读雪”，耕读书院的宗旨“守望传统，聚焦前沿，深耕文化，导读大千”也由此衍化而来。老乡们见这家走出去的读书人如此恋旧怀乡，不仅支持他们重修与动车路线擦肩而过险被全拆的学间老屋，还不时送来山长曾经见过、用过、写过的犁耙、戽桶、风柜、水车之类的农耕器具，还帮着以书法作品换回四十年前亲绘的毛主席等领袖油画像。章武兄在亲撰《岱麓山庄小记》《骥斋铭》并制作上墙之后，发起整合故土的山水人文活动，产生出迎仙驿永安社内的“岱麓八景”，以与福莆岭南麓文秀乡的“江兜八景”遥相呼应。如此这般地与“锦江春色”的十大景时空交叉、山海异趣，引得远近诗词吟家不时穿梭其间，平平仄仄，咀嚼再四。

耕读书院的源头在锦江之畔，当仁不让地要多为故乡的文化钩沉与弘发做些力所能及的事。在帮助锦江中学创作并制作大碑刻《锦中赋》的同时，鼎力协助区镇侨务部门及东岳观管委会，把万众期待的“涵江区华侨纪念馆”簇拥出场。风起于青蘋之末。弘扬侨乡文化竟引发如此反响，不仅把原先镇一级的华侨纪念馆升格为涵江区一级，而且全国侨联副主席、省侨联主席王亚君亲临一线巡察审阅，全国侨联主席林军还为纪念馆赐墨题额。开张那天，更有好多个国家和地区的侨领乡贤，不辞舟车劳顿，在参加锦江中学七十周年校庆之后即赶来出席华侨纪念馆的开幕仪式。真如联上所云：“华夏千秋中国梦，侨乡一派梓桑情。”

家乡的此类盛事善举，都离不开福莆仙东岳观的悉心襄助。这座道观是省级重点文物保护单位，坐落于旧福厦路穿镇而过的锦江路旁。肇建于元代至元二年（1336年），明末曾毁于倭祸，清嘉庆十二年（1807 年）重修，民国十一年（1922 年）再行大修。观内可见到大作家郭风先祖郭尚先大理寺卿的题联“风雨八纮来日观，壶华双笏觐天齐”，以及清代莆籍御史江春霖题写的“累世蒙府”匾，民国元老林森题写的“五岳独尊”匾等。1984 年，福莆仙侨眷和台湾同胞、江口民众集资，重修主殿、报功祠、中殿、观音殿、地藏王殿及两庑六司殿，新建混元宝殿、山门、东西辕门、中军府、十王殿、妈祖殿、文昌书院、三忠祠及戏台等。但让人心灵震荡的是，前殿外左侧早早建有一祠，供奉一尊黑脸塑像。相传戚继光部将曹大金在驰援莆田战役途中，驻扎在当年尚不成规模的东岳观内，因一路奔劳，前伤复发而不治捐躯。吾莆民风淳朴，懂得感恩，当地民众在观左建祠设龛，以表缅怀之情。

有感于戚将的生死相赴和乡民的蒙恩知报，笔者二十几年前欣然应约为该观题写山门上的“东岳观”三字，并内侧的两副石刻楹联。最近受邀回梓，协办锦江中学校史展、涵江华侨纪念馆并采写《锦江赋》，才发现东岳观在一如既往地热衷于襄教办学的同时，把区镇华侨纪念场馆和信俗活动的妈祖殿也一并引进观内。意外的是在观里还找到锦江中学前身“文昌阁”“锦江书院”的建筑及碑文资料；在老人会前，竟又见到戚继光将军的石雕全身像。在乡民和华侨的印象中，这东岳观就是福莆仙交界一带多元文化的集散地，文昌武备的摇篮地。难怪 1995 年，东岳观被国务院宗教局收入中国宗教文化大观，1997 年又被中国文物协会选定为全国三百个著名旅游景区之一，是重要的省级涉台文物。据领衔东岳观董事会和管委会的蔡金水先生介绍，莆田江口东岳观因信仰波及福清、莆田、仙游，所以称为“福莆仙东岳观”，是福莆仙一带一百三十六座宫观的总庙，远近闻名。目前东岳观正着手进行三十年来的首次维修，将遵循“修旧如旧”的原则，争取早日重焕光彩。

由此可以看出，“锦江春色”的延伸，全赖天时、地利、人和！

下一步春色的延伸，将位于以福莆岭为中心的古驿道沿线。近年来，福建省耕读书院先后多次组织省市文史、文物、古建、《易经》等各界有关领导和专家学者，对这一带山水、人文资源进行调研考察，结合莆田方兴未艾的新农村建设，产生了挖掘弘扬当地文化的创意思路。在人文与自然资源的接合部，将着力助推三个主要项目的落地与实施：其一是古驿道的重修，其二是名贤文化的弘扬，其三是妈祖文化园的开辟。

福泉古驿道必经的福莆岭，是福清和莆田两市的分水岭。分水岭上有一座土地庙。在这片平台上，南可鸟瞰兴化湾，福清新厝镇和江阴岛尽收眼底，与海岸的直线距离不过 2 千米；北可俯察入莆田东陲蒜溪境环山盆地，与东大村也不过 2 千米。福莆岭东高西低，自石马山经草堂山延至江兜桥尾接地，如一列屏风，在福莆边界与兴化湾岸线次第展开，岭南有国道福厦线和高速公路与之平行。福泉古驿道自福州省城南下，经新厝镇境内“武当别院”，至“光贤亭”北趞翻越福莆分水岭，经入莆第一村东大村，进入莆田境内第一驿“迎仙驿”地界，南出 5 千米至江口古镇，有“迎仙驿馆”“迎仙寨”遗址。莆田史上 2300 多名进士，大都从这条驿道上翻山越岭，进京赶考，或回梓省亲；戚家军也曾从这条驿道驰援莆田抗倭，东岳观里留下人民纪念殉难戚将的神龛与塑像；在驿道边的岱麓山庄后墙上，曾留下闽中游击队过境时留下的标语墨迹：“团结起来，为建立苏维埃人民政权而奋斗！”……

“小扁担，三尺三；一头挑海，一头挑山。”这民谣式的诗句，二十几年前已见诸《人民日报》（海外版）。那篇《驿道沧桑》当年还经海外侨领洪先生之手，装框后寄回来给同乡作者。但作者和读者当年都始料未及的是，一种乡愁的触动，让回眸故园的赤子们重获灵感，竟然做起了在福莆岭率先发起重建古驿道倡议的梦，并且知行统一，于省炎黄文化研究会“走进涵江”采风行的最后一天，在福莆岭上往莆田方向铺下了头三片石头。莆田市原市长吴建华、福建省作协原主席陈章武、莆田市孔子文化研究会会长郑舜英、江口镇党委书记姚景耀、福建飞天集团董事长李鹏飞及大岭村的乡老和邻县光贤亭的代表等近百人参加了别开生面的动工仪式。此后不久，莆田市委常委、军分区政委祁永信，莆田市分管副市长张丽冰，涵江区委书记沈伯麟，江口镇镇长苏玉庆，等等，结伴而至施工一线视察，给东大村康宗龙书记及当地一批热心古驿道重修工程的干部群众以很大的鼓舞。“文化传承，共同见证。”动工那天的大海报，至今还“站”在福莆岭土地庙前。东风起蛰，春秋代序。古驿道文化重振的历史将记住启动仪式这一天：2014 年 8 月 29 日。那三片起步的石头，还是赤港华侨农场吴建华书记荣调前夕，特地从山外运进来增援的呢。

不由得记起杜甫那句“锦江春色来天地，玉垒浮云变古今”，感觉好像就是为这一带写的。辅佐唐代闽王王审知的翁承赞，就是福莆岭南麓漆林村人。他的两则读书名句“过客不须频问姓，读书声里是吾家”和“人家不必论贫富，唯有读书声最佳”，其中一则十几年前已被笔者引至鼓山新十八景区，制作成摩崖题刻，与《鼓山赋》为邻；另一句就近引到古驿道边上来，找一块贞石好生刻上如何？

驿道是旧时的官道和邮道，也是古代举贤济世的学道。按耕读书院专家们的初步创意，在古驿恢复石磴道的同时，沿线散建几座亭子，分别以曾在这里出入过的进士的字号命名，诸如唐五代翁承赞，宋朱熹、蔡襄，清陈善、张琴等等。那天凭“七只腿”亲往福莆岭见证动工并发表现场演说的游记作家、散文家章武，动议说如果系列名贤亭建设有望，建议加上明代大旅行家徐霞客，人家曾徒步从仙游九鲤湖出发，经福莆岭翻山而往福清石竹山，很值得纪念。九鲤湖、石竹山——“两个梦乡之旅”？不期然又触摸到一个以古驿道为轴心，集结文创项目，进而创建兴化湾福莆岭文化旅游区的新课题。闻者梦意又起，各各寻思开去，并相约暂且保密，不亦乐乎。

提升锦江流域的文化品位，彰显其历史魅力，让山清水秀加上人文气息，将使海内乡亲的怀旧与乡愁情感有所寄托，民俗文化情结与乡关观念得以释放，在这一带有着广泛的群众基础和强大的向心力。正值当地的社会主义新农村建设方兴未艾，倘各方力量形成合力，以福莆岭古驿道文化的重振为契机，带动兴化湾腹地生态农业、休闲文化和旅游产业的发展，必将让“锦江春色”更为立体，更加亮丽，而走向外部，与世人共享。大金石家韩天衡题赠笔者的“山海异趣”四字，到时将出现在福莆岭的山海大观碑林里，与那句民谣正好相映成趣、相得益彰：

“小扁担，三尺三；一头挑海，一头挑山……”

为水折腰（节选）

水的魅力是无穷的。

它好像是人类的种种性格在自然界中的物化。人们常常从对水的观照中发现自己，或反思自己。

“活泼源头水”，使人想起生命的不竭和不倦，想起循环往复中的更新和充实，从而信心陡增。

“河水清且涟漪”，使人感到透明、静美的可爱。“水把周围的一切如画地反映出来，把这一切屈曲地摇曳着，我们看到水是第一流的写生画家。”（车尔尼雪夫斯基语）人类在发明铜镜之前，正是以水为鉴的。希腊神话中那位多愁善感的纳西索斯，从水中发现并迷恋自己的倩影，因当时无法理解那正是自己美貌的投射，而最终苦恋痴迷致死。

说到死，“举身赴清池”的比“自挂东南枝”的要多得多。屈原、王国维……殊途同归，不管有意无意，总把水域当作浊世难觅的“温柔乡”，似乎寻着了超度肉身的最佳归宿，一去竟不回了。

从生物进化的历史来看，水是一切生命的最初发源地，人类即使到了今天，其胎儿也还是在羊水中孕育出来的。遗传基因使人们的潜意识里，对水有一种特殊的亲切感。历代骚人墨客对水的浩歌低吟，似乎要比对山的咏叹来得多，而且寓情寄意，楚楚动人。且看：

李白：君不见黄河之水天上来，奔流到海不复回。

杜牧：鸟来鸟去山色里，人歌人哭水声中。

孙叔向：虽然水是无情物，也到宫前咽不流。

白居易：日出江花红胜火，春来江水绿如蓝。

杜甫：无边落木萧萧下，不尽长江滚滚来。

杜甫：尔曹身与名俱灭，不废江河万古流。

元稹：曾经沧海难为水，除却巫山不是云。

蒋超：妄向镬汤求避热，那从大海去翻身。

苏轼：春色三分，二分尘土，一分流水。

查慎行：清泉自爱江湖去，流出红墙便不还。

水之美

有山无水，便缺了灵秀之气。山环水绕，刚柔相济，则美不胜收。

水跟山一起，成为自然景观的代表。但水有别于山，它“随物赋形”，生性活泼。小时涓涓，大时涣涣；停时成潭，动时成流；有路为溪，无路为瀑，静时万般柔情，怒时可排山倒海……正由于水的形态无定，它的美也便丰富无比。

水之浩荡、之博大、之渊深者，莫过于海。冰心老人当年喜欢拿海与山相比，在《山中杂记》中禁不住“说几句爱海的孩气的话”：

山也是可爱的，但和海比，的确比不起，我有我的理由！

海是蓝色灰色的。山是黄色绿色的。拿颜色来比，山也比海不过。蓝色灰色含着庄严淡远的意味，黄色绿色却未免浅显小方一些。固然我们常以黄色为至尊，皇帝的龙袍是黄色的，但皇帝称为“天子”，天比皇帝还尊贵，而天却是蓝色的。

在海上又使人有透视的能力……你不由自主地要想起这万顷碧琉璃之下，有什么明珠，什么珊瑚，什么龙女，什么鲛纱。在山上呢，很少使人想到山石黄泉以下，有什么金银铜铁。因为海水透明，天然地有引人们思想往深里去的趋向。

紧接着便“总而言之，统而言之”地说了句脍炙人口的“极端的话”：

假如我犯了天条，赐我自杀，我也愿投海，不愿坠崖。

河与海比

无独有偶，日本近代作家德富芦花拿河与海相比，别有一番审美体验。他在散文《大河》中写道：

海确乎宽大，静寂时如慈母的胸怀。一旦震怒，令人想起上帝的怒气。然而，“大江日夜流”的气势及意味，在海里却是见不着的。

不妨站在一条大河的岸边，看一看那泱泱的河水，无声无息，静静地，无限流淌的情景吧。“逝者如斯夫”，想想那从亿万年之前一直到亿万年之后，源源不绝，永远奔流……所谓的罗马大帝国不是这样流过的吗？……亚历山大，拿破仑翁，尽皆如此。他们今何在哉？溶溶流淌着的唯有这河水。

我想，站在大河之畔，要比站在大海之滨更能感受到“永远”二字的含义。

同一个德富芦花，对“根植于地，头顶于天，堂堂而立”的山，也有属于自己的美学观照与哲思。他走在无边无际的桑原的路上，抬头仰望，这些山峰总是泰然自若地昂着头颅。于是大发感慨道：“那些厕身于日常龌龊的生活之中，而心境却挺然向着无穷天际的伟人们，确乎也是如此吧。”（《上州的山》）

走向大自然，常见山势崔嵬，巉岩峥嵘。说它们像众仙际会，像群马饮河，像乱兽奔壑，尽管由你说。

但你不得不承认，是水的活泼使山变得清醒，水的透明使山变得虚怀，水的咆哮使山变得谦恭，水的温柔使山变得含蓄……

有山有水，才算一个完整的世界，有静滞，有奔腾，便是一部辉煌的历史！

柔中见刚

水之美还在它的柔中见刚。

那是一种无所不适又无坚不摧的品格。

柔情似水。而水可穿石，水可裂岸；水可载舟，亦可覆舟；水可“直下三千尺”，且“青山遮不住”……那是一种力量，厚积而薄发的力量，不甘自贱和沉默的力量。

且不说激流开拓了河套，浪花咬出了礁岩，逝水磨圆了鹅卵石，单读读美国霍桑的《石人》，便要令你对水生出格外的好奇：

在微弱的光线下，尚能见到洞顶上悬挂着不透明的冰柱般的东西；不知从何时开始就持续下滴的水珠，已凝固得坚如刚玉；那种水珠好像有一种特殊的力量，不管淌到哪里，能把它所浸润的物体变成石头，被风吹进去的落叶和树枝，长在洞口，得不到自然界露珠润湿的毛茸茸的灌木，都被这奇妙的过程化成石头。

它似乎不仅仅是一个时间概念。

它是一段历史，一种积淀，一项建筑——温柔中建筑起刚烈，涓涓、潺潺中建筑起弥弥、涣涣，建筑起淼淼、泱泱、浩浩、荡荡……

海的胸怀

且看那大海——造化最古老而雄奇的工程。

向天索取，向地索取。亿万斯年的积累，亿万斯年的运筹，使海有足够的气魄和胸怀，将地表的十分之七拥入自己的怀抱。

只有大海，敢把陆地看成小岛，把小岛看成沙砾，倘若有一天，所有的陆地都愿意来海世界里做客，大海也有足够的能力，扯起几千米厚的一片柔蓝，不让半寸赤土露在水面受凉。

那时，地球便是名副其实的“水星”。水的性格便是海的灵魂。它永恒地涌动着，不息地奔腾着，以其活泼的豪壮，让一切凝固的尊严显得苍白而卑微！

生命之海的魅力

是的，大海是有生命的。一种崇高的生命。

潮涨、潮落，是大海的呼吸。

涌浪、波涛，是大海的脉搏。

当它发怒时，那种喧嚣，那种暴戾，使人疑心世界的末日就在眼前。

而当它平静时，那份柔顺，那份温馨，则令你相信每一朵浪花都为你开放。

不必太计较：脚下这湿漉漉的一片滩涂，该算大海的边沿，还是算大地的尽头。

金黄色的沙滩，灰褐色的海涂，多像晾了又浸、浸了又晾的大地的裙裾；多像磨了又钝、钝了又磨的大海的锋刃。

螃蟹、螺贝、跳跳鱼，那是大海缀在大地裙裾上的五彩花边；岸石、礁丛、沙砾，那是大地留在海浪雕刀下的工艺珍品。

大海的无休止的生命运动，可以任意摆布和雕塑岸边的一切，唯一赶不走抹不去的，是一串串探海人的脚印。

这包括你、我、他的深深浅浅的脚印，恰是大海生命的一部分，是海之魅力的不朽铭文。

蔚蓝色的奇观

大海是丰富而深奥的，读懂它并不容易。

每一簇浪花，都举着一个遥远的故事；

每一个浪谷，都藏着一段悲欢离合；

每一块礁石，每一茎盐蒿，每一枚贝壳，都是一页浓缩的历史，一句深邃的哲理，一幢沉甸甸的人生的影子……

也许，从粼粼波光里，从点点白帆上，从翩翩鸟翼下，你可以听到太阳清脆的铃声，听到海底朦胧的音乐。你于是读出了大海的激动，大海的缱绻，大海的热烈而坚忍的母爱。

也许，从海船的眼睛里，从渔网的网眼里，从船上一缕缕直的或弯的炊烟中，你窥见了人类征服大自然的全部历史，窥见了沧海横流中，那伫立涛头的弄潮儿的英雄本色。你于是相信海之子民有比风暴狂澜更伟大的力量，那就是战胜自然，同时战胜自我的蔚蓝色的奇观！

海　涵

大海是开放式的。它虚怀若谷，无比豁达。

它接纳长河大江，也接纳小溪清流；接纳天上来水，也接纳地下涌泉。纵使泥沙俱下，有污泥浊水、腐叶碎萍不宣而至，大海也不会对陆地筑起高墙。

这就叫“海涵”。

因为它自信。它有着无比博大的胸怀，有着比自己的名字更神奇的沉淀力和消化力，足以激浊扬清，使海世界永葆那片纯净的蔚蓝。

大海没有樊篱。它把陆地割成碎块，又把碎块连成一片。人世间的文化交流，贸易往来，科技传播，游子进出，都通过这座宽怀大度的无形的“立交桥”。

地球因海而浑圆，世界因海而变小，人类因海而亲近……

诱　惑

大海，铺展在天与地之间的大自然的不朽经典，古往今来，多少人为它倾倒，却没有谁敢说自己读全、读透它。

曹孟德读出日月之行，星汉灿烂；高尔基读出暴风骤雨，骎骎而至；安徒生读出光怪陆离、绚烂多姿；海明威读出老人面临的生命的挑战；谢冰心读出愿投海、不愿坠崖的理由……

吴承恩只见那海水：

烟波荡荡接天河，巨浪悠悠通地脉……潮来汹涌。犹如霹雳吼三春；水浸湾环，却似狂风吹九夏。……近岸无村社，傍水少渔舟。浪卷千年雪，风生六月秋。野禽凭出没，沙鸟任沉浮。眼前无钓客，耳畔只闻鸥。海底游鱼乐，天边过雁愁。（《西游记》）

凌濛初但见：

乌云蔽日，黑浪掀天。蛇龙戏舞起长空，鱼鳖惊惶潜水底。艨艟泛泛，只如栖不定的数点寒鸦；岛屿浮浮，便似没不煞的几双水鹈。舟中是方扬的米簸，舷外是正熟的饭锅。总因风伯太无情，以致篙师

多失色。(《初刻拍案惊奇》)

大海气象万千，人们临海的机会不同，心境也有别，审美感受自然就因景、因人而异。有的钟情于它的壮美，有的惊异于它的狞厉，有的感奋于它的崇高，有的震慑于它的可怖……但无论谁，做过海的梦也好，涉过梦中的海也好，都无法拒绝和摆脱这蓝色的诱惑。

王蒙在《海的梦》中不加掩饰地浩叹道：

大海，我终于见到了你！我终于来到了你的身边，经过了半个世纪的思恋，经过了许多磨难，你我都白了头发——浪花！

浪花与水声

写到浪花，不由记起题为《浪花》的一则旧作，信笔摘录如下：

园艺的百花谱里没有记载你，案头的古瓷瓶中不见供着你……你开在“水漂漂”和山蛙逗趣的地方，开在鱼鹰和溪鳗搏战的地方，开在船刃耕海的地方，开在潮头堆雪的地方……

在我童稚的梦中，你是幽泉摩挲鹅卵石逗起来的笑，你是飞瀑锤锉旧河道溅出来的汗，你是海世界举出水面的力的昭示……虽然，你的体态仅像一朵朵素朴的百合。

打从我临水弄潮，在惊疑的扑腾中吻着了你，我便不再嫌你淡而无味了，真的——

那山菊和野石榴寄意岩泉的远远的流香，会使我想见浣纱女捣衣槌下荡开的理想的梦片，想见放牛人潭边小憩时对山外世界的遐思，怎样化作甜蜜的游丝，漫天飘移。

呵，永不凋零的浪之花，茫茫水域的精灵，我为你生性的活泼和亘古的热情歌唱，就像你为生命流程的每个脚步频频举花一样……

朱自清对浪花的动态和色彩美的审察与描绘，可谓出神入化了：

那溅着的水花，晶莹而多芒；远望去，像一朵朵小小的白梅，微雨似的纷纷落着。……轻风起来时，点点随风飘散，那更是杨花了。

浪花常伴有悦耳的水声。

水声，是水之美的极致。“寒山转苍翠，秋水日潺湲。”一个“日”字，意境全出。听到叮叮、咚咚的滴水声，你会感到幽境的静美；听到汩汩、淙淙的流水声，你会感到心原的畅达；听到轰轰、哗哗的洪涛声，你必壮怀激烈，载欣载奔……

高山流水，应有知音之会。晋代左思日：“非必丝与竹，山水有清音。”说的是天然的水声美未必不若器乐的奏鸣。所言极是。

雨为天水。“雨打芭蕉”四字，千种风情尽出其中。虎门销烟的林则徐，却在福州西湖建了座名为“听雨”的荷亭，个中情由，不言而喻。

更有那“听泉”“听涛”……

江河之美

海是博大无边的，但内地的人毕竟难得一见。人们更多接触的是江、河、湖、潭。因为它们可大可小、可高可低、可长可短，几乎无所不适、无处不见，哪怕在火山迹地、大漠深处、高原尽头。

海太开旷了，很难尽收眼底；海平线无一例外是平直的，因此从形态上看，似乎千篇一律，缺少变化。

江河则常以线条的方式铺展于大地。人稍一登高，这或细或粗、或曲或直、或明或暗的形式美，很容易进入视野，因而也易引发不同的审美感受。

清流小水，袅娜轻灵，呈现一种柔媚之美；
大川之汇，雍雍穆穆，呈现一种大度之美；
河道曲折，迤逦蜿蜒，呈现一种韵律之美；
河道畅直，一泻千里，呈现一种气势之美；
抛身狂野，放浪形骸，呈现一种洒脱之美；
潜行草树，遮遮掩掩，呈现一种含蓄之美……

母性之声

由于透明的水是天然的“写生画家”，不同的天光山色，不同的季节气候，不同的地理环境，都对它产生强烈的影响，因而江河之美也便异彩纷呈，令人叹绝。

且看朱自清对秦淮河的感受：

秦淮河的水是碧阴阴的，看起来厚而不腻，是六朝金粉所凝吗？我们初上船的时候，天色还未断黑，那漾漾的柔波是这样的恬静、委婉，使我们一面有水阔天空之想，一面又憧憬着纸醉金迷之境了。等到灯火明时，阴阴的变为沉沉了：暗淡的水光，像梦一般；那偶然闪烁着的光芒，就是梦的眼睛了。（《桨声灯影里的秦淮河》）

再看看刘白羽对闽江的印象：

头一眼看到江，是在天刚刚亮的时候，使我非常之惊奇的，是那江水的绿，绿得浓极了。……原来雄伟的山，苍郁的树，苔染的石壁，滴水的竹林，都在江中投下绿油油倒影，事实上是天空和地面整个绿成一片，就连我自己也在闪闪绿色之中了，这真是：“醉人的绿呀！”不过马上使我从那一团浓绿中惊醒的，却是闽江的险峻的急流。

（《急流》）

以上两例可见天光和野色对江河的影响。而节气又是怎样丰富着江河的情采呢？不妨一阅郑九蝉对冰雪消融中的北国江河的描述：

松花江和黑龙江有两种开法。一种叫文开，一种叫武开。文开好说，大姑娘似的，稳稳当当，情静意悄，冰儿慢慢裂了，水儿慢慢地漫上来，浪推着浪，冰推着冰，叮叮当，当当叮，好像古塔清寺响风铃。可是，一到武开，两条江就变成老妖婆。又刮风又下雨，下游不开，上游开，水在冰底下翻腾，狂风摇得柳毛林子倒下起来，起来又倒下，浪头似的乱卷。"咔喇喇"一声，震天动地，活生生把冰封的江面给鼓开。立刻几丈宽窄的冰，推上岸，鱼亮子小马架，一眨眼，就摧得溜平。大柳树"喀喇"一声，拦腰斩断，水急冰飞，江面一窄，霎时筑成五六道冰坝，水位呼呼上涨……（《县委大楼的"劳金"》）

河道的宽窄，落差的大小，地势的平仄，则直接影响河流的声息。罗曼·罗兰在《约翰·克利斯朵夫》一书中有段描写可谓妙极：

万籁俱寂，水声更宏大了：它统驭万物，时而抚慰着他们的睡眠，连它自己也快要在波涛中入睡了；时而狂嗥怒吼，好似一头噬人的疯兽。然后，它的咆哮静下来了：那才是无限温柔的细语，银铃的低鸣，清朗的钟声，儿童的欢笑，曼妙的清歌，回旋缠绕的音乐。伟大的母性之声，它是永远不歇的！

你我倘遁入自然，千万别忘了追寻和辨认这不歇的母性之声，那是造化对赤子最温馨的抚存。

湖潭的情采

江河呈线条的形态撒欢于川野。

湖潭则呈面的形态点缀于大地。

江河每以活泼、潇洒、雄浑和豪放取胜。

湖潭则以沉稳、端庄、宏阔而含蓄诱人。

我国的太湖、洞庭湖、青海湖、滇池，散布在北美的一类大湖，虽不及大海的恢宏壮阔，但其舒展和坦荡的形象，常使内陆的人肃然起敬。

单说那洞庭湖，已是美不胜收。南宋词人张孝祥乘扁舟一叶，泛入“玉鉴琼田三万顷”，但见“素月分辉，明河共影，表里俱澄澈”，不由捬膺叹曰：“悠然心会，妙处难与君说。”（《念奴娇·过洞庭》）

善于勾勒细节、描绘场景的现代作家叶紫，洞庭一游归来，援笔于手，竟也不得不直说：“黄昏的洞庭湖上的美丽，是很难用笔墨形容得出来的。”（《湖上》）

面积较小的湖泊，却也别有一番情趣。

譬如杭州西湖，东坡居士不惮媚俗之嫌，欲把西湖与春秋时越国的美女西施相比，说它和她一样，“淡妆浓抹总相宜”。白居易也毫不讳言地承认：“未能抛得杭州去，一半勾留是此湖。”连吴敬梓在写《儒林外史》时，也不忘盛赞西湖“乃是天下第一个真山真水的景致”。

诸如北京的昆明湖、南京的玄武湖、济南的大明湖等，皆因它们本身所具有的秀婉之美、清逸之态，且濒临都市，人们难免要把它们纳入园林景观的开辟规划之中。经历代人工重塑，这类小家碧玉般的湖泊，已不再属于纯粹的山水美，而成为园林美的一部分了。

因此此处不作细说。

“池塘生春草”

却说那幽潭、浅池，因其形态常以“点”出现，且多半散布于深山涧壑、荒郊野径，故而每每以其野趣可人。

“池塘生春草”，南朝诗人谢灵运极质朴的五个字，写尽大地回春时的无限生机。金代元好问大赞其美曰“池塘春草谢家春，万古千秋五字新”；宋代吴可甚而说“春草池塘一句子，惊天动地至今传”。评论未免过分了点，但谢公似乎不经意的一笔，确乎尽得风流，而这风流，正来自池塘的自然美，在当时一片绮丽萎靡之声中，显得格外清新、洒脱。

柳宗元的《小石潭记》，有口皆碑。妙在写尽石潭的荒僻、寂寥、悄怆、幽邃，可洗劳尘，可遂清栖之志，却又因“其境过清，不可久居”，此中心态，一言难尽。

朱自清把荷塘之美表现得如朦胧仙境，而梅雨潭又是怎样的精彩呢？

我的心随潭水的绿而摇荡。……这平铺着、厚积着的绿，着实可爱。她松松地皱缬着，像少妇拖着的裙幅；她轻轻地摆弄着，像跳动的初恋的处女的心；她滑滑地明亮着，像涂了“明油”一般，有鸡蛋清那样软，那样嫩……但你却看不透她！（《绿》）

潭或池，因其小巧，常有草树掩映、碎萍浮面，故大都波澜不惊，静如处子；倘有清风徐来，也只“吹皱一池春水”。那形象，楚楚动人，又端庄含蓄，确令人有“看不透她”之慨。

而“看不透她”，正是她的魅力所在。

（注：本文选自《美感百题》）

笔底烟云

记忆之楫

记忆是一条神鞭，它常于冥冥中警醒你：你是谁？你何以有今日？你怎样走完你剩下的路？你是否失落了你自己？……

没有记忆，便无以对比，浑不知今日是甘是苦是幸是悲。人生最难驾驭的是爱河之舟。河水涣涣，可载舟，亦可覆舟。别怨那水。掂掂你手中之楫：那木纹顺否？那质地坚否？

那楫便是记忆。但凭我活的记忆，辨得哪是漩涡哪是潜流，哪是沙岸哪是浮岛，哪是泊地哪是礁丛……

令人萦损柔肠的活的记忆啊！

人生没有顺风船。最难忘怀的是多事之秋，患难之际，你彷徨、无援，精神几欲崩溃，信念濒于寂灭，此时却有多情而重义的异性，不惮闲人的指目牵引、恶人的上下其手，毅然决然与你同踏一抔黄土，同肩半壁天闸，晨昏晦明，相依为命，那份纯情，那份真爱，你得之便是万幸，受之应知有福！

无论那厄运如何短暂，时过境迁，你可能重新寻得一条繁花之路，但你无法因自己地位、优势的嬗递而弃绝危难时的知遇，因为你有记忆。你可能找出一百条理由为异心辩护，但你永远无从拒绝记忆赐予你的警策。

应该感谢这记忆之楫，它告诉你哪是避风港，哪是误区；哪是至善至美的爱之轮奂，哪是人生和情感之旅的“百慕大”……

拥有这天赐之楫，可笑对这涣涣爱河也！

肩　火

夜半，伏案读写累极，常添衣出门，在荒郊野径独行，于天籁悠悠之中，洗濯着劳尘，梳理着文思，不时感受天、地、人之间某种神妙的契合，是为一乐也。

某夜，无月。依稀见一人影先我而行。听足音知是赶路的过客，非优游的未眠人。恐惊动了他，我的脚步放得轻轻。却见那人张皇回顾，随即“啊”的一声撒腿急蹿而去。这使我很是过意不去，疑心自己的形骸是否真个沾了“鬼气”。一想，又觉得冤枉——究竟是我吓着了他，还是他自己吓了自己呢？

不由记起儿时在乡下生活，老人们常告诫晚辈：夜里外出，眼睛只顾盯住脚前的路脉，千万别东张西望。问其原因，回答得玄而有趣——每个人左右肩头各有一朵肉眼看不见的火苗，火在，鬼魅便不敢近身；你若左顾右盼，火苗被自己的鼻息喷灭了，四伏的危机就会无忌惮地围了上来……

倘不计较此中有否宗教或迷信的色彩，那么我愿意相信，每个人肩上确有两朵火。那是烛照前路、扫却阴霾的智慧之火，是勇于把命运握在自己手中的自信之火！只可惜，有的人被暗处的响动惊灭了这火，有的既然惊灭了却又不想重新点燃。

野物的不时出没，使人不得不对四周存有戒心。但惶惶中的瞻前顾后，常会造成一些错觉。倘为此错觉中的幻影而疑神疑鬼，而灭了那自信的火，而慌不择径疲于奔命，岂不是自己吓了自己？

要是还能与那位路人不期而遇，我想上前搭搭话，然后告诉他，关于那“肩火”的传说……

人　择

何谓世界？——世为迁流，时间概念；“界”指方位，空间概念。上下四方为界，往古来今则为世。

世界之于人类，雅的，美称“摇篮”；俗的，比作“房地产”，价格日日看涨。芸芸众生，为伊用尽文武行，只在争一席之地。这便是生存竞争。天择莫如人择。要不，圈地运动作何解释？南极探险又图的什么？

人类之于世界，却也不可多得。混沌渐开，诸种文明拥拥毕至，界之万物有了灵长，世之万象有了审美或审丑的主体。天、地、人浑成而出生机，乃寰中奇迹。否则，“神鸦”无以对“社鼓”，“橘子洲头”寻不着“飞舟”，“白茫茫大地真干净”之绝唱又出自谁口？

15 世纪以前，人类世界还不是紧密联系的整体。各方子民大都孤立地休养生息，相互间鲜有接触，甚而毫无所知。即便在国中，“不知有汉，无论魏晋”之事也绝非仅出于桃花源。

直至 15 世纪后半叶的地理大发现，文明史才发展成为全世界的历史。

于是，中世纪欧洲神权统治的基础出现了雪崩。

于是，人们的注意力从迷信超自然圣尊，转到研究自然存在物，从天上转到人间，从神转向人……

人，成为一切思考的中心。

最不爱惜人的，恰是人本身。拜神、拜尸、拜物、拜金等等，是人无能的表现，是愚蠢的自贱。因而恢复自信，征服自然，改造环境，以主宰者的卓然之态横架于世界，变得格外的壮烈。

人，终于懂得寻回作为人的那份尊严。

而当人们用陌生的眼光端视自己的时候，又不由得惶惑起来。他们为发现了自己而感奋，又为同时发现了人的缺陷而痛苦。于是，时而用哲人的睿智和认真，设计着自我完善；时而不耐烦地随意打发自己，甚至不惜挥霍自己。

都说活得好烦、好累。可是，想遗世独立，祈取自我实现的涅槃，却谁也办不到。

三人成众，便是人间。有你、我、他在，你便是社会人。你面临的便是庞杂多维的、理得顺或理而还乱的种种社会关系。

繁忙的人世间，各色人等的价值取向不同，处世哲学和立世之本不同，文化教养和思辨能力不同，七情六欲的张弛揠抑不同，人本的同化或异化的程度不同，于累纪累年的生生息息中，泥沙俱下，鱼龙混杂，真理可能被奸污，历史可能出赝品，真善美与假恶丑消长无定，悲剧、喜剧和正剧常常同台抢戏，人际关系于是变得炙心烫手、不可捉摸，令人望而生畏。

然而谁也无法回避。

你只有含笑直面人生。

来一趟人间，不容易。幸与不幸且不管，别负了它！

你不忍心让世界仅滞留在眼前这不尴不尬的份上，那么就摇醒你的环境意识，以你的才智、善举和创造潜能，拥抱生活，投身时代变革，为社会添一分财富，为人间补一笔亮色。

你不愿意看到邪恶和谬误继续招摇过市，那么就握紧你的正义之戟，以你的良知、雄辩和人格力量，筑一道理性的街垒，教它们至少在经过你身边时不敢过于放肆。

你祈求人间的清明，你期待人文的谐和，那么把握你自己吧。用你的真诚而不是姿态，用你的爱心而不是怜悯，用你的天真而不是矫饰，用你的奉献而不是布施，去爱你可心之人，去近你可敬之士，去构筑你周遭的宁馨氛围，去影响超越时空的文明气候……

你可能微不足道，但你这样做了，你将发现自己与社会的契合是双向的，你不枉来人间一趟，与你同行或交臂而过的人们也不曾小觑你。你于是会觉得灵魂的安泰和胴体的富实，觉着一种人生价值被认同的抚慰。

没有人拒绝这生命的抚慰。

就像没有人拒绝大自然的温存一样。

牛　担

人的耳朵片子或鼻翼戳个洞洞装个环，为的是“贵气”和“美”。

牛的鼻钮戳个洞洞装个“环”为的是“驯服”和“受难”。

那“环”叫“牛鼻栓”，接一条绳子出来，握在农人的手里时，拉一拉，牛就往左拐，抖一抖，牛就朝右弯，“啧啧”两声就停，“嗨”一声就走……训练有素，温顺听话，常常是“不用扬鞭自奋蹄”，令人感动。

只有三种情况，可导致牛们一反常态，逆拂人意：一是极度饥饿而不给进食，一是外行驾驭而无从配合，一是不近“牛情”而挫伤其心。

使牛一日几餐在田头地尾稀里哗啦地干活却不给或忘了给一把草、一团藤让牛填个肚，它就会因饥饿不胜重负，而突然一扬脖掀去扣在颈上的“牛担”，朝远的近的绿茵草色疯狂奔去。

不是老把式，不谙运作程序和指令信号，却又颐指气使瞎指挥，使之进退两难无所适从，它就会生出鄙夷之情，要么直挺挺站住不动，要么尽躲犁线，使假力，让你满头大汗，事倍功半。

最不可容忍的是鞭打快牛。不懂得爱护，不懂得尊重，不懂得“绥靖”，不懂得引耕牛为共拓荆蛮、创造生活的合作伙伴，反而随意责罚它，甚或当着别的牛的面鞭打它。心灵上的刺激使它忍无可忍，它就会不顾巨大的疼痛，扯断牛绳，甚至扯裂牛鼻，血淋淋地举着头，扬着尾，四下里撒野颠蹶……

人类的一部创业史，应该同时署上牛的名字。

鲁迅把“孺子牛”当作俯首的榜样。

珠海人把“拓荒牛”选作城市的雕塑。

牛让人作为图腾般膜拜，只是因了它的听话和肯干？

也有《西游记》，给牛一个“魔王”的角色。

也有《废都》，慷慨赐牛一顶“哲学家”的桂冠。

“生前身后名”牛们是不予理会的。

但无论如何，牛是有灵性的。

曾经亲身经历过，牛教新手使犁耕田时，它会生出一种有人尊其为师的自豪，于是主动配合，动作规范，带你踏线，带你“打麻花”，带得拐弯抹角、起头煞尾；犁头碰上暗藏在田里的石块或地头的树根，它会急停下来，回头拿眼睛看你提醒你，你不解其意继续挥鞭吆喝，它会摇尾、踏蹄，为你的无知和愚钝伤心……

也曾亲眼见过，有个屠户准备宰杀一条退役耕牛，它被拴在树头，见四周围着看热闹的人，一个蛮汉拎着把锄头，斜着眼向它身边靠拢，这牛的鼻息就短了，并且兀自流出泪来……

“树犹如此，人何以堪！”

新弗洛伊德主义的领袖人物卡伦·荷妮在心理学巨著《自我的挣扎》里，认为人类不啻是个“生命的斗士”，总想在现实与理想的冲击下建立起自我的价值，寻求自己人格的统一。因为“在没有冲突（不管是有益的或是有害的）的真空中，人是无法成长的”，“人类生来就需为求满足自己的生理需要而奋斗，为求达成自己的心理需要而挣扎”。

挣扎！

牛的挣扎，有时会不惮鞭责、不惜创痛，付出鼻断血流的代价；有时会爆发出十倍于平时的疯狂之力，扯散主人的犁耙，撕裂肩头的“牛担”——那个用铁链锁着的“𡈽”形的重轭。

那么人呢？人肩上那个“𡈽”形的“牛担”是什么？

是旧体制。

是旧的经济秩序。

是人本身作茧自缚的旧传统观念，和“随遇而安”的惰性！

人必须挣扎，为了自救。

补　鼎

这一带农民嘴里不说“亡羊补牢”这类文绉绉的拗口成语，但那一层意思却是清楚的。寂静的村野里，远远地有“哐——哐哐……”的小铜锣声传来，便有人极敏感又几乎是下意识地做出反应：“唷！补鼎师傅来了，喊住他！”

乡下人把“锅”叫成“鼎”，这一音之别，却极有创意，文一点说是“民以食为天”，白一点说是“有钱无钱肚子圆”，这“圆”的形象，就如那带个“肚脐”的铁砂铸造的“鼎”的模样，多可爱又多实在！

由于薪火烧久了，鼎底就会布上一层炭黑色的焦油，隔个十天半月的就得端到屋外的院角埕边，倒扣着，然后用锄头从周边往“肚脐”方向扒上一阵，直到鼎底露出砂锅的本色为止。扒鼎的声音极刺耳、难听，但在孩提时的印象中是一种音乐，一种大人们准备生火煮饭的确切信号。我当年在长梦迷离中就常自作多情地把它听作“快起、快起”“好吃、好吃”，闻声一骨碌就提裤子下床，载欣载奔……

没想到的是，如此认真地扒鼎除垢，无形中也容易使砂锅变薄受损，以至像用久的脚车内胎，出现一两个小破洞或小裂缝，不补便无法再用了。于是这串乡走村上门服务的补鼎师傅，连同悠悠一串小铜锣的脆响，便自然地备受乡民们欢迎了。

你见过那补鼎担子吗？一头是红泥小火炉，一头是呼噜小风箱，清爽而滑稽，狡黠而含蓄。小火炉，是为烧熔碎铁片或铜屑以浇补鼎上的破洞用的；小风箱，是专给小火炉鼓气加温用的。最激动人心的是炉里的硬疙瘩温度接近燃点的时候，师傅拉风箱的频率明显地加快了，风箱两头洞内装着的小叶片交替着发出急促的“噼扑”声，就像小丫头听得姑奶奶使唤一溜儿碎步赶来。围观的人们几乎全紧张地屏住气，但见师傅手脚麻利如此这般一搬弄，就有一团蚕豆大的灼灼生光的熔化金属滚出小炉膛，又如何地三下五除二，这“红蚕豆”就恰到好处地嵌在了鼎底的破洞上了！这一连串动作极复杂又极流畅，极神秘又极简单，像变魔术一般，看得惊心而过瘾。

东西破了要补，这是烟火人间，饮食男女自己从生活中得出的结论。

有疑问的是，师傅在补鼎之前，何以总有一道令人纳闷的工序？就是操了一把尖嘴小锤，在鼎底找到裂缝，便把它琢成细槽；找到稗米大的破洞，更是非得把它敲成九月豆一般规模，毫不留情，让主人们看得心里一揪一揪地疼。

原来师傅使的不是坏心。既然东西用久了，破了洞裂了缝，干脆“闹”大一点，要填要补要镶要嵌，目标更明，用料更足，补得也就更牢固、结实；下一回扒鼎除垢，有足够大的“伤疤”在，也更能引起你的注意不是！

好心的补鼎师傅如今都应健在？

只不知他们如今的“生意”如何了？

耳畔似又闻得“哐——哐哐”的小铜锣声……

我无端地在等待着听一个久违了的声音——“唷，喊住他！”

佛名的启示

大刹里的列位金身，有一尊叫“日月灯光明佛”。乍听这名字，无论我如何虔诚，都觉得土气。美丽的“日月”后头，怎么跟着毫无诗意的“灯光”二字？

释家当年尚未安上电灯，这“灯光”当指烛火吧。可这小小烛火怎能与日月相提并论呢？

按庄周“齐物”的观点，“自其同者视之，万物皆一也”。然《外物篇》又云：“利害相摩，生火甚多，众人焚和，月固不胜火……”不想这“月不胜火”一语，竟引起后世一场有趣的论争——

晋人郭象在注中说：“大而暗则多累，小而明则知分。”苏东坡则以“陋哉斯言”斥之。他说：庄子的本意是明于大者必晦于小，月能烛天地，而不能烛毫厘，但单凭此能判定谁胜谁吗？

宋人洪迈却认为庄子论的并非明暗问题，而是说“人心如月，湛然虚静，而为利害所薄；生火炽然，以焚其和”，月自然不能“胜”火喽！

倘真要论其明暗，洪迈则极赞赏吕惠卿出人意表的回答：“日煜乎昼，月煜乎夜，灯煜乎日月所不及，其用无差别也！”……

联想至此，我不禁后悔起自己的浅薄了。我怎么没有早点发现，“日月灯光明佛”的名字本身，就是一部醒世的哲学巨著！它至少昭示一点：天地间也有日月不能普照的地方，在许许多多需要光明的角落里，小小一炬烛火，便是伟大的太阳神！

这一思辨，使我不期然作如是想：

处江湖之远者，不必因自己缺少牵一发而动全身的机制而自轻自贱，以为一举手一投足无关大局，于是乎偏安于“清静无为”，自外于参与和竞争的生活旋流，令马齿徒长……

天生我材必有用，尚应明于自处，各司其职。

太阳给白天以光芒，但无须包办一切，二十四小时全耽在窗前，叫人睡不成个安稳觉。

月亮给夜晚以清辉，但无须越俎代庖，硬充“第二太阳”，骗人起来占场地晒谷子。

烛火给日月照不到的地方以亮色，这也就够了，无须自作多情，非要举到烈日的强光下，白做“蜡炬成灰”的无谓牺牲……

在社会生活的坐标上，找到自己最适当的位置，便意味着你的头上有了实在的一片蓝天！

猿与狙为偶，麋与鹿相交，鳅与鱼同游。毛嫱、丽姬是绝世美人，但鱼见了她们入水，鸟见了她们高飞，麋鹿见了她们急急跑开……

请不必责怪它们“有眼不识泰山”。同是造物的宠儿，却各有自己心目中的“正色”美神。强求鱼、鸟、麋鹿与公子哥儿一道，去艳羡、追求毛嫱或丽姬，岂不可笑？

正如初日可以盛赞夕阳晚照，却不必美誉夜月的虚静；月牙儿可以歌唱“十五的月亮”，却不必惊叹“蜡烛精神”；烛火可以膜拜普罗米修斯，却不必崇仰阿波罗……

承认人生的“残缺”和局限，并不意味着你头上那片蓝天的缩小，相反地正说明你充盈并真正拥有属于你的所有空间。

这就是自我意识的觉醒。

只要敢于认识自己，精于估量自己，善于把握自己，那么在任何岗位上，都可以创造出社会财富，同时也实现了自身的价值。

而有了价值便有了真正的地位。灯光倘羞于在日月遗忘的角落抬起济世济人的头，那么，它便无从实现灯光的特殊价值，更无颜跻身于与日月同辉的行列了……

“日月灯光明佛”应该万岁，虽然我不是佛徒。

关于鼻子等等

人的心长在左胸腔，从对面看来，却说靠右。此中本无抵牾，立足点不同而已。倘真要说人类“偏心”，我想许多善良的人都不愿意相信。但别的且不说，单从人们对待自己脸上五官的不同态度看，又似乎确有其事。这就不能不令人颇顾脸面地去“三省吾身”了。

眼睛无疑是最受恩宠的。它能睹物，能传神，善观颜察色，也善抛送秋波之类，故而被昵称为“明眸”“心灵的窗户”等。于是乎其待遇也便非同一般，譬如：与人对话时以是否看定对方的眼睛，作为衡量礼貌与否的标志；出外玩水游山曰“开阔眼界”，进城看红看绿曰“一饱眼福”；眼睛倘近视或老花，自有手脚麻利的主人天上地下地颠着为它配好眼镜；而强调爱护某种足够伟大足够金贵的东西，落实到一个足够具体的比喻便是：“像爱护眼睛一样爱护×××。”可谓无以复加了。

鼻子却无此殊荣。尽管我们可以为它列出一百条好处。

至少，它长的是地方，要是鼻子长在后脑勺，人类怎能像今天这样潇洒地仰卧着睡觉？

至少，它的方向也摆对了。要是颠倒过来鼻孔朝上，吸烟时可能如烟囱便于排气，可下急雨时无遮无掩的，岂不像漏斗灌水把人呛死？

从体量和总的比例上看，它也是比较适中的。虽因人种差异而有鹰钩鼻、扁平鼻等等之别，但毕竟，不像牛马狗那样满脸是鼻，也不像鸡鸭鸟的鼻子，只是寄在尖嘴上的一对细孔。

鼻子的延长线是人体的中轴线。旧时把鼻子称为“隆准”，它那隆起的一道脊梁，恰是左右脸的分野，几乎无一例外地把那两只骨碌碌转的眼睛隔离在两侧。试想，倘没有鼻梁的妙设，左眼可睨右眼，右眼可睇左眼，自作多情时怕有类似“同性恋”的嫌疑，闹别扭时又直可怒目相视，打一场不闻鼓金的冷战，那麻烦事可就多了。

鼻子的忍辱负重也许鲜为人知。君不见为优化和美化双眸服务的眼镜们，不管大的小的，轻的重的，高档的还是大路货，无一不是把整个儿重量搭在鼻梁上，那一对儿小托片扣得皮肉隐隐地生痛，而独领风骚的却是同生同活的眼睛。

尤为可贵的是鼻子的“慎独”。养尊处优的眼睛们关门闭户躲进黑甜乡神游去了，我们的鼻子却仍忠信职守，不知疲倦，继续着不可稍息的伟大而平凡的呼吸劳动。它无日无夜地为整个生命载体负责，却不知怎的，常常遭受有意无意的冷落、轻慢，甚至无情的作践。

谓予不信，且略举数例。不管谁犯了事，都往鼻子身上推责任栽赃，喏——挨上司批评，说成是“刮鼻子”；明明是眼睛在掉泪，却说是“哭鼻子”；撞了南墙，目的未遂，形容为“碰了一鼻子灰”；顺着竿子爬，换种说法便是“蹬鼻子上脸”；指指戳戳、挑挑剔剔，也要先“横挑鼻子”后才“竖挑眼”；眼睛倘乱瞟人，行为不检点，代人受过的则是鼻子，说是“这家伙鼻子很歪”云云；冤家开战，更免不了互相“指着鼻子骂……”好像这该死的鼻子真个是祸首，是症结，是千夫指，是一切罪愆的渊薮似的。

又好像鼻子过于老实巴交了，才好欺侮，好拿捏，好泼污水丑化——君不见舞台上的丑角，不是涂个“红糟鼻”，就是抹个“大白鼻”；小说里有把鼻头比作“墓龟”，把鼻孔比作“墓穴”的，睡觉打呼噜也被笑谑为“拉风箱”；漫画就更绝了，不管洋人、国人，也不分“好人”“坏蛋”，一律作悬梁大鼻状，仿佛不把鼻子大张旗鼓地示众便不足以平民愤似的。

天可怜见，鼻子对此种种不公正的待遇，也许无能为力，也许不予计较，所做出的反应顶多是：当面“嗤之以鼻”，私下里“鼻头一酸”，如此而已。

它没有眼睛那样八面玲珑，注定它出不了风头；它也没有嘴巴那样巧言令色，更注定它占不到便宜。就说抽烟吧，贪婪地往里吸的是嘴巴，却让鼻子去排泄废气。兴之所至，嘴巴可以朱唇皓齿地上台引吭高歌，赢得一片半片喝彩；鼻子倘逢着顺心事，顶多也只能哼哼几声，还常被指责为“哼小调”，不严肃，甚至说你“骚”。最惨的要算进食时，是香是臭是酸是腥是馊是烂，都靠鼻子好歹先探个“可行性”和“安全系数”如何，而真正清享美酒佳肴的福分，却尽被嘴巴抢去。常见“口”与“福”字、“牙”与“祭”字组成美丽可人的词儿，只不见“鼻”字与什么好事有缘；好不容易找出个“鼻烟”的词儿，一想，吸的却是“毒”，不由悲从中来……

其实，正是朴实无华的鼻子，最虔诚笃信地与心脏保持着一致。只要心脏还在跳动，呼吸便不会停止，哪像眼睛和嘴巴，不待心脏告寂，便早早地僵化和木讷了。

因此也只有鼻子，才有资格以“断气”二字宣布一条大生命的终结；亦可以“一息尚存”，使主人的“奋斗不止”成为可能。鼻子与心脏同寿。就凭这一点，便可宠辱皆忘了。

戒烟杂说

年过不惑，我非正式戒了烟。

戒不戒烟，与“惑”与“不惑”本身无关，只是凑了个巧而已。

我之所谓“非正式”，并不意味着“时抽时停，藕断丝连”。我可是真戒。只是不曾当众宣布戒烟，也未跟谁发誓或打赌，更没向妻子要挟说得安抚我多少山楂、蜜枣、薄荷糖之类。

这好像缺少一种类似于临刑前慷慨悲歌的豪壮吧？不是有人为表示戒烟的决心，不惜当众销毁香烟，摔破烟灰缸，而后指天指地说要是再抽一口便如何如何的吗？我不这样。

我不是出于狡黠，给可能的“复辟”留下“伏笔”。我只是不想抽便不抽就是了，跟当年想抽便学着抽起来一样。好提好放、好聚好散，有始似无始，有终似无终，了无痕迹，不很宜人吗？原本很简单很普通的一件事，何必拿模拿样地弄得过于隆重呢？

“隆重”这东西，怎么说呢，有些时候，或某种程度上颇似虚张声势，是自信心和意志力不足的广告。譬如大小公司、商行或什么“中心”，成立便成立，开业便开业，却非要搞个隆重仪式，还安排剪彩；剪彩便剪彩，端刀盘的服务员操刀的姿势可能更好些，剪起来也更麻利些，却非要延请被称为某长或某老的头面人物来剪，好像扯过大旗便成虎皮，陡地雄壮、派头了几分。可惜这种形式的隆重并不实在，倘若你走了邪门犯了法或经营不善塌了台，难道会因曾经有过的开张时的隆重，便可幸免于制裁或倒闭的惩罚吗？

说起戒烟，写小说的一鸣兄“嗨”的一声说：“我都戒了一百零一回了！”他说每次都拍胸甩帽，信誓旦旦，甚而掏出高级打火机往人群中极潇洒地一扔，说："谁要拿去，咱用不着了！"那场面真有"壮士一去兮不复返"的悲壮气氛。却不知何时何地何因何缘又死灰复燃了。他感叹说，越是下决心越是戒不掉。决心易下，难在坚持。大凡心血来潮时做出的决定，都令人可疑。他还说曾发生过向人讨回打火机的尴尬事呢！你看看！

不由得联想起若干年前读过的一组漫画：第一幅画的是某君在好几层楼的楼上郑重宣告戒烟，并以大幅度动作将烟斗扔出窗外；第二、第三幅及以下画的是同一个某君以十万火急速度跑下楼的连续动作；最后一幅，某君下至底层一个箭步跨出门外，正好接住方才在楼上亲手抛弃的那个烟斗……

出尔反尔之迅速之无悔，再没有比这组漫画讽喻更到家的了。只是已记不清是否还有一行备注式副题"并非讽刺戒烟人"。

时下各种报刊宣传吸烟害处的文章连篇累牍，翻来覆去，内容大同小异，且众口一词地断言：吸烟要短命的！其中不乏科学的启导、善意的劝诫、良苦的用心，却也不排除若干瘾君子借机当戒烟文章的"文抄公"捞稿费追加烟钱的，这就多少有点古怪而滑稽了。

劝善的忠言和为稻粱谋的苦心毕竟都容易理解。只是戒不戒烟还是得顺其自然。戒烟的人未必全出于怕死，早死的人更不会尽是"烟民"。你爱抽便抽，想戒就戒，犹犹豫豫、掩掩抑抑，自然熬煎，反倒要伤身体的。

做其他事情也一样，立了志的，就应照直坚持下来，再迷人的诱惑你都别去搭理。你倘存着暧昧之心动摇之念，被"诱惑"这妖女看出破绽，她就会重演故技，把你往矛盾的两端拽来搡去，叫你心绪无定，精神恍惚，乖乖悖逆自己的初衷。

回过头来说，抽烟也罢戒烟也罢，最好不要去"罗织"它的理由。一时戒不掉的，似乎没必要老自我解嘲说，高兴时抽几口庆祝烟，痛苦时抽几口解闷烟，紧张时抽几口缓缓气，疲惫时抽几口解解乏，求人办事时不能不敬烟并陪着抽，人家请烟时又不好意思拿架子不接也不点嘛……“墨索里尼，总是有理”，每抽一支烟都觉得天经地义，这就注定戒烟要频告“未遂”了。而铁心戒烟吧，戒了就好，也没必要蓦然悟道似的，大列起烟厂的十大罪状和吸烟的十大危害，制造紧张气氛只能令人产生逆反心理，以至于呼道：“老子都活得不耐烦了，还怕折寿?!”

世界上最令人啼笑皆非的“幽默”，莫如一边大张旗鼓地生产烟草，一边又煞有介事地在烟盒上大做劝告戒烟的宣传。那份狡狯，无异于手上抡刀杀人，嘴里还咋呼一声“看剑”，叫人死得明白而无怨。

眼睛盯紧抽烟人口袋的人，能真心希望你戒烟吗？就凭这不忍深究的疑窦，也够刺激我下决心戒烟的了，虽然我已不缺烟钱。

书院诸家西行花絮

福建六月，一个月内惊爆文坛双响——“启明”“开明”。

前者是由省作协、耕读书院联袂举办的福建省首届启明儿童文学奖颁奖典礼，为的是推动我省的儿童文学创作，同时引领青少年的阅读与写作。

后者是民进福建省委会组织的，其麾下的开明画院书画家与省作协并耕读书院诸作家赴西部地区采风行，沿途慰问福建赴宁夏的支教人员及闽宁交流干部。

率团的张帆先生（即南帆），是民进中央副主席、民进福建省委会主委、福建省政协副主席，从专业上算来也是“三料”的：福建省文联主席、福建省社科院院长、福建省作协副主席，又是力挺本书院的总顾问。因此没忘记招呼一拨子作家朋友，与书画家同仁来个双管齐下，左右开弓。癸巳酷夏西行挥毫，正合“笔走龙蛇”。

一

章可歌，多好听的名字。小男孩，九岁。一路上跟着我们，去寻找远在宁夏隆德县四中支教的年轻妈妈陈静宜。现任《中篇小说选刊》总编的福建省作协副主席林那北的确有心，不辞千山万水，随团带去好几箱闽版图书，赠送给该校图书馆。搬上搬下，一径书香，这份礼物分量不轻，但感觉里仍不及小可歌给妈妈带来的大欢喜！更乖的是，小可歌竟把他爸爸章雨一并抓差来了，见面时那份掩抑着的窃喜，有无以名状的生动。途中小可歌与团员们打成一片，因而就有这样的说法：下回就他自己跟人来，不麻烦爸爸了。不由得想及杜工部的“遥怜小儿女，未解忆长安”，少不更事呵小章！

章雨是福建师范大学美术学院的教授，他力挺静宜夫人来西部支教，希望江南柔婉的底色里，能植入黄土高原的那种苍雄与豪迈，与人高马大的他全方位接轨。在举行赠书仪式的那个大教室里，我们见到墙上挂满陈老师课余创作的绘画作品，何等的恬淡而坚执，放旷而从容。也许这个展览是天各一方的夫妻俩早已策划好的，但我宁愿相信，这是内秀的静宜有意给老公一个惊喜。隔，更易产生美感不是？认真看着点吧，大教授！各自努力，异曲同工，谁怕谁！

鱼雁往来，只为书。我带来了新近出版的散文自选集《根的魔方》和书法作品集《文章翰墨》，送给他们一家子。签名时带上“章可歌小同学”，想起自己的得奖长篇儿童文学作品《童年真好》，当年正是为可歌这种年龄的孩子们创作的呢。

这部作品正筹划重版，家中九十岁老母亲一听说即自告奋勇，要把书中九十九个“安生的趣事、傻事、蠢事”，用当年任小学教师时拿手的蜡版字誊抄一遍。这个动力，与小可歌长途跋涉来看妈妈的画展不相上下。忽然想及，《童年真好》重版后一定记住：第一本送老妈妈，第二本送小可歌，签名加盖章。

二

书画家开笔会的时候，作家们做什么？采风呗。老哈是闲不住的。他是决计要把福州打造成“海西诗城”的头号诗歌发烧友，逮住一些个“印象”，就足以在当地诗意空间捣鼓个风生水起、六味全出。

老哈原名蒋庆丰，笔名哈雷。是福建生活·创造杂志社、东南快报社等几个刊社的头儿，又是耕读书院的副院长，陀螺转是家常饭，他却能履险不惊，举重若轻，一有机会就往外跑，任务是组稿，或被组稿。7 月份省总工会组织作家下沿海采风，还是通过他来动员笔者加盟的，怂恿的话是：“你去年帮人家写大会朗诵词《工人是天》，打中要害了呢——‘工’‘人’二字叠加起来正好是‘天’!”

老哈是我学兄，却比我年轻。我注意到这不安分的主儿不时会从我身边溜号，跑到中巴前头的位子上去坐，不是为靠近领导，而是跟定导游员。异域采风正从人家的绣口里开始的呢。这位姓姬的姑娘也着实优秀，当地的山川灵秀、人物风流、古今掌故、里巷轶闻，一路娓娓道来，如数家珍。普通话也讲得不亚于小山，富有诗的弹性与韵律。全车人都喜欢她，不独老哈。

近年在海西各地策划了数十场诗歌“映像”系列和“快闪”活动的这位大诗人，临别时竟不知如何向一路辛苦的姬导道谢。倒是得了同伴点拨，好歹在机场辞行时，象征性地握握手碰碰肩，想说什么却已忘言。呜呼，诗人的短舌，有时还真不是装出来的呵。

三

笔会期间，“两间余一卒，荷戟独彷徨”的主儿不止老哈，林焱也是。闻说鲁迅文学奖得主南帆最近在暗暗临池习书，小说与影视大腕林那北也要拜师学画去，我都感到前方有点吃紧了。林焱教授却是一脸“以不变应万变”的从容不迫。这个铁嘴敢把福建省图书馆《东南周末讲坛》和福州电视台《攀讲》节目主持得土洋结合、异彩杂呈，新近还荣膺“金牌主持人”称号，却就是对笔墨底事不置鼻眼。

这让我不由得生出些许受挫感来，于是找碴儿开起他的涮了。十几年前，我曾与林那北（当年笔名“北北”）在晚报副刊开辟《男说女说》同题随笔专栏。来省城履新后，有劳林焱兄接上我的茬儿，继续“背靠背”男说女说。这回才听他说，北北还是闽侯某中学执教鞭的文学青年时（本名“林岚”），林焱老师曾给她开过小说课呢。尽管此话属实，我却照样起哄，说，言下之意是“青出于蓝”啰？这不现场又出了个“傍大腕的大腕”啰？

他找机会反涮我，是在黄河边上的沙坡头。十几年前我应高洪波副主席之邀，来西海固地区参加中国作协创作基地挂牌仪式，曾在这里留下过笔迹。这事包打听未必打听得到，这会儿他却指着王维塑像旁的那句“大漠孤烟直，长河落日圆”，问大伙知道写字的想多赚点零花钱有什么招数吗？添字呀，比如——“大漠孤烟直又直，长河落日圆更圆”，这不多出四个字来，加钱！我回了句：“你也太抠门，自己的姓名用两个字‘林焱’，而且就这么两个‘木’，三个‘火’，摆摊烧烤不是？难怪大漠孤烟直又直……”

四

宁夏回程。过安检处，小山受挫。一把玩具弹弓被扣，理由是：疑似武器。小山是福建当红儿童文学作家，刚拔得首届福建省启明儿童文学奖头筹，八千元奖金还没想好怎么花呢。这会儿竟被一句不无奶气的问责呛了一口。其实她只消说声带回家给小儿子玩也许就过了，却一口咬定是“带给老公的礼物”（原话）。这下好，没收没商量！

小山是笔名，原名贾秀莉，编辑兼作家，属“双枪高手”一族，十几年前福建某刊社自东北引进，至今让人越看越觉得“很补”。尽管她入乡随俗，从容自牧，但对闽地人把“山”读成“三”，怕已暗咒一百遍了吧？公开场合谁要是以“小三”之音呼她“小山”，她会登时红脸，并以后脑勺相向。

她真不理解虾油吃多了舌头怎就卷不起来？她也不想把多年用得

好好的小山笔名改回来。“身正不怕影子斜，还有好人在作协”，谁帮口占的，都可入打油诗了呢。

吃虾油长大的“包打听”林焱，偏也是“双枪”的主儿：作家兼教授。此君虽然办倒过好多个刊物，但不影响他被誉为与福建师范大学传播学院院长谭华孚齐名的传播界“铁嘴”，说是天上半知地下全知，好办法与馊主意一样多。这会儿见小山愣在一旁哭笑不得，堂堂“铁嘴”竟也手足无措，抢前一步想英雄救美，没承想一声“小三”甫落，多少双眼睛唰将过来，把事情搞复杂了吧：这弹弓究竟谁弹谁哈？他又上前向女安检交涉，说要留下地址麻烦对方事后寄还那弹弓。不理。

候机室久候无聊，现场便有微信打油诗正式出笼：“股票狂跌，飞机晚点；弹弓没收，铁嘴莫辩……”

五

呵！贺兰山。二度匍匐于您不毛的膝前。前一次是新世纪伊始，与炳根、舒婷诸友，驱越野车过贺兰山缺奔青海湖，终于见到一路百十里油菜花的那一瞬，方才憋出气来，甚或泣出声来！

这回又是屏息。非生理性窒息，亦非高原反应。实在无法想象，中华文明五千年，那岩画，不知笔为何物的祖先的岩画，竟然出现在中华文明五千年之前再五千年，或再再五千年……

“历史失语，唯石有声！”高人的浩叹，如同己出。原以为：石不能言最可人。这会儿则想，那是你听不到，或听不懂，石头发出的天问，应如雷之滚地，电之上树，未知声消何处！

生命之叩问，原本也许与艺术无关。那斑斑驳驳，圈圈点点，都可能只是顽童躁动中的一种发泄，或如老年失偶的素人，于性苦闷中对自然物以硬制硬的一种反诘？是的，在台湾南投见过，三千多方石雕作品，听凭“你丢”“我捡”，在斧斤声响销匿之后……

天人合一的旷世杰作，存档于贺兰山怀里，是一种幸运。那里不会有圈地！石犹如此，人何以堪？今日同赴的匍匐者，都选择了噤声。这便是有声之石与无语之人，不约而同的一种倒错。也许正是这种物我两忘，主谓不分，才是贺兰山前人人必修的、考题自设的、最深刻的作业？

联想起家乡鼓岭的腰间，有一石刻着“同朽”二字。贺兰山可以作证：贞石不朽。说与石“同朽”，实指“同不朽”。略去否定词，其深意不改。始知天物之神机妙运，其抱在怀焉。

在大地自然面前，我们只能选择匍匐于地，废什么话！

闽江走笔

闽江，是中国南方可读性最强的一条河。她的可读表现在：勤劳，美丽，有容。

闽江的有容，一如她千里来奔的大海。海到无边天作岸，闽江有源山为家。其北源建溪出仙霞，中源富屯溪和南源沙溪均出武夷山，流域面积几占全省一半。她以山的雍穆、海的虚怀，一路收纳清溪小水，随地易名，至南平汇为闽江，蜿蜒东去八百里，入闽都地界则分乌龙、白龙二江，涵泳生成偌大个如璧南台岛，至马尾港“中国塔”前复又两水并流，浩浩荡荡，迤逦赴海，如践百川之约。

亿万年闽水逝者如斯，唯新近两千年创下奇迹，在下游左鼓右旗间的盆地洲渚上，孕育出一个生机勃勃的历史文化名城。它以“八闽雄都，神州名府”的大气魄，枕九莲而控五虎，踞六鳌以望双龙；拥无数春声秋色，读不尽汐落潮生。这座城市生机的养成，正得益于母亲河的风和水，有诗为证：“城内河道纵横，宜商宜旅；郭外港流吞吐，可运可渔。灵山秀水，形胜东南。有福之州，斯之谓也。”（《闽都赋》）

闽江的勤劳，一如沿岸子民的先人和母亲。闽山苍苍，闽水泱泱。她的不息奔流，载动代代放排工自上游漂下的无数木材，草创成伴水而筑的万民都会；她如纤手般伸进城区的内河，让海舶吞吐，货物往来，滋养了胼手胝足的一城生民，并且润泽了一城的苍榕。正是这条母亲河，教会了人们如何让水载舟，又不让水覆舟。于是以一条自祭酒岭向东甩出百十里的防洪长堤，为雄都再添金汤之固。往日不时肆虐的洪魔，如今按照既定的河道，驯服东去。

同时也正是母亲河，教会人们懂得临水、用江，亦应懂得惜水、爱江。惜水至诚，爱江弥切，便是近几年全市范围一系列“亲水行动”的缘起。26千米长的江滨大道于是横空出世，5.5千米长的滨江系列公园于是骈列两岸。初拟在台江一带建设“福州外滩”的构想，今已延及整个城市的滨江地段；双龙合抱的金山新区，往上海浦东看齐的脚步声已骎骎可闻。榕城市区通往八闽的桥梁，从万寿桥的特立独行，发展到今天的三桥四桥五六桥。它们就像一环环精致的金镯子，把母亲河装点得分外美丽和贵气。老诗人蔡其矫曾赞颂闽江：“一条深水，流动着光明和活泼的生命。”生命之能活泼并且闪光，恰来自勤劳勇敢和深邃的爱意。

闽江的美丽，一如流动的全彩画廊。大自然把她安排在太平洋西岸的“黄金海岸”中部，地气温暖，阳光和煦，清风透爽，微雨时行，造就了闽江的天生丽质。在闽任过职的大文学家郁达夫，曾惊叹闽江“水色的清，水流的急，以及湾处江面的宽，总之江上的景色，一切都可以做一种江水的秀逸的代表；扬子江没有她的绿，富春江不及她的曲，珠江比不上她的静”，还强调“人家在把她譬作中国的莱茵，我想这譬喻总只有过之，决不会不及”。文坛祖母冰心，一曲故里行吟写得乡情如醪：“清晓的江头/白雾蒙蒙/是江南的天气/雨儿来了/我只知道有蔚蓝的海/却原来还有碧绿的江/这是我父母之乡！”

可以告慰冰心老人的是，如今的“父母之乡”，又换了新颜。闽江水发了用不完的电，照亮了城市，也照亮了自己，那叫“新亮绿”工程。看那数十里沿江路灯，像不像踩街的火龙？看那三县洲大桥夜景，会不会是天赐的竖琴？闽江畔建起了比肩的高楼，人们赏尽一江锦绣，江也阅遍人世风流。万家灯火共水明灭，一弯江月与君对觞，那是怎样一种天人合一、舒泰清宁的境界！郁达夫盛赞“这地方的好处，是在门临江水，窗对远山，有秦淮之胜，而无吏役之烦”，这在当年难说词无溢美，而今可是名副其实了。旧时以打鱼为生的连家船民，已在岸上落脚定居并且编织起小康的梦；旧时在岸边码头蒙受皮肉之苦的男女，如今有了在步行街休闲购物的余暇和兴致；曾经可能来江边堆杂物、倒垃圾、泼废水甚至忘却母亲河为谁的人们，这些年变成了江滨大道的开拓者、闽江系列公园的建设者、观光客、宣传员和义务卫生协理员。

大教育家谢觉哉初到福州时留下一首诗："面向大海靠群山，八闽分疆多少年。只有春雷能起蛰，才将生气满东南。"闽江巨变的惊蛰之雷，是中国改革开放的黄钟大吕，是福州创建全国文明城市、花园城市、优秀旅游城市的行动脚步，是城市建设"东扩南进西拓"战略和全面创建小康社会的不息跫音！

闽江像一首歌，一首唱不尽的生命壮歌，旋律里藏着黄河大合唱的豪气、爽气，兼得女子千人腰鼓的福气和喜气。

闽江像一棵树，一棵绿榕般长青的大树。枝丫上一个个好看的鸟窝，是新建的豪宅你我的家。大树的安全，是家园的红运；鸟儿的幸福，是大树的消息。一棵树的枝荣叶茂，能垂阴十亩；一条江的宏泰恒昌，则可惠及万民。

闽江像一条鞭，一条能甩动木陀螺的长鞭。我们的福州城，就是一只快乐地旋舞的木陀螺。旋出速度，转出雄风。旋得辛苦，也转得舒心。旋得风流一地，更转出丰收年年。闽江儿女，将在勤勉的旋舞中，承传母亲河的一切品格和所有灵性。

有道是：馎糟啜醨，皆可以醉，果蔬草木，皆可以饱。多来江边走走，或者择时择机临流而栖，我们将渐渐地读遍闽江、读懂闽江，进而想着如何共享闽江，并且不忘共图闽江的明天！

《作家笔下的福州》序

一座城市像一部巨著，不同的人有不同的读法。

对城市读后有感的人，是有心之人；而要表达得可读并且可信，则是用心之人。至于如何表达，又因人而异。有的从大概念着眼，把握总体印象；有的从小细节入手，往往以小见大；有的耽情于爱屋及乌，于是每见曲径通幽；有的习惯于纵横类比，果然一阵吹沙到金。

八闽首郡，神州名府，横看竖看都算“个案”：说是南国边城，居然曾五度为都；没有直接面海，却饱蘸蓝色文明；两个千禧六次扩城，而三坊七巷经典依然；都知道郑和屡经此地伺风开洋，却未必留意当时的世界航海图上，罗星塔即被称作“中国塔”；可能有人忽略福州的首善名分，却记住了天上有几颗星以林则徐等福州人的名字命名！

如此这般神秘的福州，可读可写的东西自然不缺，前来探幽索隐的人也便多了，以各种载体、不同语言表现福州的文学作品于是源源不绝。最早的可溯及唐代开八闽文献的欧阳詹，宋代书法四大家之一的蔡襄，名登唐宋散文八大家的曾巩，以及宋理学宗师朱熹等，再就是马可·波罗、米列斯库等“老外”亦慕名而至，以不同文字留下各自的“友邦惊诧”。近代和现当代的作者，不少既是文学高手，又是各类专家，他们知暖知凉、见仁见智，且能率性表达，写来信马由缰，又大都说到了点子上，可谓别出机杼、各臻妙境。

将这些不同朝代、不同国度的著家摹写福州的作品集中起来，究竟会成什么气象呢？“今人不见古时月，今月曾经照古人”，换一种思维则是：“古人不见今时月，今人难觅古月痕”。这就注定了本作品集，从单篇看都只能算雪泥鸿爪，不足以以点带面，涵盖福州的一切。然而一沙一世界，一叶一菩提，聚沙成塔，积水为渊，林林总总，便成大千。何况一枝一叶总关情，多少浮生感悟、流年信息、时代烙印、地域风情都隐约于字里行间。这对于有心登临并解读福州的人们来说，无异于一把可靠的扶梯。

这把“扶梯”的设计和制作者，原也是一例的散文作家兼职业编审。他们都把家安在福州，却不一定是老福州；他们不需要一个太大的地方起居，却都深爱着这片土地。他们“爱屋及乌”所及，自然包括了历代名家走笔福州的大量篇什。在他们看来，对古城人文风物如数家珍是可以理解的，倘不知千年百名中外作家留墨闽都的盛事豪举，则是不可思议的。因此他们义无反顾地，应邀担任了这部跨时空巨献的大选家。

有福之州，福星高照，承载着太多的爱，明天一定会更好。而福州不只是福州人的福州，也不只是今日的福州。愿这部贯古通今、情意如醪的作品集，能帮助更多的读者走近福州、喜欢福州，并共享福州！

闽都文化特质说

闽都文化，源远流长。其盛如松，其馨若兰。究其精神特质，或曰："榕树风采，闽江活力，茉莉气韵，左海胸怀。"

闽都文明之风采，有如榕树：身健体硕，枝荣叶茂；盘根错节，玲珑四达；独木成林，垂阴一方。

闽都文明，发祥于昙石山，伏脉于三山。先民尊蛇为图腾，铸剑为神器，初展闽地生机。汉无诸置都东冶，拓土分茅，共缔闽越春秋。晋严高筑子城，凿东西两湖，使内河纵横，宜旅宜商。唐五代闽王建罗城，扩夹城，使城在山中，山在城中。曾五次为都，六度扩城，百雉千堞万灶烟，蔚为大观。今之东扩南进，山海为怀，居然北枕莲花，南控五虎，岂但右擎翠旗，左标石鼓？诗云："白塔如剑，乌塔如砥，古城演进的见证，黑白分明。"今榕垣首善之衍递，中轴线不移，里坊制不替，而现代东南都会，已卓然海峡之滨。

闽都文脉之活力，有如闽江：二潮吞吐，咸淡交冲；兼收并蓄，气量恢宏；向洋面海，势若奔龙。

闽在海中，古蛮荒之地。南朝文教肇启，冀家有翰墨，市无斗器。唐倡行化育，移孔庙入城砺学，借科举力擢群芳。五代倡办四门学，以教闽中秀士，曰："人家不必论贫富，唯有读书声最佳。"宋庠序广设，闽学蔚起，路逢十客九青衿，传为佳话。明清犹见书院林立，朱紫盈门，俊彦比肩。九龙经脉，五凤朝阳。崇儒重教，赢得文化勃兴：宗教信仰，民间习俗，山水人文，各臻妙境；闽剧评话，诗钟灯谜，翰墨金石，各领风骚。更靖姑慈怀，懿追妈祖；文龙节烈，尊至城隍。文脉如缕，文心可雕。民风向善，足可无敌。

闽都文气之蕴藉，有如茉莉：淡泊素雅，朴实无华；可饰青鬓，可入茗茶；不事张扬，香远益清。

闽越有才，左海为盛。上善若水，高义薄云。闽王力主轻徭薄赋，保境安民，宁为开门节度，不作闭门天子。宋有李纲，出将入相，“进退一身关社稷，英灵千古镇湖山”。清有林公则徐，“苟利国家生死以，岂因祸福避趋之”。继则船政诸子，梦寄强国，师夷长技以制夷。为救民饥馑，振龙引进吕宋薯；为启智发蒙，严复翻译《天演论》；为埋葬帝制，觉民投绝笔为檄；为传递爱心，冰心点橘灯为炬。名媛秀出，英烈逞豪。民魂为本，民生为怀。敢于领风气之先，乐于谋天下永福。有哲人惊叹：“一片三坊七巷，半部中国近代史！”

闽都文缘之广博，有如左海：虚怀宽襟，涵纳百川；可通丝路，可载福船；谊播九域，脉缔万番。

中原士族，数度南奔，文化交汇，使吾闽俊彩星驰。伯玉植榕，蔡襄谱荔，江山文章，皆成锦绣。更辟港通津，远拓海丝路；绵延十邑，另辟新福州。以一篑为始基，自古天下无难事；致九译之新法，于今中国有圣人。郑和舟师，开洋探世界；禁毒先驱，开眼看世界；船政精英，造舰闯世界；闽商榕侨，开步拼世界。海到无边天作岸，山登绝顶我为峰。遂有宣言：经济为船，文化为帆；始发在海西，船号是炎黄！闽之都，何皇皇？云舒千鹤，海纳百川。鉴古祥楼有联赞曰：“八闽雄都，一楼镇海；千秋福地，万树屏山！”

闽商宣言

闽商之发祥，渊远而流长。缘起于汉唐，鼎兴于宋元；绵延于明季，式微于晚清；重振于开放，勃发于当今。千载衍递，百年传薪；九州索骥，万国打拼。或合纵连横，筑商厦于故国；或乘槎浮海，播鸿业于他邦。以一篑为始基，聚沙器以成塔；致九译之新法，开智泉而成潭。同徽晋粤浙商帮并驾，与东西南北客户交心：商以富国，贸可利民；共图国祚，分享升平。

闽商之基因，乃蓝色文明。其渊在昙山，其流在闽江。戴雪披云，梦寄乎七斗；向洋面海，潮听于八方。泉舶去来，留雁声于丝路；福船进出，辑桨影于海门。曾替郑和西行开路，也随乃裳异域拓荒。彼岸为邻，视环球为一寨；天堑可渡，御长风于双程。

闽商之襟怀，如大海泱泱。倚天为岸，席地为床；风云际会，日月挑灯；远邀千鹤，广纳百川；豪情奔放，坦荡达观；深藏奥妙，孕育灵光；潮抚列岛，浪接云端；诚航普渡，信达万番；有容乃大，是谓海涵。

闽商之形象，似古榕苍苍。与山为伍，与水为盟；随缘而至，随遇而安；虚怀成厦，缀叶成冠；长髯扎地，复为新桩；根若潜龙，四处延伸；相与盘错，互为支撑；大巧若拙，至诚如神；团团如盖，垂阴一方。

闽商之观念，最重是故园。家门为圆心，理想为半径，驰骋万里，收获大千。然人在羁旅，心系乡关。天涯黄金屋，故土篱笆墙，两相不弃，四海同春。出则兼济天下，归则反哺梓桑。城市建设，勠力相帮；农村发展，道义同担。铺路搭桥，有前贤垂范；兴教办学，效侨领嘉庚。好雨知时，润物无声。乡情如醪，和谐长安。

闽商之精神，见誓语铿锵。善观时变，顺势有为；敢冒风险，爱拼会赢；合群团结，豪侠仗义；恋祖爱乡，回馈梓桑。

闽商之命题，与时代俱新。海西战略，召我儒商。集五洲之慧识，催八骏之齐奔。项目带动，科技担纲。引线穿针，盘活多元资本；广征博引，挥写高端文章。三产并举，正好集群扩阵；两岸互动，最美海峡流觞。恰逢好机缘，同胞同心同德；难得大手笔，做活做大做强。

闽商之箴言，爱拼才会赢。舐犊恩重，赤子情真。沧海横流，英雄挺身。敢率风气，时出奇兵。无穷眼界，有备竞争。取法乎上，创意唯新。贾勇再进，摒弃惰心。能力是铁，诚信是金。

闽商之盛会，昭告此宣言。侪辈闽商，聚集一堂。谋中兴于故郡，探方略于锦囊。运九筹之胜算，铸八闽之辉煌。故友相逢，重温当年草创；新知盟约，同肩时代大梁。擂鼙鼓于海左，寄鸿志于风樯。闻涛声而血沸，望旗语而兼程。岁次丁亥孟夏，莅会闽商千又五百众，志同而道合，如击楫之有声焉：经济为船，文化为帆；始发在海西，船号是炎黄！

第二届闽商大会

2007年5月17日于中国·福州

大爱闽商

从大山和森林的相拥处走来，带着树的襟怀与神采。从江和海的交会处走来，透着水的活力与豪迈。他们穿越时空，遍阅沧桑，站如榕树，躺似海洋，拥有一个共同的名字：世界闽商。

闽商有树的执着。以根扎地，以杆擎天，作江山砥柱，垂阴四方。理解“山不矜高自及天”，因此互相撑抵，连理丛生。绵延可成海，独木也成林。知保持水土，感雨露阳光。以大爱为根系，以风雨为年轮，高举绿色生命的旗帜，猎猎飘扬。

闽商有水的灵性。天降为霖，地献为泉，都透明蕴藉，润物无声。理解“水唯善下方成海”，因此有路为溪，无路为瀑，目标明确，一往无前。都说奔流入海不复回，其实常化作祥云，返回源头，谛听叮咚的泉声，重温最初的蓝色之梦。

树大根深，是陆地文化的骨骼；上善若水，是海洋文化的精魂。闽商亲历了黄土文明的拓展与衍递，学会了敬畏祖先，崇拜自然，热爱生命，百折不挠。闽商参与了蓝色文明的肇启与传播，学会了辨别季风，把握洋流，永不停步，敢为人先。

闽商有大爱，渊薮是大悲。每每“寄意寒星”，进退总关社稷；回回“血荐轩辕”，依旧不改中国心！懂得爱人民从爱父母开始，乐于以侨批频递的虔诚，诠释孝道；懂得爱祖国从爱家乡延伸，明于以匹夫有责的笃定，演绎大公。在离家最远的角落，光耀华夏；在离心最近的地方，贴近乾坤。

四海为寄，故土为牵。于是有“家门为圆心，理想为半径，驰骋万里，收获大千”的豪语，有“天涯黄金屋，故土篱笆墙，两相不弃，四海同春”的诺言。在闽商的日记里，已不见了漂泊感和寄人篱下，因为背后就是强大的父母之邦，谁都没有走远。在随身的经典中，更不缺融入侨居地的古今传奇，因为面对的是异地他乡的生活打拼，谁都不言放弃。呵，源于母体的至诚大爱：出则兼济天下，归则反哺桑梓，天经地义，世代承传。

重利尚义，世界闽商。不言利无以发达，非富实无以利人。昔日曾以开禁通关，远辟丝路，持善经商，奔走世界；而今更以和谐理念，天下融通，和平发展，惠及万邦。在全球经济一体化大潮中，凭借海洋文明的顽强内力，同华夏各商帮抱团发展，在国际化的经纬上，祭起长长的中国风！

仰望长空，雁叫声声。天地间最重情念旧的生灵莫过大雁。无论飞到天涯海角，都记得回家的路。雁阵把“人”字写在天上，闽商则把“大爱”镌刻心间！

血浓于水，乡情如醪。故友相逢，不独回味当年草创；新锐有约，更知绸缪美好明天。记否宣言：“经济为船，文化为帆，始发在海西，船号是炎黄！”且听东风浩荡，鼓角相闻；大爱在行动，闽商又启程！

第三届闽商大会

2010 年 5 月 17 日于中国 · 福州

世界泉商宣言

时维虎岁新春，温陵故里，泉商云集，其乐融融。共襄海西发展，绸缪家乡建设，酝酿世界泉商总会成立诸事宜。手足情深，天道同酬，推心置腹，争相与谋，兹成共识，宣言于下：

泉商之蔚起，缘于海洋。戴云迤逦，长峡回澜，激励吾土先民，耕山海于闽越，启贸易于汉唐。宋元市舶，缠头赤足半蕃客；边陲开禁，涨海声中万国商。丝绸之路，借波涛而致远；商帮之旅，领群舸以放洋。东方大港，振翥翱翔。

泉商之会盟，奋鬃六合。初萌于明季，发轫于晚清，崛起于开放，蓬勃于当今。三来一补，民企艰辛起步；外引内联，三资勇拓通途。致富全凭实干，创新频出招数。以振兴为己任，为改革鼓与呼。龙腾鲤跃，大展宏图。

泉商之风采，双塔凌霄。雄心系乎贞石，无分高矮；豪气干于天际，遑论西东。塔镇千秋，依然高屋建瓴；地动八级，无损侠骨峥嵘。勠力同肩，若百柱之骈峙；达观怀远，挟老君之仙风。立如东西塔，卧似洛阳桥。顽强坚忍，稳笃从容。

泉商之品格，刺桐为鉴。梦萦华夏，念祖爱乡。肝胆相照，风雨同担。团结合群，望长城而血沸；重情尚义，闻善举而热肠。天涯羁旅，心系乡关。有福同享，有事共商。出则兼济天下，归则反哺梓桑。舐犊恩重，赤子情长。

泉商之精神，爱拼敢赢。沧海横流，英豪挺身。戴月披云，梦寄乎七斗；向洋面海，业臻于八荒。引领风气，播火传薪。踏浪去来，留雁声于丝路；御风上下，辑桨影于海门。无穷眼界，有容襟怀。永不言败，风雨兼程。

泉商之愿想，山高水长。古桥卧波，虹飞千里；灯塔守夜，烛照四邻。大道无极，大爱无声。三春一聚，重温当年夙愿；万商同约，共建美好家园。寰球为望，故里为心。集五洲之慧识，携八骏之齐奔。目标是铁，诚信是金。

泉商之使命，与时俱进。科学发展，前程无量。先行先试，求实求新。谋中兴于海左，掏良策于锦囊。伟业如海，乡土如湾；泉商是船，宣言是帆。打造现代港城，重振丝路雄风。恰春潮拍岸，大地流芳，看我故郡，屹立东方！

首届世界泉商大会

2010 年 2 月于中国·泉州

融商宣言

脉延永福，泽本清源，是谓福清。金声玉振，天地融通，乃称玉融。融邑商帮，打拼天下，遂有融商。

融商之发祥：肇于宋元，缘缔交趾。禁开明季，屐遍南洋。随郑和蹈海，携亲友拓荒。出国热一度，移民潮三番。

融商之传统：心系故土，胸怀乾坤。身在异国，志在兴邦。开眼看世界，斗胆闯四方。凡有华人处，必有福清帮。

融商之本色：赤足上路，白手起家。善做鸿梦，敢走天涯。懂勤俭节约，能吃苦耐劳。知原始积累，惟不辍耕耘。

融商之个性：说干就干，一诺千金。互通有无，相与支撑。知难而勇进，能拼也敢赢。天算加人算，我勇故我行。

融商之胆魄：追求卓越，做大做强。不鸣则已，一鸣惊人。投资能顺变，履险更扬帆。诚信闯天下，创业每称王。

融商之胸怀：地球为村，五洲为邻。豪侠仗义，抱团发展。号经济命脉，扬自身特长。做世界贡献，当爱国侨商。

融商之乡情：抚瑞云塔，掬龙江泉。吊福清嗓，吃江阴盐。无论海内外，总是一家缘。相呼阿哥弟，荣耀归故园。

融商之气度：福泽分享，风雨同担。好施乐善，排忧解难。解囊助公益，兴业举家邦。老根留桑梓，宏愿抵三江。

融商之精神：玉融气韵，世界眼光。兼收并蓄，海纳百川。握时代脉搏，领风气之先。融商即华商，卓然天地间！

融商之会盟：敦睦乡谊，凝聚侨心。沟通商务，同掬锦囊。联异地商会，携宗乡共赢。提国人地位，显华夏文明！

盟有盟约，会有会风。宣言是铁，诚信是钢。重在行动，意在明天。颂曰：“福清是船，融商是帆。启程在海西，船号是炎黄！”

首届融商大会

2010 年 12 月 26 日于中国·福清

莆商宣言

地浮蒲泽，脉衍戴云，是谓莆阳。兴教齐民，化生万物，乃称兴化。山海为怀，俊彩星驰。南湖三先生，学启南闽，道承东鲁；湄洲九牧女，慈航普济，德炳寰中。郑樵修通志，问鼎国粹；兰英研半导，天地津梁。名邦多文献，莆商亦浩荡。文经加武纬，岁月倍峥嵘。

栽松岂嫌地瘦，耕读何妨经商。乾坤装进梦里，命运握在手中。背井闯天下，雄风播万番。老马识途，知山重水复；长雁回天，阅柳暗花明。无兴不成镇，他乡亦故乡。五字宝典在，累代创业篇：

莆商之胆略——敢字当头，运筹机先。一根草，一滴露。穷则思变，勇者无疆。忠门人制笼，东庄人办医；榜头人雕木，北高人塑金。江口微电子，东峤银饰乡；鲍打天下，漆彩太空。上下求索，各显其能。聪明花开，木兰春涨，宁海初日升。

莆商之慧识——谋字制胜，无中生有。四两力，拨千斤。理想为半径，家门为圆心，驰骋万里，智取大千。延名师，医馆开遍全国；汇嘉木，仙作走红九州。木材场外场，工艺城中城。出大手笔，做新文章。人算天算，借力借风，我灵故我行。

莆商之传统——勤字起家，脚踏实地。起三更，补半夜。赤脚上路，白手起家。先做小伙计，再当实业家。勤能补拙，俭可养刚。寒添三友，光借四邻。灯笼交换挂，背痒互相挠。好酒无独醉，新戏齐搭台。聚沙成塔，积健为雄，天道自酬勤。

莆商之信守——正字固本，共享福泽。德不孤，必有邻。本分行事，可靠做人。无限机遇，有序竞争。借鸡生蛋，不取卵；筑巢引凤，不谋汤。厚德载福，有道得财。过墨斗处，现规矩；无字句里，见良心。上善若水，至诚如神，一诺重千金。

莆商之襟怀——和字安身，报效桑梓。和为贵，义为尊。互通有无，相与支撑。学毛蟹勾脚，顺流赴海；曾扁担相借，日月同肩。好雨润千畴，壶公气量；惠风拂万家，妈祖德行。穷达身外事，升腾故乡情。抱团发展，联袂共赢，肝胆铸春秋。

文武双道，殊途同臻。成功凭历练，基因在故园：卧如湄屿，站若九华；善崇梅妃，义比钱媛；忠效文龙，贤尊蔡襄。天下莆商，风雨兼程。立命四海，萦梦九鲤。今起凤腾龙，风云际会，特盟之如仪：

莆田是船，莆商是帆。潮平两岸阔，海近千帆悬。港城崛起，重任同担。刷新文献，增色名邦。在离家最远处，光耀华夏；于思乡最切时，歌我莆阳！

首届莆商大会

2013年2月于中国·莆田

健康宣言

健康，幸福的基石，快乐的源泉。健康的社会，健康的体魄，健康的心理，往古来今，人们无不孜孜以求。健康产业，因爱而生；莆阳儿女，勇于担当。与梦同行的“中国健康产业总会”，立宏愿，凝义心，举德业，为人类幸福，为社会和谐，为行业昌盛，努力践行。遂立此宣言，以昭告华夏同仁，全球同道：

健康是一个梦想，健康是一门学问，健康是一种文化，健康是一项工程。不能一劳永逸，期待聚万心于一念：以人为本！

健康，源自政治清明。安定稳定，力避离乱，祈愿世界和平。

健康，源自社会文明。尊重生命，完善福利，共享人文关怀。

健康，源自科学昌明。行家领衔，术业专攻，实践检验真理。

健康，源自天地澄明。环境美丽，空气清新，生态自然平衡。

健康，源自人心透明。襟怀坦荡，和谐友善，乐得心态从容。

健康，源自思想开明。随缘放旷，高位前瞻，放胆寄望未来。

健康是一棵生命树。欲卓立天地，庇荫众生，自身先得健康：

以爱为心——我们因爱汇聚，以爱熔铸天伦。母仪在心，慈航在线，爱为至高坐标。医疗照护个性化，健康关怀人性化，竭诚以尽心。

以德为尊——我们从善如流，明于取法乎上。以人文医疗标准为指归，认定健康概念：一身心健康，二行为健康。双手把握希望。

以和为贵——我们掬心会盟，遵尚和而不同。秉德行医赢天下，英雄自有来踪。各擅其专，各展其能，顺势有为，施德业以惠人。

以教为重——我们崇仰科学，知识时习时新。治病不唯用药，从心理、操守、习惯入手，确立卫生标杆。自健康发端，回归大健康。

以水为鉴——我们慎自修为，向往上善若水。善利万物而不争，是谓水平。水唯善下方成海，其包容性、适应性与可塑性，一路垂范。

以会为家——我们和衷共济，锐意做强做大。健康之路，只有起点，没有终点。爱在路上，相顾相盼。战略期待伙伴，回家岂止看看。

人生至幸，五福骈臻。非健康，长寿何趣？非健康，富贵何用？非健康，康宁何凭？非健康，好德何苦？非健康，善终何然？

华夏红运，国泰民安。善待生命，道义同担。健康为经，产业为纬，经典乃成。医疗、保健、教育、养生，丝丝入扣，步步为营。德厚流光，因爱绽放。百姓满意，政府放心，同行认可，自有明天。

三十年耕云种月，三十载叩地问天。凭智慧和胆略，我们千帆竞渡，殊途同归。大数据时代，呼唤大健康。以全球最高标准，反塑自身。厚德、奉献、进取、分享，不负妈祖故里，无愧文献名邦。

以爱树人，用心树木。健康树、生命树、青春树、智慧树，皆为幸福树。厚德载福，积健为雄。聚沙成塔，缀绿成荫。待到五洲杏林暖，你我丛中笑！

首届中国（莆田）健康产业大会

2014年6月28日于中国·莆田

青春宣言

——为第一届全国青年运动会而作

青春如梦，大任随身。怀揣中国结，肩披宇宙风。华夏是船，文化是帆，健儿纵横无疆。

青春如旗，领跑人生。雄心撼山岳，热血满胸膛。共担风雨，分享阳光，你我日夜兼程。

青春如歌，日月和弦。天地主旋律，乾坤正能量。卧如大海，站如榕树，榜样力量无穷。

青春如剑，剑气千秋。刀不磨不利，镜越磨越亮。力量是钢，速度是神，更高更快更强。

青春如塔，勇于担当。谋天下永福，领风气之先。经纬在地，枢纽在天，青春照亮明天。

青春如虹，飞渡五洲。潮平两岸阔，海近千帆悬。上下求索，左右逢源，一路一带千年！

2015 年 7 月于中国·福州

世界闽商

闽商如风，风行天下。胸怀中国梦，足踏宇宙风。追崇真善美，潇洒精气神。与智者为伍，与良善者同行。开风气之先，谋天下共赢。经济是船，文化是帆。和平崛起，福耀中华，闽商纵横无疆。

闽商如云，云舒千鹤。海为龙世界，云是鹤家乡。海到无边，天可作岸；云欲播雨，先化霓裳。彩练当空舞，撒一路鸿梦；雨后复斜阳，铺一带祥光。耕云种月，鹏举鹰扬。山海为怀，豪迈闽商。

闽商如河，河海相连。活泼源头水，奔腾赴海疆。带去丝绸漆，捎上瓷茶糖。文武之道，一弛一张。经纬在地，枢纽在天。潮平两岸阔，海近千帆悬。海峡一女神，大爱满人间，为闽商一路护航。

闽商如山，山高路长。聚正能量，长世界观。自强不息，至诚如神。致富思源，当知义利兼顾；抱团发达，有赖众人拾柴。战略机遇，深度参与；大众创业，万众创新。顺势有为，闽商勇攀高峰。

闽商如桥，桥联五洲。物竞天择，适者生存。站如中国塔，卧似洛阳桥。合纵连横，左右逢源。朋友遍天下，友谊播万邦。留雁声于丝路，辑桨影于海门。商会为家，侨联为桥，不离不弃我闽商。

闽商如剑，剑胆琴心。文明摇篮地，海丝核心区。清风铸风尚，亲商解商情。洁身自好，正大光明。止于至善，共克时艰。精准出故事，百企帮百村。上善若水，举重若轻。浩荡闽商，积健为雄。

闽商如歌，歌声嘹亮。十指弹钢琴，一意求共鸣。把握新常态，松绑好转型。勇于作为，敢于担当。和谐发展，公平竞争。精于功能配置，妙在相得益彰。互利互惠，共享共存，世界交响是闽商。

闽商如旗，旗开得胜。怀揣天地人，肩披日月星。运筹大格局，探索云空间。春秋代序，望旗语而血沸；风雨无阻，闻雁声而梦长。领一带豪气，挟一路雄风。前呼后应，俯仰乾坤，闽商再登程！

第五届世界闽商大会

2016 年 6 月 18 日于中国 · 福州

“补丁”“文化眼”与“你丢我捡”

——在全省报纸副刊专题研讨会上的发言

报纸副刊怎么办，在座的都是经验丰富的职业高手。本人作为作家和编辑两栖的过来人，在这里谈点感受与看法。主要想从形而上的层面和文化认知上，提供一些从实践中探取来的参考意见，也许对报纸的诉求取向和新栏目设置之类，会产生举一反三的效果。

笔者是老三届回乡知青，以“农民后”自得，并一直惦记着曾经打成一片的那群农民兄弟。二十年前，竟杀了个回马枪，脱产半年深入基层，采写了三十万字的报告文学《江口风流》。作品研讨会在人民大会堂召开，首都评论界对拙作感兴趣的，倒未必是正文所描述的新时期农民从“走向有我”“走向有体”到“走向有序”的艰绝与激情，而是卷与卷、章与章、节与节之间所穿插的引言导语，都是些泥土气息浓重的山寨版随笔文字。

其中一则是《补鼎》。大意是砂锅用久了难免会有裂缝，不补就老漏水。要补也得有诀窍，先要用锤子把裂缝细心敲大一点，再烧熔一团铁疙瘩，从锅底锅外两边挤压补上。联系到这次如何办好报纸副刊的研讨，想必也是办刊现状存在了些许的缝隙，花工夫把缝敲大一点便于发现，目的是要把它补牢了，再用。

不要怕补。天曾经也裂过，不然女娲做什么？女娲补天，也是为天好，五色石都用上了呢。上善若水，不错。“水唯善下方成海”，一路上却把大地切割得支离破碎。而把大地重新缝合起来的是船渡和桥梁，有如大地的“补丁”。这七分悲壮、三分狡黠的“补丁”，原也是人创造的“无奈之奈”。衣裤破了，一时没钱添新的，于是找来针头线脑，缝缝补补，以蔽体遮羞。瓦缸开缝，搭之碍脚扔了可惜，于是请五金师傅，钻洞打铆，加固了再用。

勤能补拙，熟能生巧。补拙和生巧，皆属创造性劳动。世间诸多经典之作，都是超越实用、放纵想象而开出的奇葩。这不，衣服补到了后来，变成了艺术装饰，没破也要剪出窟窿来，再捉摸着补出时髦、补出另类。瓦缸补到后来，变成了补文化、补沧桑，做旧兼做靓。“缝补大地”的桥梁，造到后来更是花样翻新：戒指般的小石桥，手镯般的大拱桥，廊屋般的风雨桥，竖琴般的悬索桥，可谓异态纷呈，各臻其妙。

补拙而能出新，正是一种大创造。所谓的“因势利导”，即指别出心裁，古为今用，化腐朽为神奇。时序在演进，观念在嬗递，生活不会简单重复。世间许多存在物，无论是天然的、人工的，抑或天人合谋打造的，但凡其实用价值渐至消弭，其审美价值和认识价值反倒凸显出来，为明眼人加倍地珍重。

比如那井，它是让泉水聚集的，解决民生；塔，则是让眼光聚集的，接受崇拜。自从有了自来水之后，很多老井被淡忘了、废弃了，而宝塔不镇河妖，照样高大上。我们要为井鸣不平。井是有生命的，它是地母的眼睛，看天是圆的。它曾哺育过我们，我们却没正眼看看故乡的老井。笔者在新作《母爱赋》里，把井看成是“往地心里建起的塔”，是“以负的海拔，标正的能量”。其认识价值，需得到一份应有的尊重。

认识价值，需要一种称之为“文化眼”的视角才能参透。“文化眼”有别于“新闻眼”。“新闻眼”必得一是一，二是二，实打实，言之凿凿。“文化眼”则是一未必一，二岂止二，在形而上，别出机杼。“面壁”十年，图的是“破壁”，看清墙体另一面究竟啥样。副刊不必去抢新闻，而要努力去“抢文化”。我们不是“天”，我们只是“补天”，不要越位。所谓“抢文化”，其空间可大着，要紧的是了解、理解，并下功夫磨砺、把握这种“文化眼”。

从“文化眼”看出去，你会看到那些不一样的东西。这个“看到”，就是睿识，就是抵达。不是“不积跬步，无以至千里”的那种到达，而是指形而上的、超越三维的一种切近，或曰灵的空间的零距离触摸。其所凭借的度量衡，是心灵。

心灵的一种把握，需要学力，也需要阅历，仰仗文思，更仰仗哲思。浅尝辄止，注定无法登堂入室；缺乏思辨，同样可能宝山空回。只有长期历练的睿识，加直捣黄龙的勇决，才可能抵达真理的樽前。倘不能触摸翁承赞“官事归来衣雪埋，儿童灯火小茅斋”的返璞心境，便难以认同“过客无须论贫富，唯有读书声最佳”的价值取向；无法耽入冰心先生“爱的哲学”的奇妙空间，便无从理解何以有“爱在右，同情在左”的奇异表达；不曾“世态人情经历多”，并且“闲将往事思量过”，怕也很难抵达“贤的是他，愚的是我，争什么”的冲和淡定境界；没有产生对被冷落的水井的深刻同情，更不可能发出“井也是往地建起的塔”的不平之鸣。

一种价值观“抵达”之后，如未能精于“表达”，那是明珠暗投，近乎暴殄天物。所谓“语不惊人死不休”，不能单从咬文嚼字的技术层面上去理解。其要诀在于抵达与表达之间，一种神理的遇合与喷薄。人生自古伤别离，但状写不到“花溅泪、鸟惊心”这个份上，便成不了绝唱。读懂榕城两塔，说“白塔如剑，剑气千秋；乌塔如砥，砥柱中流”也许不难，难在接下来一句：“千年古城的历史见证，从来黑白分明!”这个“黑白分明”，便是“文化眼”的发现。如此表述，还有一层历史不容颠倒、不可戏说的含意。

表达，还有个简约而精到的功夫。介绍陈景润，一句“不教猜想成空想”，足以概括其卓越追求的执着。与之骈对的一句“愿以诚心著爱心”，则标明了冰心的大爱之本。改革开放三十年，要反映的历程与成就多多。但用“文化眼”观照后的精练表达是：“把窗门打开，放空气进来；把城门打开，放清风进来；把国门打开，放世界进来；把心扉打开，放阳光进来。”虽只简而言之，却可概而括之。

历史踪迹，都与人有关。是人创造了一时一事的奇迹；是人的活动，赋一地一物以非凡意义。然人的个体生命毕竟有限，人群的聚散也未必囿于同一时空。人去楼空之后，斯人可能以另一种形式传世，斯楼却需加以保护以颐养天年。春秋代序，人事更迭，一些旧踪故迹的式微与淡出，是集体无意识的。谁都没有责任，又谁都是在特别地记起之后，才知遗憾。

物是人非，是人心最可伤处。睹物思人，是伤心最可值处。人在垂泪时，情感世界至为圣洁；人在忏悔时，人性应力最为强大；人在怀旧时，生命意识尤为朴茂。因此，且留住有价值的可视、可及的陈迹遗踪，哪怕鸿爪雪泥、海天片羽，都有助于人们触景生情，回走一段情感历程，重温一席古今对话。所谓的乡愁，是有深刻的心理依据的。乡愁，情动于衷，也靠近哲学。你从哪里来，要往哪里去？想及这些，人生便会深刻起来，懂事起来，认真起来。乡愁，正是中国梦的“缘起”。

人们从历史中匆匆走来，又为续编历史而匆匆赶路。只问耕耘、不问收获的风习，使人们在不断的创造和交替中，不断地丢三落四。就有一些充满童心的麦地的守望者，像拾穗一般，捡取他们心目中的不可再生的遗珍。他们常常殿后，但不是黄雀。能常常留心“钩沉”的人，无论于事于人，也无论钩多钩少，都是有良心的人，可敬并且可交之人！这在办副刊的人中并不鲜见。但阵地何以渐至萎缩？

捡稻穗的活可别小觑。虽无补于天下粮仓，但那一穗穗，倒大都颗粒饱满，汗滴滋润，能养眼，可救饥。洗净晾干藏好，来年还可能是上好种子。办副刊的活，有如这捡稻穗。未必与大面积抢收去争时机、占场地、亮成果，但能与鸡雏鸭婆同乐，共风声雨点争时，领略丰登气息，感受劳动的快乐，我们就活得充实而有价值。

从捡稻穗联想到掇拾记忆。记忆是宝贵的。候鸟因为有记忆，而认得天涯归路；羁旅因为有记忆，而谓之老马识途；人类因为有记忆，而能咀嚼生命的丰富；城市因为有记忆，而能感知人文的厚度。记忆所以宝贵，还因为容易被忽略而不自知。人的失忆，也许还是好事，没了参照系，还以为自己活了百岁千岁。宠辱皆忘，物我两忘，置什么什么于度外之类，或许正是一种高蹈而自在的境界。城市则不能同日而语。一座文化名城一旦失忆，历史厚重感无以掂量，文化认同感无以集聚，传承责任意识无以养成，黄钟毁弃、瓦釜雷鸣的愚顽与不幸，就可能重演。

城市的记忆，至少有具象与印象两种。前者是以硬质景观及建筑形制，遗存于市井；后者则以心追梦萦的古典情结，氤氲于坊间。历史的虚无主义是危险的，容易导致数典忘祖，轻易地践踏文化积淀；价值的功利评判也是危险的，容易导致舍本逐末，无意间窒息文脉传承。

也许正缘于一种沉潜的忧患意识，一茬又一茬有良知而负责任的文化人，在目光和能力所及处，默默地做着激活记忆、温故知新的工夫。具体涉及人文积淀的钩沉，历史本事的考据，名士轶闻的搜集，坊间掌故的挖掘，里巷旧影的回眸，口传文学的整理，方言俚语的甄别，民俗意义的重估等等，不一而足。

这是一项极其纷繁琐碎的文化“拾零”工程，一种填进大量时间和精力却可能收效甚微的苦差，一件不厌其烦仍免不了顾此失彼的笨活。民间好些文化人却不吱一声努力在做了，我们副刊的编者们也尽可能为他们提供发表的阵地。林林总总而五花杂色，恰是副刊的特色。记忆的碎片本身不太在乎逻辑的，有点类似于即景闪现、随时捕捉的意识流。正因为鸡零狗碎又稍纵即逝，它才易受集体无意识的大面积忽略。副刊的作者群中，未必都是学者、考据家，也不都属文学中人。我们不能强求人家如何高屋建瓴、体例严谨、言近旨远、振聋发聩，但凭那种取材广泛、记录的原始、思辨的无定，正可能是深入研究的专家们求之不得的参考资料。

不由得联想起近二十年前访问过的台湾南投的牛耳公园。这个公园是为搜集展示素人艺术家林渊的石雕作品而建的。所谓“素人”就是农民。林渊创造了后来享誉世界的意识流石雕艺术而不自知，包括“垃圾艺术”在内的数千件作品丢得到处都是。一位姓黄的实业界人士定是心有灵犀，不仅花钱买地开辟陈列式公园，让林渊的艺术奇葩与众共享，还请大雕塑家朱铭以黄先生夫妇为模特，塑成两个“义工”模样，立于公园大门口，“义工”的绶带上分别写着“你丢”“我捡”。当时我一激灵间，顿悟并震撼于其中的微言大义，并为黄氏夫妇愿做“艺术清道夫”的觉悟与行止深深感佩！

我们副刊如能做起这档子事，无论称之为文化拾遗或拾零、拾忆、拾贝、拾穗，都属于“你丢我捡”一类的工作，其七分义心、三分执着，与“文化补丁”可谓殊途同归。修旧如旧的大手笔，固可留住几成昔日的丰韵，真正要弥合时空的裂隙，重温曾经的风流，则需要蘸满文化因子的许多“补丁”，慢工细活，殷勤补缀。古建筑“镶牙式”的修复，是一种“补丁”；非物质文化在坊巷的复活，是一种“补丁”；能人达士各界精英的适时进入，也是一种“补丁”。唯有人脉的延绵，人文的氤氲，人气的穿缀，人伦的契合，垂老的坊巷才能走出窘境，重新注满生机，展示活力。

生活在闽都古城的人们，倘都能自觉并且愿意，充当人文领地的快乐的“补丁”，那么，这片摇篮地的城市肌理和社会生态，一定会揖让有度，阴阳相生，而变得愈加纡徐温馨，可人可心。从“补丁”想到了“怀”，也因此想起汉服。什么叫“关怀”？笔者的解读是：“爱在左，同情在右，中间一排布扣，别名就叫——关怀。”我们的副刊以民生为系、民瘼为心，办得好的话，不就像美丽的“布扣”，把天地、日月、山海、古今、冷暖、春秋、耕读，统统“关”进“怀”里，靠近脐眼，也贴近心脏？

副刊的栏目开辟及文品诉求，所关注者无外三个“古今”：其一往古来今，其二灿古烁今，其三贯古通今。

“往古来今”指地方历史。同代不同代人民共同创造的，未得彰显的要着力弘扬。我们不能抱着虚无主义态度，对自己的历史语焉不详。没有厚实的古，哪有丰稔的今？因此东家进，西家出，寻寻觅觅，以人为鉴，成为副刊编者和作者共同的功夫。

“灿古烁今”指地域文化。人民在创造历史的同时，也孕育了异彩纷呈的文化。没有精彩的古，哪有辉煌的今？于是字里找，行间求，孜孜纥纥，以史为鉴。那些为挖掘历史、咀嚼人文、传承技艺而不舍昼夜的作者编者，都值得肯定与褒扬。

“贯古通今”指城市精神。云舒千鹤，海纳百川。领风气之先，谋天下永福。没有兼容的古，哪有起蛰的今？于是风里来，雨里去，与时俱进，以心为鉴。我们很有福气，天赐的人格精神参照系就有两种：站的是榕树，卧的是大海！

2015 年 1 月 6 日

“文化眼”与榕台人文解读

一

曾出过一部文化随笔《说字写文》，首个搬出来解读的是“爰”字。大陆曾和台湾一样用繁体，“愛”字中心必有个“心”字，“心”底下是个“反文”。笔者“举一反三”的解读是：天有文而灿烂，水有文而荡漾，人有文而明亮。

与“天文”“水文”相比，“人文”要复杂、斑斓、蹊跷，因而有魅力得多。《辞海》说人文指人类社会的各种文化现象。人的“明亮”，即指心明眼亮：眼睛倘视而不见，心灵便无从感知；心若浅尝辄止，又何来灼见如炬？“以其昏昏使人昭昭”，是不靠谱的。

事关“价值观”与“方法论”，笔者在多年解读闽都文化的过程中，有所悟、有所获。反思一下以往的思维定式，对一样事物的取舍、臧否，首先讲究的是实用价值，不甚实用的往往弃之如敝屣。能关注其审美价值而供之如仪，算是一大进步。比如那石塔，原本珍藏舍利、登高望远等功能不再了，却因建筑上层层收分的韵律感，让人产生美与崇高的情怀而心向往之，认作文物予以保护。相对于高标的塔，井就因其“负海拔”，在就近取水的实用价值消弭之后，往往被废置填平，淡而忘之。笔者一直以为，有一种“价值”取向可帮助许多不可多得、不可复得的历史遗存幸免于难，那就是“认识价值”。福州市对昙石山文明滥觞之地的遗迹施以厚待，对马尾船政局车间里的破车床视如珍宝；让“七星井”在省政府所在的屏山镇海楼旁复活，让“泔液境”成为三坊七巷的重要景点；于山天君殿把闽王的“墓志铭”作重点展列，江心公园对岸则让龙潭角石头依旧守望着母亲河……这些都是注重其认识价值使然。

井，是让泉水聚集的，解决民生；塔，是让目光聚集的，接受崇拜。打从有了自来水之后，很多老井被淡忘了、废弃了，而宝塔不镇河妖，照样高大上，照样需仰视才见。井是有生命的，它是地母的眼睛，看天是圆的，天也知道它。井曾那么真实地哺育过我们，如今有几人拿正眼瞧它？因此笔者很为井鸣不平。在拙作《母爱赋》里，把井看成是“往地心里建起的塔”，是在“以负的海拔，标正的能量”。

回头一想，所谓“认识价值”，需要一种称之为“文化眼”的视角，才能参透。“文化眼”有别于“新闻眼”。“新闻眼”必得一是一，二是二，实打实。“文化眼”则是一未必一，二岂止二，在形而上，别出机杼。“面壁”十年，图的是“破壁”，看清墙的另一面究竟是什么，而不只是墙体本身。从“文化眼”看出去，你会看到那不一样的东西。这个“看到”，就是抵达。不是“不积跬步，无以至千里”的那种到达，而是指形而上的、超越三维的一种切近，或曰灵犀之手的零距离触摸。其所凭借的度量衡，是视角与睿识，是心灵别出的机杼。

二

“马因警策而弥骏，文资片言而益明。”从“警策”到“片言”的过程，就在“到达”至“表达”的递进中。在关键处插进见解独到、含意深刻的语句为“文眼”，哪怕只是几句，就能使通篇生辉。

《闽都赋》里有句：“拥三山入怀中，抚二塔于膝下。”这个“二塔”，即指福州于山之麓的白塔和乌石山下的乌塔。谁都见过，而从

“文化眼”里看去，却能读出不一样和不一般来。曾表述成一首另类的短诗，由此延展成图文册子，竟获全国外宣品大奖。很短的，就这么几句：

白塔如剑，剑气千秋；
乌塔如砥，砥柱中流。
古城历史的见证，
从来——黑白分明！

这个“黑白分明”，弦外之音就是：历史不容颠倒，遗存岂可无视！借大地艺术，对历史虚无主义说“不”！

审美，需要“隔”的朦胧；认识，期待时空交错。“故乡一座城，与幸福同名”，猜是哪里？——福州。“心中一座塔，与祖国同名”，猜又是什么？——罗星塔。一首歌唱福州的词里这么写着，像谜语。如此别出心裁的表达，出自对本土风物的洞悉。“有福之州”是全国唯一一座以“福”字命名的省会城市；“罗星塔”则在郑和下西洋时的国际航海图上，即被标示为“中国塔”。传唱实践证明，此歌本地人唱来感到无比亲切与自豪，外地人听来则恍然大悟，心向往之。

全国第一届青年运动会于2015年在福州开幕，笔者参与过最初的申办，作为主撰创意策划过《申办报告书》，并担任开、闭幕式文化顾问，力主青运圣火采集点选在马尾罗星塔下，五条理由言之凿凿：其中六百年前国际航海图上标示“中国塔”的史实，中法马江海战七百多英烈在罗星山下喋血的屈辱，船政精英们在塔下筑起了近代强国梦，两马闹元宵民俗活动又在这里形成两岸青年文化交流的旋风，等等。很有人文依据和信史说服力，因而如愿以偿。

为纪念福州建城两千两百年，闽江北岸利用防洪堤坝开辟了一道长 220 米、高 5 米的“福州历史文化长廊”，欲让花岗岩为载体的浮雕艺术，带人们进入时光隧道，以知我福州，爱我福州。笔者有机会参与长廊的艺术指导工作，并受命撰写该长廊的前言。好在此前牵头组织编纂过“可爱的福州”一套七本的文史类丛书，担任过福州建城大型纪念晚会“左海千秋”的总撰稿，对福州的历史文化有了个先期的用心与到达。而一座城市的山川灵秀、历史沿革、重大事件及至人物风流，要在长廊卷首几百字的篇幅内，概其要、约其心、述其成、点其睛，谈何容易！看来，只有“简约不简单”的赋体文写法才可胜任。于是 21 世纪开元之年，概括闽都两千多年历史的《闽都赋》应运而生，不仅解决了长廊前言的难题，也开辟了自己创作生涯的“赋里春秋”。《闽都赋》被光明日报社发起的全国“百城赋”征文专栏选中，易名《福州赋》并刊行，因其早于全国百城赋征文七年问世，而获新世纪“首赋”之誉。

八闽雄都，神州名府。北枕莲花，南控五虎。右擎翠旗，左标石鼓。拥三山入怀中，抚二塔于膝下。挈西湖而邀闽水，踞六鳌以望双龙。卧野环山，无数春声秋色；派江吻海，不尽汐落潮生。城内河道纵横，宜商宜旅；郭外港流吞吐，可运可渔。灵山秀水，形胜东南。有福之州，斯之谓也。

这是赋文的开篇一段。那句“拥三山入怀中，抚二塔于膝下”，把福州城拟人化了。“派江吻海”一语，道尽与江相偎、与海相拥的都市态势与情状。难怪福建省政府在京举办的八闽古民居古村落摄影艺术展的标题，就用“派江吻海”加“山水相依”，自然与人文如此投合，也属“文化眼”的观照。

继“福州历史文化长廊”之后，福州又先后建成了“福建船政文化长廊”“鼓山摩崖题刻长廊”等五条长廊，《马江赋》《鼓山赋》

等也随之次第问世，为彰显古城文化、弘扬闽都精神发挥了特殊作用。

三

文化眼之薮，是文化情怀。文辞表达上的到位，得益于文史挖掘的到达，以及情感的注入或曰付出。

20世纪80年代后期起，笔者曾筹划并参与历时七年的“台湾海峡两岸行”文化艺术交流活动，并有纪实文学作品《六千里路云追月》行世。文化情怀诉诸“文化眼”，便有了这么一句收获：

浅浅海峡，不是楚河汉界，一衣带水，有大陆架相连，精卫鸟们是知道的。

联想到笔者出生前的1945年，唯一一个叔叔因赴台支教而长期失联。奶奶带我玩海时老把小孙子误认作她的小儿子，以至精神恍惚。后来据此题材写成的散文处女作《跳跳鱼钻豆腐》，由电影明星达式常朗诵并滚动播出，在两岸听众中引起了不小的反响，曾获全国广播节目一等奖。原想借“台湾海峡两岸行”的机会，找到老祖母生前倚门倚闾的亲叔叔，可惜未果。在寻访中不意间却撞上一个涉及两岸悲情故事的题材，让自己热血偾张，写成电视专题片《寻》后，动员历经沧桑的一对故事主人公双双上镜，竟获得了意外效果：当年勇敢“私奔”的台中市十九岁女话务员，四十年后成为大陆获准返台省亲的第一人；1992年拍成的电视专题《寻》，竟获全国电视艺术、中央台专题展播和广电部专题评比一等奖……

受两岸无战事而“三通”在望的大趋势鼓舞，三年后笔者与舒婷、林容生、林云青、陈若晖等文学艺术家及两届“金话筒”得主弘力和金诚锋等，结伴踏上当年尚未“三通”的访台之旅，已是激情鼓荡，不能自已。不仅在台北孙中山纪念馆的两岸联展中，展示自己的十四件书法作品和四部著作，还从台北到高雄一路笔会参加下来，感受两岸文化同源的亲和力与沉淀力，以至于在高雄的文艺界联欢会上，笔者突来灵感，出了个《鸡犬之声相闻》节目，与当地老舞蹈家即兴配对，一方口技声声，一方配舞蹁跹，传为两岸未解冻之前一段心灵默契的佳话。

之后有了越来越频繁的两岸文化互动，尤其在结合榕台文化的呈现与辐射上，产生了积极的效应。由中国和平统一促进会、台湾海峡两岸和平统一促进会、福州海峡两岸和平统一促进会联袂主办的“海峡流觞——两岸书画名家联展”，2004 年在福州隆重举行。笔者有缘参与筹办，并受命担任联展作品集的主编。根据榕台文化互动趋势与两岸民心所向，联想到千年前兰亭修禊“曲水流觞”的文化盛事，建议作品集取名《海峡流觞》。在征得联办三方的一致认同后，笔者在《海峡流觞》的序言中，以“文化眼”的视角，将两岸间的笔墨交流比作“曲水流觞”，制造别开生面的类比效果，其内涵不言而喻。继而不失时机地，带出发生在福州桑溪的比兰亭修禊早五百多年的雅集盛事，史称“流杯宴集”，将闽越王时代的尘封旧事钩沉出来，为闽都这座国家级历史文化名城发声，也为现代版的两岸同源文化之旅壮行。序言是这样表述的：

古时曾有骚人墨客雅聚绍兴兰亭，置觞于曲水之上，觞漂至谁襟前，谁即饮酒赋诗。闽都桑溪亦曾有“流杯宴集”之举，与兰亭“曲水流觞”异曲同工，妙不可言。

立于高远处回望台海，泱泱长峡，亦不过曲水一隙，大小船只则如浮爵流觞，躬身可及。波平浪静之日，正是煮酒唱和之时。文化交流，翰墨联谊，渔歌互答，此乐何极！……

天下名山僧占多。福州城边，“右旗左鼓，全闽二绝”。鼓山上的“二绝”，一是摩崖题刻，一是千年古刹。鼓山涌泉寺为闽刹之冠，是南方著名的大丛林，其佛缘广缔，法脉绵延及于台岛诸地。台湾僧人在日据时期即不受日本统治的影响，络绎不绝地来到鼓山涌泉寺受戒，百年前台湾独自传戒之后来客仍是有增无减。《鼓山赋》所云“钟鸣四野，阶引十方”，这个“四野”与“十方”，包括两岸丛林。以鼓山法系为代表的海峡两岸佛教文化交流活动，于2006年夏在福州拉开序幕。这是半个多世纪以来，台湾本土僧众首次以法脉为桥梁回鼓山礼祖，当年被称为两岸佛教界规模最为宏大、最具普遍性与代表性的一次盛会。富于佛教文化特色的“鼓山之光”文艺晚会，当时定于5月21日在福州西湖之畔的福建会堂举行，将有两岸高僧大德和社会各界人士千余人观看演出。我国著名演员唐国强应邀担任晚会主持，希望有满意的朗诵词供其发挥。笔者自是责无旁贷，因为此前曾为创作《鼓山赋》而读过不少有关鼓山的文史资料，包括历代诗咏辞赋，也包括两岸佛缘，已是心中有数。“鼓山之光”大型晚会的朗诵词，在蕴含宗教意味的诗性氛围里，神秘而从容地开篇：

一种声音，只有心地沉静的人，才能听见；

一种光芒，只有灵魂透明的人，才能看见。

我们听到了什么吗？“石鼓名山”，像海峡西岸一尊慈眉善目的寿星，因天风挝鼓、海涛回声，而开怀畅笑、草木共荣。

我们看见了什么吗？涌泉古刹，是“有福之州”一座佛光普照的圣坛，为祈求和平、普度众生，而阶引十方、缘结两岸。……

四

2014年福州迎来了马尾中法“甲申海战”一百三十周年，而黄海的中日“甲午海战”也到了一百二十周年祭的时候。前后相隔十年的两个海战的英烈中，许多铁血中坚同出马尾船政学堂师门。两个战役英烈一并致祭，并由两岸联袂举行公祭，此动议竟异乎寻常地在两岸达成了共识，因而有了2014年中国民族正气歌的世界性交响。

《甲午、甲申海战英烈两岸公祭祭文》的起草任务，笔者责无旁贷，但毕竟是全新课题。写过《冰心祭》，但用的是散文体。这回不一样。喋血于国门内的两个海战战役，一南一北，相隔十载，时逾百年，且事关两岸，须用文言写法。如无国学积累，本事洞察，文体把握，时代诉求，便难以胜任。好在经历了《马江赋》的挖掘与创作，其后又为福州市政府代拟了甲申海战一百二十周年祭文，并亲历了马江边的海祭仪式，也认为这是宣扬船政文化精英、砥砺两岸同仇敌忾的难得机会，必得倾力掬心，将公祭祭文的拟稿任务当作一场特殊的战役来打。

于是有了“丹心昭万古，大节萃一门”“两役英烈合祀，一脉豪气相承”之类的观照与表述。并感奋于“捍卫主权，中华维一梦；抵御外侮，国人无二心”，情不自禁地发出了“壮魄千秋，三江再淘新锐；悲歌一曲，两岸共铸海魂”的鼓呼，而带上了百年强国梦烙印的历史回声。

榕台文化互相交融与渗透，有如榕树的盘根错节、玲珑四达。单是两岸的文教源流，就说来话长。于是福州市政协在组织编写的“榕台五缘”丛书里，单列了一卷“教育篇”。文史专家挖掘出科举时代台湾举子的信息，考场和张榜地都在福州首善之区的鼓楼。当地政府不失时机地腾出寸土寸金之地，开辟“鼓楼前遗址公园”，并修建起旧时闽台考生看榜时“喜闻乐见”的原始计时器“铜壶滴漏”，也为未来鼓楼老建筑的修复埋下伏笔。

笔者参与的“台湾海峡两岸行”文化交流活动，这在二十多年前算是“破冰之旅”，台湾海基会都派人出来见面。回来后先后写了七十多则见闻，散见于各种报刊。除了两岸艺术界同仁在孙中山纪念馆的艺术展示交流之外，有三个文化节点的体验，给我留下了深刻印象：

其一是参观祖籍福州的林衡道的台北故居。从建筑规制到风格到细部装潢点缀，都与三坊七巷庶几相近。天井里那个兼带消防功能的大水缸，堪称闽都大宅院的经典文化符号。前几年装修郎官巷的耕读书院时，特地去淘了个类似的大水缸，以志对林家故居过目不忘的怀念。

其二是参观台南安平区南端的“亿载金城”。那是一座抗日名城，俗称“安平炮台”，1874 年由福建船政大臣沈葆桢所建。城门外额的“亿载金城”，内额的“万流砥柱”，皆为沈公亲笔所题。城门正前方的城垣上，耸立着沈葆桢的铜像，并陈列大炮三尊，堪称台湾人民铭感沈公开台抚台之恩的明证。前年赴台北八所大学宣讲闽文化，途次台北市政大厅，亲见沈葆桢人物事迹的展示触目皆是，楼上几层还有图文并茂的展线，讲解员中不少是家长带来实习的少年义工。这让我在为沈公对台湾的建树倍感骄傲的同时，也对当地同胞知恩感恩的情怀铭感于心。

再就是参观南投县“牛耳公园”给我带来的启示。一位名叫林渊的素人（农民）艺术家，创造了大量后来享誉世界的意识流石雕艺术而不自知，包括“垃圾艺术”在内的数千件作品丢得到处都是。却有一位有心的黄姓实业界人士，不仅买下十几公顷地，专门收集展列林渊的作品，还请来大雕塑家朱铭以黄先生夫妇为原型，塑造了一对“义工”立于公园大门口，分别在绶带上写着“你丢”“我捡”。

其微言大义，即以“艺术的清道夫”为荣。

受这份情怀与行为的感染，笔者先后写了多篇引他山之石以攻玉的随笔作品，其一是《呼唤名城意识》，其二是应邀在全省报纸副刊的一个论坛上做题为《“补丁”“文化眼”与“你丢我捡”》的主题发言。并表示从自己做起，愿能知“天命”，当“补丁”，带上“文化眼”，做些“你丢我捡”的实事。

五

没有“深耕文化”，无以“导读大千”。换句话说，挖掘“到位”，才能表达“到味”。试举一例：福州是黄花岗起义革命烈士林觉民的故乡，这位铁血男儿的《与妻书》，曾被两岸不约而同地收入中学教材。辛亥革命一百周年纪念时，福州市策划了海峡两岸名家书画作品联展活动。这是榕台两地表达某种共识的一个契机，于是笔者在作品集的序言里，有了个紧扣题旨的带问号的开篇：

百年，是个什么概念？十个“面壁图破壁”的时间。“风流总被雨打风吹去”，辛亥革命志士们却能例外。先驱孙中山先生，仅“天下为公”一语，便足以共山河并寿。

接着列举三坊七巷北口那座幸存的大宅院内，立着十年前笔者设计的一座原石碑刻，在“一座宅院，两位名人”标题之后这样写道：

同一片屋檐下，先后走出两位大写的人——
一位为砸烂旧世界而英勇赴死，
一位为建造大爱屋而毕生从文。
一位秉血荐轩辕的男儿志，投绝笔为檄；

一位为照亮人类的生命路，举橘灯为炬。
前者觉民，为有牺牲而永生，时年廿四岁；
后者冰心，为有爱心而长寿，享年一百岁。

“为有牺牲而永生”“为有爱心而长寿”，福州这两位大写的人，以不同的方式和语言，共同展示其高标的精神境界和价值诉求，这所大宅院于今成为福州三坊七巷最热门的旅游景点之一。

福州是中国联学开山人梁章钜的故乡，诗联创作风气颇盛。其中折枝诗（也称诗钟）群艺形式，在两岸可谓一脉相承。比梁章钜小十岁的鳌峰书院同窗林则徐，那句“苟利国家生死以，岂因祸福避趋之”，何等雄豪血气，让两岸同胞为之心灵感荡。林公外甥、“船政之父”沈葆桢，为马尾船政仪门所题的那句“以一篑为始基，自古天下无难事；致九译之新法，于今中国有圣人”，让人如觉醒醐灌顶，认作励志格言之经典。后来才发现沈公更像个预言家，在马尾船政学堂这一方“始基”里，真就培养出中国近代启蒙思想家严复、中国铁路之父詹天佑、中国海军奠基人萨镇冰等一批经世治国、开物成务的民族精英。

十三岁时以第一名成绩考进船政学堂的严复，在最早借用的白塔寺教室里，让“伊比（AB）书声与梵语相闻”，之后作为清廷特批的第一茬少年留学生，走出国门探索西学。当祖国处于“精神饥荒”的“格致关头”，他独具锐识，以引进“物竞天择，适者生存”的《天演论》而振聋发聩，提振民魂，被誉为“中国普罗米修斯”。无独有偶，此前的明代时期，同一片土地上出现过“严重饥荒”。弃儒从商的长乐人陈振龙，见吕宋岛（今菲律宾）出产一种耐旱易活、生熟皆可食的朱薯，便不顾当地殖民政府的出口禁令，将薯藤绞入吸水绳中，渡海带回故乡培植，解救了闽中的严重时艰。一肉体、一精神的两次“饥荒”，相隔三百年，却都有福州先贤挺身而出，佐证了有福之州的人文精神：“领风气之先，谋天下永福。”

有感于斯，笔者一边将耕读书院院址选在三坊七巷严复故居隔壁，一边在闽都文化讲堂上将两位先贤“进退一身关社稷”的家国情怀和“共克时艰”的担当精神，置于一处加以阐发。在乌山风景区的深度开发中，还亲撰了一篇《先薯亭记》，开篇即曰：“感恩之心，闽人犹虔也。行止关乎民瘼，进退补于时艰者，民必尊之祀之，如神之圣。”篇末更强调：“乌石山不高，有先薯亭在，其人文高度堪比旗鼓。”全文书刻于亭边的天然原石上尚意犹未尽，又为“先薯亭”拟写了一副楹联：“引薯乎遥迢德臻妈祖，救民于饥馑功比神农。”

郎官巷严复故居正对面，就是一座供奉妈祖的“天后宫”。该宫始于明代，清后经多次重修，形成建宁商帮经福州内河转运天津等地的货物贸易集散地。旧时这里水流成湾，与河海相通，祈求妈祖保驾护航，成为信俗生活的主要内容。《礼乐》著者皇甫谧所言“美物者贵依其本，赞事者宜本其实”，很能启导哲思。因此当海峡两岸“映像妈祖”大型诗歌朗诵会的开场之作约我执笔时，自觉义不容辞。于是依其本、本其实，匍匐行吟，有了五年前《妈祖颂》的诞生。

《妈祖颂》除了末尾骈句部分后来成为《金尊妈祖铭》的基调语汇之外，总体上看是散文诗的写法：

在天之涯，在水之湄。一岛如舟，一叶如眉。

从这里铺展开去的一派柔蓝，挟千万种关于平安的祝福，以慈航的名义，向着海船所能到达的所有角落延伸。

天、地、人以一约千年的默契，在这里，创造了一个人与一个世界之间的对话。

三月廿三，一个没有哭声的“圣诞”，给这个小岛带来了属于“九牧林”的最初的“默娘”。

九月初九，一个只有涛声的“礼葬”，被善良的人们编织成“羽化登仙”的最美的传说。

二十七度春秋，来不及婚嫁的一介渔女，就这样以扶危救难的豪举，铸成百丈雄风、千秋懿范，撼动着全球两万万信众的心旌。

那是一个忘情于播种善良，并且勇于赴死的高贵人生。

那是一个无意于制造神话，却征服了世界的伟大人生。

六

两岸善信共同崇仰的另一位伟大女性，是被尊为“海峡妇幼保护神”的临水夫人陈靖姑。这位福州下渡嫁到古田的节义女子，为了解救故乡的旱情，不顾身怀六甲奋命祈雨而不幸罹难。笔者曾参与筹办过“感恩母亲河”的文化活动，其初衷之一，也是为彰显临水夫人体念民瘼的懿德与爱心。之后还经历了福州“南台”与台湾“台南”两地联袂举行的大型露天民俗活动，装扮临水娘娘和三十六婆姐的来自台南的演职员们，忽遇暴雨倾盆而决不收场，感动了包括省市领导在内的全场观众，冒雨继续观看，成为榕城广场诞生之后首见的文化奇观。为此当应邀撰写《临水夫人颂》之时，心中已是一派澄明，清泉、祥云、榕树、神灯这四种无比美好的形象，不约而同相继奔至眼前，于是有了这样一组诗文（马年春节前刻制于修缮一新、温馨开放的福州江心公园时，改写为四言骈文）：

您是母亲河畔一泓清泉……

您是故乡天边一袭祥云……

您是摇篮地上一株绿榕……

您是闽都人文一盏神灯……

在闽江口外，马祖列岛幸福地躺在大海的怀里，淡水却不甚丰沛。一些小岛屿由于淡水紧缺，不适宜人类居住，恰好“让贤”给了来此中转的候鸟们。有一种称作“中华凤头燕鸥”的珍稀鸟类，台湾岛上已很难见着，在靠近大陆的马祖却可以偏安。无人区礁群被当作打靶目标的时代已经远去，燕鸥偏偏对这历史更迭的翻页声特别敏感，于是“神鸟燕鸥”的名字悄悄传遍世界，马祖也因此成了国际燕鸥保育的一大焦点。

无独有偶，闽江口的河口湿地，也是燕鸥的乐园。苍天有眼，鸟也是。新作《湿地吟》开篇即书：

陆的裙摆，海的花边。神鸟之眼，相中此域便交予缠绵。
天的信使，地的遗爱。羽翼之卦，卜定斯土便年复一年。

这个广袤湿地新近跻身国家级湿地保护区之列，与喜迎中华凤头燕鸥等“三宝”在此方扎下营盘有很大关系。习近平总书记对保护河口湿地的生态环境有专门的批示。年前在应省委政研室陆开锦主任之约，专门为闽江河口湿地博物馆创作的《湿地吟》里，笔者采用富有张力的诗性语言，吁请“生态之手”的爱抚，到后来已不仅是行吟，而近乎呼告了：

闽水有声：莫捱到三宝无觅，再来凭吊，那是暴殄天物。
燕鸥作证：算只有两岸盟心，竭诚厮守，方可造福子孙。

这个与燕鸥相关的“两岸盟心”，有诸多动人的故事在两岸间悄然传颂。“生态之手”也从作者心头抚过，于是有了格言式结句：

留善和知足给自己，留静和不争给自然，留湿地给湿地。

让爱和温馨给生灵，让敬和福气给世界，让天堂更天堂！

陆机《文赋》有云：“立片言而居要，乃一篇之警策。”所谓居要的“片言”，正源自生活中所洞察的“警策”。凭着能洞穿物象的“文化眼”，我们会把榕树看成是“绿色的生命旗帜”，把水井看成是“往地心里建起的塔”，把桥梁看成是“缝缀大地的补丁”，把鼓山的摩崖题刻看成是“实话石说”，诸如此类。“留湿地给湿地”“让天堂更天堂”，重复的词中充溢着对“异化”“虚化”的警惕，这也是“文化眼”具有“文化力”的明证。

新近一则“文化眼”的实验，出现在写马祖与连江的电视散文专题片《海峡流觞》里：

灯塔，是大海的眼睛。它以默默的坚持，表明与过往的商旅同在；它的全部话语都交与无声，仅以一分亮光，为无眠的守候代言。

这种被光明彻照的静悄悄的平安，只有身临其境，在莒光岛的“东犬”灯塔和东引岛的“东涌”灯塔跟前，才能咀嚼出个中奥妙。

有如山海大观里的一枚又一枚素色书签，让人感觉与天地俱老，也不废那时间万古流……

2016年7月9日于福建省耕读书院

文化补丁

题记：有时候，人探着路走，有时候，路领着人走。穿越了山重水复，领略了柳暗花明，才晓得命运握在了自己的手。

章武出生在闽江口外的白犬岛，乳名“白生”；笔者出生在厦门的同安，乳名“安生”。书香门第的基因和时代际遇注定了：白生没白生，安生不偷生。章武属马，时运好，成名早，曾以高考作文满分，问鼎1960年全省文科状元。虽为没能踏进北大校门而遗憾，但后来肩起省文联副主席和省作协主席的重任，毕竟实至名归。我自小是兄长的铁杆粉丝，但没条件也没必要克隆一个章武。他建议老家祖上的书房易名“骥斋”，我倒挺赞成。心想自己属猪不属马，好歹也有四蹄呀，小步快跑，穷追就是。

兄弟年龄只相差五岁，老弟我却因正巧或曰不巧碰上“文化大革命”，而晚他十八年才考上大学。殊途同归，且同出师门，章武兄独擅散文创作，并登堂入室，杰构迭出，时见美文上课本、进教材。“崔颢题诗在上头”，咱得见了红灯绕道走。当上职业编辑，即在省新闻出版局的业务刊物上开辟《红蓝墨水》专栏，公开倡导编辑人员“双管齐下”——握红水笔改别人的文章，操蓝水笔写自己的文章，“在为别人做嫁衣裳的同时，也要做几件自个穿穿”。还在《福建日报》上开设纵论读书的《骥斋》专栏，谈及“编书”“写书”“出书”“读书”“评书”“借书”“抄书”“卖书”“藏书”等等。属猪的胆子大，胃口好，随遇而安，不挑食。先后出书十余种，几乎不雷同，诸如散文集、随笔集、人物特写集、美学专著、小报告文学集、长篇儿童文学、长篇报告文学、影视脚本、辞赋碑记以及书法作品集等。省级以上的作品奖和编辑奖先后得了不下五十项，包括中国电视艺术一等奖、央视展播一等奖、广电部专题评比一等奖、全国对台广播作品一等奖、中央外宣办和国务院新闻办的“金桥奖”、任弼时研究基金奖等，并九获福建省文学奖和省政府百花奖。章武兄在拙作《根的魔方》序文中说我是“打一枪换一个地方”，感觉不全是批评，于是胆子日壮，尽管往前“拱猪”不停步。

古今一脉

从履历到职业上的“山重水复”，始于福州的引进。1992 年，时任福州市委宣传部部长林爱枝寻访上门，传达了时任福州市委书记习近平欲以引进的方式，让本人来福州主持文联工作的意见。待我安排好家事和单位事之后，已到卓家瑞部长任上。他问我来福州有什么要求，我说除了能够继续发挥专长，没有任何个人要求。本人也真是随遇而安，履历简单，一辈子就待过青年社、市文联两个单位。二十年后有机会为《3820 工程》一书的编辑出版出点力，正是缘于那次人生的转折。借用青运会口号的说法是：福之州，青之运。

从体裁到题材上的最亮丽“转身”，则在世纪之交。我从福建青年杂志社被引进福州市主持文联工作之后，有机会接触到博大精深的闽都文化，古典情结和人文情怀被重新唤回。接了地气并知了天命，开始天演地择，兼平平仄仄。一个偶然的创作机会，竟别开生面，玩起了当代版的“汉赋”，从此一发而不可收，以至于后来“文联主席”不叫，被谑称为“赋联主席”。

福州建城两千两百年，是集聚都市能量、显示文化实力的绝佳机会，主官们不会轻易放过这“百年一遇”的城庆文化节点。继大型歌舞晚会“左海千秋”获得成功之后，市里趁势而上，在闽江北岸的闽风园里，开辟了一道长 220 米、高 5 米的“福州历史文化长廊”，既对灰色的堤坝“艺术地遮羞”，又采用以花岗岩为载体的高浮雕艺术形式，带人们进入灿古烁今的时光隧道，了解这座城市的历史和人文，以“知我福州，爱我福州”。

机遇总是给有准备的人。我来福州任职之后，即有机会参与建城纪念系列活动的筹备工作。其中最“滋补”的是牵头组织编纂“可爱的福州”一套七本的文史类丛书，对福州的历史文化狠狠补了一课。受命担任文化长廊艺术指导委员会副主任之职，此时已不再是接手“左海千秋”总撰稿进行案头创作和舞台演绎时的感觉，而是面对堪称“软硬兼施”的大地艺术，觉得很新颖，很有难度，也很刺激。于是不仅肩起对九个文脉篇章和一百多个历史人物进行节点遴选、材料整合、镜头过渡、造型参鉴等多方论证与审阅指导的责任，还领下了前言的撰写任务。

用“赋”的形式来写长廊卷首的“前言”，可是一次大冒险、大考验。好在当年教育世家种下了因子，“老三届”也打下了基础，当了“范进”之后，更专挑训诂学、修辞学乃至古文字学等冷门来恶补。刚来白塔寺上班那阵，我还曾别出许慎的心裁写了部《说字写文》。心想相如赋上林，杨雄赋甘泉，班固赋西都，张衡赋西京，更有左思的《三都赋》，都能以不多的文字，极写一城一地的乾坤，咱这五度为都、六次扩城的福州古城，为何不能借旧瓶装新酒？只要如皇甫谧所云“美物者贵依其本，赞事者宜本其实”，便不至于离谱。这么自我打了气之后，真就迎难而上，亲自操刀《闽都赋》的创作。

市里对《闽都赋》的创作十分重视，此赋不仅在日报和晚报上同时刊载，向市民公开征集修改意见，还两次上了市委常委会的议题，认真斟酌敲定赋文稿。当《光明日报》全国《百城赋》专栏选中《闽都赋》并易名《福州赋》全文发表时，除作者提供的注释外，市里还认真供稿，配发了福州概况和榕城风貌国画作品。21 世纪伊始，九百言的《闽都赋》在“福州历史文化长廊”卷首正式面世。它成功地概括了两千多年的建城历史，也开辟了我个人创作生涯的“赋里春秋”。

趁势而上，别开生面，也担心过了这村没这店。于是在时任市委宣传部部长张作兴的率领下，接连又催生了五条文化长廊。继“福州历史文化长廊”之后，我们选取从西河园至金沙园之间那段1800米的长堤，开辟为“福州名人名言长廊”。认真遴选出福州古代、近代、现代俊贤六十余位，连同他们立德、立功、立言的经典，以石板材刻字的形式一并展示出来，为古城增添一道文化传承的亮色。

第三条是“福州历史纪事长廊”，也是1800米长，在南江滨公园，位于金山大桥和尤溪洲大桥之间，同样是利用江边的堤坝，将福州历史编年大事记、重大事件包括天灾人祸等等都体现在里面。

第四条是南江滨公园“国际城雕长廊”，缘起是本人的“大东南文化广场”概念中有“国际无名雕塑园”的创意。兼任市文联名誉主席的高翔副市长，将创意方案带去让正在北京出席全国两会的市领导们斟酌，竟然受到赞许和采纳，并由市里专门安排南江滨既有的数百亩原始植被区，让城雕长廊项目在此落地。所谓长廊，不一定整体取直，而是“散点透视”，让单体作品巧妙安置于曲径通幽的林荫、草甸、道旁，形成自然与人文掩映相生的生态走廊景观。随即向世界发起雕塑方案征集，由于“有福之州”的魅力和“无名雕塑园”的刺激，四大洲十七个国家七百多件作品纷至沓来，盛况空前。2003年夏天，我们从中评选出六十多件，邀请不同肤色不同国籍的专家，同一时间来到南江滨公园内的同一地点，参加开雕仪式。极富艺术性的城雕作品穿插在自然生长的原生态的树林当中，形成赏心悦目的人文景观。

第五条长廊也是不规则的，即鼓山上的“中国摩崖题刻长廊”。鼓山是福州城郊人文气息最浓厚的国家森林公园。涌泉寺旁的喝水岩一带，分布着宋代以来的摩崖题刻达两三百方之多。摩崖题刻算是“天人合一”的杰作：石头是天生的，题刻是人工的，凿刻师傅也非常高明。自然与人文气息氤氲于喝水岩与万松湾一带，是石鼓名山的绝胜之处。闽江系列公园的闽都文化植入显示其不凡效应之后，市里在鼓山上的又一项大工程，就是对原“达摩十八景区”进行深度开发，在优化旅游服务项目的同时，适当增加了一些摩崖题刻。经过精心筛选，遴取翁承赞、林则徐、严复、林觉民、冰心等古今名贤的哲言隽语、诗词联句等，择石题刻。当年我接受市委之托撰稿并书写的《鼓山赋》，也镌刻在新十八景区内的一方巨岩上。如此，达摩十八景区的新摩刻群与喝水岩、万松湾的老碑林连成一气，形成一条长约1800 米的中国摩崖题刻长廊，为鼓山国家风景名胜区平添了一笔亮色。

第六条是 100 多米长的“马尾船政文化长廊”，也是以浮雕形式，介绍百多年前发生在“中国塔”（罗星塔）下的船政风云。廊前置一架复制的“水上飞机”模型，即当年马尾造船厂造出来的“中国第一架水上飞机”。长廊卷首的《马江赋》连同书法，也是其时笔者应命所作。

“长廊文化”是 21 世纪伊始福州市的一大创造。系列长廊分布在大公园和风景区，让市民在欣赏名山胜水的休闲时光里，回过头透过长廊走进都市的人文深处，与历史摩挲，同古人对话，通过“往古来今”，认识“贯古通今”，并矢志“灿古烁今”。2005 年，福州市文联把全国文联系统的“名城文化研讨会”申办到福州来开，我们设定的论坛主题——“如何提高城市公共空间的文化品位与艺术含量”，受到各方响应。我手握上述六条文化长廊的成功案例，因此在会上做主旨发言，现身说法，带头阐述，为文艺家如何在城市建设中有更大作为而呼号。

动静两宜

猪有猪福。大的战略定下了，小的战术用心对付便是，怕什么！要举重若轻，功夫在动静结合。1990年那部列入“中学生文库”并多次再版的拙著《美感百题》，就是静下来三个月的成果。其时笔者正经受心律不齐和被迫戒烟的双重煎熬，也许真是悲壮之旅可催生行侠，在老父甘当誊抄工的感召之下，十余万言的美学随笔在金鸡山麓杀青，烟也戒成了。九十高龄的美学泰斗王朝闻先生，出席在厦门召开的省美学学术研讨会期间，当面落笔为我的这部书稿题笺嘉许：“美学理论的表达方式多种多样，你以散文的特长对美育性的写作，定将与更多读者交上朋友。学术的尝试不能因通俗化而贬值，摆出莫测高深的架子，反而更加显得浅薄……”

下基层，接地气，深入生活，写大部头，也是默默地体验一种笔墨与心灵的对话。就在《美感百题》问世不久的1993年，我便响应省委宣传部和省文联的号召，向福建青年杂志社请假，以省文学院特聘作家的身份，脱产回乡，到莆田江口采写三十万字的长篇报告文学《江口风流》。曾经唤牛使犁躬耕陇亩的那群农民兄弟，都以什么样的精神状态和特有姿势，出现在改革开放最初十年的舞台上？一份惦记，几缕乡愁，让我潜下心来，以回原籍体验生活的作家身份，扑下身去。连心脏病发作住在当地医院期间，我还让被访对象来到床前，我边吊瓶边继续访谈。遗憾的是，一号主人公王天全书记，还没见到书稿，即在岗位上累倒殉职；作家出版社秦副社长，则为促成这个大部头的尽快成书，在福厦路上因车祸罹难……

生活是文艺创作的源泉，文艺也没少生活的付出！《江口风流》在北京人民大会堂举行研讨会时，福建省委原书记项南到会做了半个多小时的即席讲话，认为改革开放和文艺表现，都十分不容易，都需要各界的热情关注，并为之鼓与呼。该作品后来连获省里的文学奖和百花奖，但这已经不重要了。要紧的是生活原型给予作家的感奋，作家笔墨之于时代的投合，是活生生的，带着漓漓血气。自我感觉在奉献与牺牲的双重悲壮中，和泪站立起来，走向新一程的坚忍与成熟。

二十年后《江口风流》再版，为的是一份纪念和万般感慨。再版首发式与座谈会于耕读书院成立暨文化周期间，在湄洲岛举行，谢冕教授、孙绍振老师及当年全文连载的《湄洲日报》老总编许培元等亲临现场讲话，并结伴徒步前往该岛南端的鹅尾山，瞻仰天造地设的自然景观“妈祖书库”。之后我还来到兴化湾边江口镇老书记王天全的墓地，掬心掬泪，默默凭吊。

“静”能生智慧，“动”则出蓬蒿。曾经当回乡知青接受山海历练，后经团省委福建青年杂志社的血气冲激，感觉自己不动则已，动则讲求功效。当然，运筹机先，谋而后动，才可能风生水起。先后参与策划并亲历了好些重大活动，大都事半功倍。1986 年参与发起的闽赣两省老区“脱贫致富对手赛”，竟然升格为团中央和团省委联办，方毅等三十多位中央领导人和部队首长亲临指导。有缘为叶飞、杨成武等首长代拟讲话稿，会后又以《春三月在北京》为题，发表了活动全程的纪实报告，传导正能量，彰显精气神，自己也得到一次很好的锻炼。

1988 年由福建青年杂志社发起“台湾海峡西岸行”写真活动，我接过时任省委宣传部副部长、省文联主席许怀中在厦门出发仪式上的授旗之后，从闽南浯屿岛到闽东嵛山岛，历时一个月，跋山涉水，上岛入村，摄影、书画、文学采风一起上，各有斩获，不亦快哉。之后我又写成中篇纪实《六千里路云追月》，在全国性大刊《报告文学》上发布播扬。

有了成功的活动创意，当然想着扩大战果，“台湾海峡西岸行”适时延伸为“台湾海峡两岸行”。1992 年福建青年杂志社顺利接待了台湾青年来闽考察之后，于 1995 年 4 月又由林云青社长发起，陈若晖任团长，我任秘书长，在国台办、省台办的大力支持下，组织“福建青年文化艺术交流访问团”，组织为期十一天的“台湾海峡东岸行”活动。舒婷、林容生、金诚峰、潘朝阳、李豫闽等应邀相携绕道渡过海去，实践海峡开禁前两岸青年间的“破冰之旅”。盈盈一水，脉脉情牵，“我们太明白，手与手分开意味着什么。我们太明白，手与手相握象征着什么”。台湾“海基会”人员深受感动，出来接见，为之壮行。我们在台北“孙中山纪念馆”举办“两岸青年艺术联展”，盛况喜人，本人有四部著作和十四件书法作品参展。从台北到高雄一路下来，不时做两岸同道的笔会交流，其乐也融融。在与高雄艺术家的联欢会上，我亮出了当农民时琢磨出的口技绝活，当地舞蹈家老太太应邀即席配舞，我脱口命名为《鸡犬之声相闻》，意味深长，赢得掌声四起。台湾返程后有感而发，先后写了七十多则随行纪实文章，散见于多种报刊，并收入自己的小报告文学集《中国结》，留下带着时代烙印的美好记忆。当年结伴赴台的年轻团员们，二十年后重聚金鸡山麓，为当年壮举感到自豪的同时，也感慨弘力、许云、林健、罗文诸友的过早离世。

笔者出生之前，亲叔叔陈文华即赴台任教，而一去不返。“海峡西岸行”期间，曾留心寻访当年莆田一带的去台人员，希望获得相关线索却一无所获。但意外的收获是，不期然撞上一个以龚约翰、庄梦花为主角的两岸题材，简直比小说编得更为真实而离奇，精彩而悲壮。经深入挖掘，认真吃透，结果是怎么写怎么得奖。小报告文学《两张照片后面的联姻悲喜剧》，获全国广播一等奖；笔者跟踪拍摄的电视专题片《寻》，连获中国电视艺术一等奖等全国三大奖。福建省广电局为该作品“连中三元”举办了庆功会，团省委也做了全省通报表彰。

偶尔“触电”，并抓住好题材不放，努力扩大战果，是个经验。

带有政论色彩的电视纪实《八闽青年风采录》，也曾获全国青年研究基金暨“任弼时基金”二等奖。与音乐家章绍同先生合作的组歌《海之恋》，以电视音乐形式推出后，也反响甚佳，长放不衰。在《散文》月刊发表的成名作《跳跳鱼钻豆腐》，由著名电影艺术家达式常朗诵，在对台广播节目中也曾脱颖而出，连播了好些年，让人耳熟能详。这都是“动”起来的结果，没有嗟来之食。

软硬兼施

初来福州任职不久，正逢香港回归在即，音乐家骆季超又有现成的一组交响乐作品，于是文联新班子一拍即合，策划在首都音乐厅举办一场“林则徐爱国诗词音乐会”。征得中央台文艺部乡贤的力挺，将央视文艺部作为协办单位，中央人民广播电台、中国国际广播电台等相继加入；为音乐会演奏的是中国交响乐团，主唱的有杨洪基、万山红等一线歌唱家。一根爱国爱乡的无形“神鞭”抽动了一下，“陀螺”即在首都地面上疯转起来。有了这场大活动的动员与历练，接下来文联参与的几件大事，便都趁势而上，办来得心应手，左右逢源。庆祝福州建城两千两百年的大型纪念文艺晚会“左海千秋”，演员多达上千人。在张作兴部长的统筹下，可是辉煌登场，壮怀激烈。亲撰歌词的主题曲《千年一回眸》，被作曲家王华元和歌唱家阎维文演绎得荡气回肠，让人热血偾张，传唱了好些年。

为纪念建城两千两百年而编纂的“可爱的福州”丛书，不是单打独斗，而是组织集团军作战。一套七个分册，各设一名主编或主撰，各负其责，各领风骚，不出数月，皆成正果。紧接着，福州市为共和国五十周年大庆的“献礼工程”，也由文联领衔忙开了。其中工作量最大的，应数榕籍院士的报告文学集《院士风采》。鞭长莫及时间又紧，但诚心可鉴，北京、上海、广州等地的作家朋友，纷纷伸出了援手。

常说有为才有位，果然。这么几年努力下来，这么多件大事操持下来，为市里省里争光，也为文艺界自个儿长脸。于是白塔寺里的穷过渡，终于挨到有了金山新址。6000 平方米的文联大楼，戏剧性地在金山新区的文体中心平地而起。虽然没几年后又戏剧性地被“置换”到烟台山去，但好歹算过了把瘾。2008 年中国作协全委会暨主席团会议在福州召开，包括铁凝、陈建功、高洪波、贾平凹、张胜友等在内的二百多位知名作家云集闽江之畔。先期邀章武、文山二兄选编出版的《作家笔下的福州》，因盘点出历代名家名作而非仅止于当代作品，而备受与会作家朋友的赞许。会议期间，中国作协党组书记金炳华、作协主席铁凝等让我带路，上门慰问腿脚不便的省作协原主席章武。习惯低调的老兄一再交代我不要声张，“白生没白生”，玩笑可以。汶川地震，我们操办了赈灾活动，“七腿翁”老哥来了精神，策杖前往广场，签售义捐他的新著《一个人与九十九座山》。有人点赞章武是“第一百座山”，倒说得很到位。

协同作战，是一种心的互动和力的集聚。在同出师门的高翔副市长的资金扶持下，我们与省文联冰心文学馆王炳根馆长联手，从数百万言的冰心著作里，遴选出与“爱”有关的经典句段及图片，汇编成图文并茂的《冰心爱典》。笔者为每一部分内容撰写一篇导读文字，先期在《家园》杂志卷首逐期连载。该“爱典”出版后荣登当年全国书市排行榜，并获华东区和省里的图书奖。冰心先生仙逝时，笔者曾代表家乡福州的文艺界赴京吊唁，回来后写成《想念冰心》一文发表（有的刊物改名《冰心祭》），并收入《福建文艺创作 60 年选 · 散文》。

我在相互交往中与卢美松、黄启权、唐希等省市多位文史专家结为朋友，配合默契，成果迭出。其中请黄瑞霖老领导题写书名的《闽都古韵》，从十三个不同角度，对闽都的文化遗存进行盘点。编后有感而发，每部分亲撰一则文化层面上的解读文字，引导读者重新认识脚底下的这片热土。自己也因深爱这块土地，对如何善待它有了一份执着与坚持。印象最深莫过于与章武、炳根诸兄力排众议，支持福州南后街北口的林家古建筑设立林觉民故居和冰心故居。为阐明己见，特撰《一座宅院，两位名人》一文，并与开发“先薯亭”景观合作过的古建专家王勇坚，亲往闽侯江边物色并运回一块好几吨重的天然石，刻成碑文置于前院，彰显两位乡贤灿古烁今的不同文化风标，之后又受命敬题了“林觉民故居”和“冰心故居”两块牌匾，不署名。

为守望古城而仗义执言的话，2001 年我即在市政协的会上说白了，题目就是《强化市民的名城保护意识》。开章明义即指明标题中的“市民”二字，“包含着为福州市民服务的全体公仆，也就是这座城市方方面面的领导者”，“如果这座城市有某一样宝贵的东西被忽视，或者说一时忽略，我们的公仆同样应该，甚至更应该敏于反思，勤于内省，进而以忧患之心，及时去唤起市民的警觉”，并再次强调所说“一时被忽略的宝贵的东西”，就是“历史文化名城意识”。

其时笔者还只是嘴上说说，而有人早在行动中呢。老同学汪毅夫时任福建省副省长，以书生意气加古典情怀，在国家文物局原局长单霁翔和省政府副秘书长方彦富等有识之士的力挺下，冒险火中取栗，好歹抢救下险些湮灭的福州“三坊七巷”。感佩于汪、方二位学兄的洞见与义行，也为了表示福州文艺界在古城保护与建设上有所作为，当对三坊七巷的保护与开发提上议事日程，我便无所顾忌地向市里递交了“万言书”，直议三坊七巷修复改造后的文化生态诉求应是十六个字：南后街是“琳琅满目，各领风骚”，坊巷内是“文气扑面，古意盎然”。为修旧如旧，防止建设性破坏，还提议“二十个拒绝”，如“拒绝不锈钢材”“拒绝电脑文字”“拒绝灯箱广告”“拒绝高音喇叭”等。当资深文史专家黄启权先生和我等组成三坊七巷文化挖掘小组，我便利用参加市委市政府高层会议的难得机会，坚持呼吁创立

"闽都文化"研究机构，旨在从文化高度和学术层面上，为历史名城筑一道防范随意糟蹋之篱。这一动议得到开明的市领导的赞许与支持，不仅批准成立"闽都文化研究院"，还在当年各级简政裁员的情况下，拨了八个事业编制指标给市文联，在全国范围内招聘研究人员，尽快进入工作状态。本人主席与院长一肩担，并早早具备编审资质，经多期试刊后的《闽都文化》，获得省主管部门考核通过，批给了 CN（Q）刊号。之后自身因年龄到线不再领衔，但好歹筑起平台，创下品牌，几年后和盘端给在研究院基础上由市里直接组建的福州市闽都文化研究会。研究会会长由老市长练知轩担任，文脉传薪，春风再度，自是乐观其成。应邀出任研究会副会长，尽量配合没商量。福州市委原常委、秘书长徐启源接任研究会会长后，我主要协助汪征鲁校长打理学术委员会工作，自当不遗余力，结合自身业务，做些笔耕、舌耕的事情。

双管齐下

2009 年超龄两岁退休，自己也知"减负"了。《文艺报》注意到了笔者的减负法，标题上即戏称"一甲子，两把笔"。原先是"红蓝"双管，如今转为"软硬"双管——硬笔写文章，软笔弄书法。二十年前潘主兰老先生即题赠我"文章翰墨"四字，意味深长呢。金石大师韩天衡也以"山海异趣"相砥砺，受用至今。作为中国作协、中国书协的"双料"会员，必得名副其实，焉敢造次。

临近退休，便把新居特设到靠近原乡的乌龙江边上，书房整出了两个：一是"写书的房"，一是"书写的房"。第三卫生间不过五六平方米，"挪用"为"写书的房"，自嘲是"三卫书屋"。"书写的房"则与大厅打通，行云流水，肱股生风，需要开阔地。想想也不算偏心，流水作业，左右开弓：上游出诗书联赋，下游弄笔墨纸砚，自家的文章自家抄，自己的笔墨写自己，正应该倡导。

有了《鼓山赋》《马江赋》等文章与书法双双成功的案例，往下想偷懒都不容易了。新项目不再是文字交稿拉倒，还要挥毫书写，甚而双钩付刻。《福建师大百年赋》《长乐赋》《永泰赋》《尤溪赋》《草堂山赋》《清风赋》等刻在碑廊或摩岩上；《华南女院百年赋》镌在重近千斤的大铜钟上；《梅亭赋》刻在巨大的石材宝鼎上；湄洲祖庙顺济殿的《金尊妈祖铭》，则镌刻在造价超亿元的妈祖金身像底座侧面；《闽都民俗园记》书法稿竟一式两份，室外广场上以花岗岩为载体，制作成书简模式斜铺于地，室内整墙则为木质载体加平底雕艺，贴金出彩；《福州温泉赋》更有创意，宽 13 米、高 2 米多的石材碑体，在晋安河边的温泉博物馆前斜斜躺着，引循环水在碑面披流而下，行草体赋文在水色中明晰可见。

笔者的“文化心”感染了厦门大学中文本科出身的儿子，居然放下出版社十几年编龄的工作，驰援退休老爸办起了“九赋轩”工作室。文化为社会服务，奔劳中自有快乐。“九赋轩”在福州乌山西麓的黎明村落脚开张伊始，先是应邀参与福清龙江文化挖掘与景观创意，末了还躲不掉为“龙江公园”代拟并手书碑记之类。继而应邀为邓小平同志批准成立武夷山国家级自然保护区三十周年作《武夷绿色丰碑赋》，亲往实地考察并成稿之后，在管理区勒石纪念。紧接着为福州市申办第八届全国城市运动会编制图文并茂的大型“报告书”，并一举申办成功；若干年后易名为“第一届全国青年运动会”，好些活也摊到自个头上。我不仅担任青运会的“文化顾问”，分工口号征集评选总评委，圣火采集点选址方案策划人，为开、闭幕式部分节目撰稿，为火炬所经沿途的文化景点提供口播资讯，还临阵奉命赴京担任央视体育频道的青运现场直播嘉宾。亲撰的《青春宣言》写成六条屏作为青运会书法展的开篇，文字稿则引为《青春梦想》书法集前言，并作为发刊词刊载于首期《青运村报》头版。

举一反三，触类旁通，一些不熟悉领域的文字任务也不时找上门来。能者多劳，却之不恭，那就边补课边尝试吧。我曾经起草过《中华老字号宣言》，名声在外。2007 年应邀为第二届闽商大会撰写《闽商宣言》，竟也剑走偏锋，写出“天涯黄金屋，故土篱笆墙，两相不弃，四海同春”之类的隽语，引起反响。第三届闽商大会前夕，时任省委统战部部长的团省委老领导张燮飞，亲自摸上黎明村的九赋轩柴门，共同斟酌出新作《大爱闽商》。随后是泉州的《世界泉商宣言》、福清的《融商宣言》、老家莆田的《莆商宣言》及之后的《健康宣言》等，让我掉头发也长见识，不亦乐乎。最近赴京出席全国两会的省委统战部部长雷春美，让在闽的常务副部长臧杰斌先期寻至耕读书院邀约，为今夏的第五届世界闽商大会的“重头戏”再度操刀。

刀耕与笔耕是相通的。“文心在，龙虫可以并雕”。可惜我不玩寿山石。但“买不起，看得起”“玩不转，笔来转”，也是“读石”一乐。就这么从外行看热闹开始，寿山石文化史上为单件艺术品创作的“首赋”《春声赋》诞生了。陈礼忠大师刀下的作品就这么“偶赋峥嵘”，变得炙手可热了，单进入 2010 年上海世博会作为福建馆镇馆之宝的保额，即高达 1.3 亿元。后又接连在中国美术馆和中国国家博物馆举办的陈礼忠艺术展上亮相。

2013 年首届中国寿山石文化节在福州举办，我又应邀创作《寿山石赋》，以金石之气加音韵之美，让寿山石专家陈锡铭先生为之着迷，不仅认真审稿，如同己出，还情不自禁吟诵不下百遍。曾为魏子望兄运作的《闽都赋》巨印操刀的寿山石雕刻家王一帆，对新作《寿山石赋》又作“友邦惊诧”，再度刀笔相加，愉悦合作。

微雕家钱本殷先生对本人的“闽都九赋”盯了良久，自个找石头自个花工，不吱声地逐个赋文精雕细刻，终于以一组九篇赋的寿山石微雕作品，在全省性的权威比赛中夺得金奖。此事反过来又给我以很大的鼓舞。“读图”兼“读人”的耕读文化体验，延伸到郑幼林、姚仲达等雕刻名家名作上，相继以“序言”等形式，产生一组特别的鉴赏文字，将在今年出版的序跋集或“延客录”中与朋友们分享。

想想自己在赋文和楹联的创作上，也是双管齐下，异曲同工。大学期间，每年迎接新生入学，都别出心裁地自撰自书大红长联，高挂于中文系各宿舍楼大门口，先就给学弟学妹们以家庭的氛围与国学的濡染，难怪被谑称“国粹”。此“国粹”若干年后发挥到福州屏山镇海楼，即有“八闽雄都一楼镇海，千秋福地万树屏山”之句，乌石山先薯亭有“引薯乎遥迢，德臻妈祖；救民于饥馑，功比神农”之句，长乐显应宫有“三界大观，观止人神共祀；百年一觉，觉来四海同春”之句，南后街石牌坊上有“城开闽越，源溯昙山，听浩歌一路；风翥江南，龙腾海左，驰俊采九州”之句，西湖书院大门口有“耕云种月春秋志，读剑听琴海岳怀”之句，西湖书院梦山阁有“梦里鸿声雁影，山前汉柏秦松”之句，等等。如此楹联创作，而且大都自撰并书，形成风格，赋文中也是骈句多多，屡见“绝对”，应是受中国联学鼻祖、福州先贤梁章钜浸濡的结果，“赋联主席”之昵称实非谑称。

“双管齐下，左右开弓”的健身法，引起军地两界的注意。福建省爱国拥军促进会邀我担任该会的常务副会长，兼爱国拥军书画院的执行院长。文武之道，一张一弛。上高山，下海岛，走军营，进哨所，留下笔墨，带走快乐，这等好事，岂能独享。与省民政厅原厅长兼促进会会长黄序和一拍即合，请出省书协主席陈奋武、省美协主席翁振新双双兼任爱国拥军书画院院长。成立大会就在临时驻地——位于三坊七巷郎官巷的耕读书院举行。“东壁图书府，西园翰墨林”，如今岂止。

耕读传家

2007年，我们家被评为福州市十佳“书香门第”。当年八十五岁的老母亲佩着绶带上台接受颁奖，那份从骨子里透出的自豪，让我感到通体阳光灿烂。一种似乎与生俱来的自觉，让我的文化理想愈加拂之不去。从1996年起，与章武兄先后三次双双出席全国文艺界“两会”，2011年秋我又作为作代会的代表，赴京聆听习近平总书记关于文艺振兴工作的声音。有一种情结在怀，有一种豪迈在胸。在福建代表团的讨论发言中，我即表示回榕后的行动是：筹备成立福建省耕读书院。

在省文联张作兴书记和省民政厅黄厅长的信任与扶掖下，福建省耕读书院在郎官巷的严复故居隔壁适时落地。书院进门屏风上的宗旨“守望传统，聚焦前沿，深耕文化，导读大千”，出自省书协陈奋武主席之手；中堂供奉的朱熹读书图，出自省美协翁振新主席之手；镇院之宝《弘一大师全集》，是老同学方彦富陪同全国台联会会长汪毅夫学长亲自送上门的；中厅的“百家书屋”题词，是省政协副主席兼省文联主席张帆的手书；曾为我的多部著作写过序言和评论的北大中文系谢冕教授，我的师大恩师孙绍振教授，以及我省语文界领袖王立根老师，应邀担任书院的名誉院长。笔者作为创院院长，亲书书院的文化理想——“承启斯文”。

几项与“承”“启”相关的文化项目相继铺开。一是与书院专委会主任卢美松以及黄启权、卢为峰等文史专家一起，策划编纂“三坊七巷文化丛书”，组稿成形后转由闽都文化研究会陆续审编出版。二是与福建省作协联袂，设立我省第一个儿童文学奖——“福建省启明儿童文学奖”，以书院荣誉院长陈炳琪的父亲启明先生的名字命名。两年一届，至今已完成了两届颁奖，有力地推动了我省的儿童文学创作，并延及读书月活动和校园文化节活动。

“耕读”的概念有三耕三读：笔耕、舌耕、刀耕，读史、读人、读图。“笔耕”的群体效应，不时会引人入胜。语文界大腕王立根的《老根说字》，以其言之凿凿，图文并茂，而别开生面；学术界劳模杨健民的《健民短语》，以其学养丰实、睿语高蹈，而独标一帜；耕读志愿者陈碧在坊巷阡陌间寻寻觅觅，以“大时代里的小爱情”，钩沉遗爱，感地动天。笔者则忙乐在“俯仰”之间：俯身读史作赋，仰首阅世写人。在为“中国船政博物馆”“福州近现代名人馆”“三坊七巷修复保护成果展”“福州文化名城展馆”“福州温泉博物馆”“福州市规划展览馆”等做好人物盘点、事件表述等一应案头功夫的同时，没忘记聚焦“后三坊七巷时代”在南后街郎官巷进出的人物，并以九赋轩主人的“开涮式”笔墨，把一位位引以为伍的“文化补丁”们解读到位，作为“都市肌理”的一宗记录下来，为今人张目，也为未来存史。诸如《“老孙头”绍振》《“大海仔”奋武》《“收电费”启权》《“老顽童”立根》《“老面条”炳根》《“惠女迷”振新》《“外星人”健民》《“哈哈雷”师兄》《“平直脚”卢编》《“春声赋”礼忠》《“日月灯”卢明》等等，个个都才冰山一角，就够让笔者为坊巷骄傲，为榕都匍匐。

“舌耕”的多维传播，也常异曲同工。曾经与孙教授师生搭伙，应省委宣传部马照南副部长之邀，先后为福建省“抗洪救灾演讲团”“援藏干部演讲团”“110 演讲团”“120 演讲团”等做全省巡回演讲的口笔双项辅导工作，在实践中得了真传。前年又应邀与福建师范大学传播学院谭华孚院长和林焱教授一行三人，在闽台文化交流中心黄星主任的率领下，作为“福建文化宝岛校园行”首批入台访问学者，先后走访了台湾世新大学、健行科技大学、开南大学、台北大学三峡校区、台湾艺术大学、中国文化大学、台湾师范大学、台北海洋技术学院等八所院校，做八闽多元文化和闽都文化特质的宣讲与演绎。我主要从“双管齐下”的实践出发，纵谈如何提高城市公共空间的文化品位与艺术含量，希望两岸专家学者在历史名城人文底蕴的挖掘、表述与传播上，多作新的探索与合作。在学术交流之余，还和台湾蒙太奇影业、旺旺中时媒体集团旗下的中视、中天电视、旺报等影视传媒团体进行了交流，探讨关于未来闽台两地拍摄影视作品、影视交流的合作可能及模式。有余闲时不妨笔墨互动一番。兼任耕读书院专委会副主任的谭院长，嘴上和手头的笔刀都利，与我也是心有灵犀，配合默契，需要时对个眼色，他就即兴索句，我则即席挥毫，随缘放旷，笔墨切磋，在文化同源的台湾学人道友面前，不失礼，也不丢份。

不久后与省作协副主席、本院副院长杨际岚结伴，同往长沙参加一个重要的文学论坛。我以亲历的儿童文学、报告文学、电视文学及辞赋创作为实践案例，做了题为《地域文化的文学展现》的发言。凭着对闽都文化多番咀嚼写成的《闽都文化特质说》，在《光明日报》上发表并在头版作重点推荐之后，又在北京召开的《光明日报》“闽都文化论坛”组稿协调会上，做了解读式的专题宣讲。出席会议的全国政协副主席王钦敏学长、全国侨联原主席林兆枢老领导等，鼓励我继续为地方文化的人文挖掘与资源共享多作努力。

一年多前，在时任省委宣传部部长李书磊所召集的办好我省报纸副刊的座谈会上，我应邀作为作家和编辑“两栖”的过来人，与《人民日报》《光明日报》副刊部的两位资深报人分别在会上发言。之后应约整理成题为《“补丁”“文化眼”与“你丢我捡”》的文章，视同为书院文化立论。并借助现代媒体传播，先后在福建教育学院、福建省图书馆、乌山闽都乡学讲习所、于山老年大学、福州老年大学、福州孔庙、省直机关屏山书画院等开坛宣讲。年前教育部原副部长柳斌视察耕读书院，对儿童文学的设奖和文教工作的投入很是赞赏，希望多开课多办班，变自个的耕读传家为广泛的耕读传家。于是在自己勤于动笔的同时，抽些时间，到省少儿图书馆、省市图书馆和省城甚至郊县的中小学校，现身说法，结合自己《童年真好》的创作，为孩子们传递悦读乐写的信心，帮家长们探寻“把童年还给孩子”的途径，让书香飘满校园，让校园溢满笑声。

你丢我捡

这些年，正是以当“文化补丁”为乐、为荣的心态，驱使我在“第二甲子”的日子里，做了些常常事倍功半、却也不时意外出彩的事。

照样还是两把笔，却讲究惜墨如金，取法乎上，追求卓越。比如为避免雷同，对民间崇敬的对象的彰显就不用“赋”的形式，而改用“铭”“颂”或“祭”之类的文体尝试，一样可臻既定效果。

湄洲约写《妈祖赋》，我怕一时赋不动，先写成《妈祖颂》，日后如以《湄洲赋》为题弘发妈祖文化，似更合适。《妈祖颂》的文本靠近散文诗，于是产生“一个没有哭声的圣诞”“一个只有涛声的礼葬”之类的句子，适合于朗诵。第十二届中国湄洲妈祖文化旅游节期间，在时任莆田市委书记梁建勇倡办的“映象·妈祖”海峡大型诗歌朗诵音乐会上，《妈祖颂》作为开篇之作推出，效果颇佳。之后镌刻于金身妈祖像底座上的《金尊妈祖铭》，全文仅 144 字，其主体正是《妈祖颂》末尾部分的“尚飨”祭词。

所撰祭词难度最大的，当数去年应命代拟的《甲午、甲申海战英烈两岸公祭祭文》。喋血于国门内的两个海战战役，一南一北，一中日一中法，相隔十年，且是两岸公祭，如无国学在握，实难拿捏把握。好在十多年前和泪写过《马江赋》，其后又为市政府代拟甲申海战一百二十周年祭文，并亲历马江边的海祭仪式。曾经沧海难为水，况“丹心昭万古，大节萃一门”“两役英烈合祀，一脉豪气相承”，感奋于“捍卫主权，中华维一梦；抵御外侮，国人无二心”，发出了“壮魄千秋，三江再淘新锐；悲歌一曲，两岸共铸海魂”的壮怀鼓呼。

去年林则徐诞辰二百三十周年前夕，省人大老领导林强来书院寻访，希望我为纪念林公写个赋文什么的。我比照上述《妈祖颂》的创作方式，建议写个《林公颂》，得到赞许和鼓励，于是就有后来刻在林则徐纪念馆树德堂外、御碑亭前面墙上的全文行书《林公颂》。“九龙经脉，五凤朝阳。云舒千鹤，海纳百川。一柄民族精魂锻造之剑，一座社稷情怀垒筑之碑，永远卓立于梦开始的地方——有福之州。”我选取了其中这句话，应邀收入纪念林公诞辰二百三十周年的《海峡两岸书画名家作品邀请展作品集》。

朱子文化是闽文化之眼，但朱熹题材不宜写成“颂”，那就写《尤溪赋》吧，以南溪书院为文化背景，把紫阳朱先生一并带出并重点突出。我家三代人先后在福莆交界处朱熹曾结庐课学过的草堂山下读书或教书，感情在兹，文脉有自，故而“凡三往”乃成其稿，并以作者行楷全文镌刻于沙洲公园的“尤溪历史文化长廊”卷首。

省人大老领导黄文麟以省老艺协的名义，耗时数年编辑出版《福建历代名人书画选集》，这是一项很有意义的文化积累工程。本人虚挂省老艺协的艺术顾问，应约撰个前言什么的责无旁贷。但想到书前有时任省委书记孙春兰作序，作为书画专业的文字，我尽可切题翰墨，纵论古今，写得超脱一点。于是意外收获个《翰墨赋》，不辱使命，自己的赋文创作也补了个空白。《福州市书法家协会三十周年会员作品集》也引其为“代序”呢。两年前书院进驻三坊七巷，时任中国美术馆馆长范迪安为我书勉的“大赋新章”，与潘主兰老前辈当年题赠的“文章翰墨”不约而同。耕读书院“百科讲堂”里挂着的联句“文章道德赋里乾坤大，翰墨春秋毫端气象新”，恰是自己老来双管齐下的自勉。无怪乎朋友开我玩笑说：赋债累累。

“耕读传家”是不会错的。“耕心岂唯半亩，读册幸有五车。”原在厦门当职业编辑并荣获全国“五个一工程”“一本好书”奖（林巧稚题材《天堂没有路标》一书的责任编辑）的儿子陈骋，竟与老爸志趣相投，适时地杀回福州并主持耕读书院工作，这让我更能集中时间和精力，深耕文化，导读大千。近年来先后出版或再版了《美感百题》《根的魔方》《闽都赋》《江口风流》《童年真好》及书法集《文章翰墨》，即将出的有《耕云读雪》《章汉三言》和《九赋轩延客录》等。闻说十八年前出版的获奖长篇儿童文学著作《童年真好》要重版，当过小学校长的九十二岁老妈妈找来当年那种三百格稿纸，喜滋滋地认真重抄了一遍，而后把手书稿献给书院收藏。经“老编”陈骋和插图画家董家樵重新遴选文字与插图装帧，新近由福建少年儿童出版社推出，在摇篮地福清两小时签名一千五百本，另一种的图文并茂，不亦快哉。

心安处即是家。二十年来，我在完成为文艺界服务工作的同时，不间断地挖掘福州地方文化，并倡导一种文化“达达”主义。即研究挖掘方面的“到达”，要深入到位，登堂入室，取得真经，而非浅尝辄止；之后还要重视“表达”，即从不同角度，以不同笔墨，对研究成果进行多维的彰显与弘扬，不让学术收获束之高阁、明珠暗投。年前北京大学出版社约我写成《到达·表达》一书，以“闽都文化与多维传播”为副题，检视耕、读地方文化的一系列文本，展示属于章汉自身的独特形式与语言风格。闽江学院副校长、耕读书院专委会常务副主任赵麟斌博导以学长的口气多次催稿，让我很受鼓舞，又怀疑他是北京大学派来“卧底”的。

猴年春节，《福建日报》《旺报》《台湾导报》等闽台主流媒体首次联手组织图文并茂的新春团拜，诚邀八位佛教界和文艺界名人，台湾有星云大师、余光中、赖声川等，闽籍有学诚法师、陈凯歌、林容生等，以文字形式在两岸三报上同期贺岁。笔者以闽籍作家、辞赋家、书法家忝列其中。地方文化的养育弗敢相忘，于是在一帧不再年轻的照片底下，赘上以下这段“三句不离本行”的文字，见教于两岸同胞——

故乡一座城，与幸福同名，即指福州；心中一座塔，与祖国同名，即指中国塔。马尾的罗星塔，在明代的国际航海图上即标示为“中国塔”。它领略过海丝之路的鸿声雁影，郑和舟师的蹈海开洋；见证了林公则徐的师夷制夷，船政之父的开台抚台；也惊喜于两岸过从的柳暗花明，振奋于“海上福州”的风生水起。这里也是当代中国梦开始的地方，其优势、出路、希望和发展，都在这江海之交。浅浅海峡，不是楚河汉界，水下有大陆架相连，精卫鸟们最是知情。《闽都赋》的结语是：“海峡波平可流觞。”艺术交流，学术互鉴，民俗联谊，斯文承启，都从“派江吻海”处起蛰。两岸同胞的人格参照系是共同的：卧下有如大海，站着则如榕树。愿我们拥有一个共享中华文化福泽的、金色的——2016年！

2016年3月于福建省耕读书院

赋里乾坤

闽都赋

八闽雄都，神州名府。北枕莲花，南控五虎。右擎翠旗，左标石鼓。拥三山入怀中，抚二塔于膝下。挈西湖而邀闽水，踞六鳌以望双龙。卧野环山，无数春声秋色；派江吻海，不尽汐落潮生。城内河道纵横，宜商宜旅；郭外港流吞吐，可运可渔。灵山秀水，形胜东南。有福之州，斯之谓也。

钟灵之地，人龙出焉。先民尊蛇为图腾，铸剑为神器，渔猎山伐，刀耕火耨，初展闽地生机。汉无诸东冶为都，建城置垒，拓土开疆，共缔闽越春秋。晋严高筑子城，并水网，凿东西两湖。五代王审知，辟港通津，引舶入市。复于罗城之外，再筑夹城。百雉千堞万灶烟，蔚为大观。

闽之山，何苍苍；闽之地，何苒苒。中原士族，数度南奔。文化交汇，俊彩星驰。唐宋以降，文风日炽；书声盈巷，科甲联芳；刻书成业，闽学蔚起。路逢十客九青衿，海滨邹鲁，誉之当矣！城市管钥，亦多儒士，君谟栽松，伯玉植榕，江山文章，皆成锦绣。时绿榕荫里，人物往来，千家沽酒，百戏开台，欣欣乎向荣。或曰："人间即此升天近，谁复乘槎赋远游？"

然闽人擅舟楫，不自封，善外求。温麻船屯，吴航锚地，罗星塔灯，曾引郑和泊此候风，七下西洋。林公少穆，开眼看世界，师夷以制夷；船政学堂，敞门育群英，济海兼济世。为救民饥馑，陈振龙引进吕宋薯；为启智发蒙，严几道探囊天演论；为绵延十邑，黄乃裳另辟新福州；为铲除帝制，林觉民赴义黄花岗。北斗在天，理想在心。苟利国家，前仆后继。人民举锤镰为炬，缀五星为旗，先革命解放，后改革开放。科教兴市，举百业大计而望腾飞；大展宏图，谋万民利益以臻洪福。左海雄风，浩浩乎世纪重振；三山底蕴，焕焕然千载一新。

今观夫闽都胜状：榕树凝老绿，街衢换新颜；双塔犹耳语，广厦已摩天；内河漾碧水，棚户乐乔迁；六桥通八闽，三环顾九仙；空港同海港竞渡，公路偕铁路比肩；大道共闽江并驾，家园与公园毗连。放眼郊县，仪态万端：福清弥勒佛，永泰方广岩；连江青芝寺，闽清白岩山；长乐金刚腿，闽侯枯木庵；平潭双帆石，罗源大海滩。自然人文媲美，旅游商贸两旺。风调雨顺，百姓安康。经济繁荣，百花争妍。民间技艺，代有传人。觅灵石，上寿山；舒筋骨，下温泉。生活多趣，文明成双。院士风采励后学，人才高地助前瞻。君追科苑巨人，不教猜想成空想；吾效文坛祖母，愿以诚心著爱心。

闽之水，何泱泱；闽之都，何皇皇。云舒千鹤，海纳百川。东扩南进，地阔天宽。万里潮来如呼吸，八方雁过乐流连；古城两千两百岁，信乎今夕是盛年。壮哉！世纪蓝图又一卷，风流还看新纪元。唯望两岸早一统，海峡波平可流觞。

21 世纪元年于榕城

马江赋

雍雍左海，荡荡马江。闽中福地，泽国津梁。东顾甘棠，南领吴航。承双龙之会，挹旗鼓之光。塔举罗星，烛长门而望海；波连首府，援剑气以镇邦。淳也民风，尝闻戚军征东遗饼；壮哉古港，时见郑和蹈海风樯。濯足金刚，八百里水分咸淡；回澜砥柱，五千年天定玄黄。

适格致关头，人神共察。强国利兵，梦醒海岬。左文襄奏兴船政，但以一篑为始基；沈文肃倡办学堂，敢致九译之新法。认真下手，践师夷制夷之远谋；仔细扪心，书铸舰铸人之神话。开物成务兮，才俊云蒸；积健为雄兮，川流海纳。中国造船工业之翘楚兮，船坞作证；近代科技教育之滥觞兮，石狮为答。

时光绪甲申，法夷称兵。先扰鸡笼，后袭磨心。所以有恃无恐者，唯炮利船坚。马江军民，铁石同心。共赴国难，烈士逾千。忍此国之大殇者，将安得永年？幸矣马限山，有缘掩藏忠骨；恸哉我子弟，何辜喋血门前！恨腐朽清廷，积贫积弱；惜未丰羽翼，堪恤堪怜。昭忠祠在，浩气长存。五楹骈列，一井鉴天。痛定思痛，倍觉国防至要；卧薪尝胆，誓缔海军摇篮。

遗恨在渊，斯水无罪。遗爱在人，斯土何愧！悲歌一曲，三江并起雄风；壮魄千秋，二潮共淘新锐。瞻天为佑，神州命脉称铁流；沿几成道，异域天演参国粹。好琴南抚，里人初识茶花女；威镇冰汀，将军不揾英雄泪。民族中兴，人才可贵。唯贤是登，各领其最。于今中国有圣人，天下难事何所畏？

喜看马江今日，春风满怀。设区开发，度地量材。科技为使，教育为媒。致大图强，鼎兴八闽都会；求真务实，打造中华品牌。坚志后昆，勠力海峡西岸经济；识途老马，奋鬣先进文化舞台。金声玉振，走雨奔雷。传薪播火，继往开来。唯辉煌可再，故人难回。何日与君临流对酌，当先插柳为祭，酹月三杯！

2004 年秋于闽都

鼓山赋

天生石鼓，地奉玉壶。雄峙左海，坐拥闽都。率九峰而迤逦，案五阜而沉浮。三江如练，岭下盘桓旋舞；二潮有约，望中吞吐自如。山雍雍兮鉴水而慧，水穆穆兮觐山而苏。

夫石鼓之成名山，盖物润更兼人泽。去东城万武，席地晋安；凌绝顶千寻，抚穹屴崱。智者与谋，仁人同德。潭填龙徙，蒙灵峤之穷经；蟿隐泉喧，劳神晏之一喝。贤关聿启，大道斯张。钟鸣四野，阶引十方。闽王虔心，未至而更衣罢舆；游客恣意，随缘亦净手拈香。

尔其摩崖之衔声，多书卷气息。远而观也，曾经野老布棋；近以察之，历代鸿儒走笔。隐隐兮若天风挝鼓，荡荡兮有海涛卷席。是以将军卸甲，郡守休炊。晦翁耽读，君谟忘归。赋巉岩以灵性，寓浩气于崔嵬。无价遗产，有字丰碑。剔藓摩挲，每见达人智慧；实话石说，尽抒仁者胸怀。

而或云开福寿全图，鱼贯松篁曲径。耳接万殊，目收无尽。涤尘虑以舒心，汲精华而却病。欢声互答，嗟胜景之频添；洗爵对觞，感名山之可近。至若长亭短阁，欲罢不能。前呼后应，登顶为峰。挹清籁于海末，掸覆釜于云端。江涛共山风两袖，闽地并南天一宽。其时也，石鼓虽无语，心扉自有声焉！

噫唏！拔地凌云，建瓴高屋，鼓山之大气也。峰雄脉远，听潮御风，鼓山之傲气也。泉幽林翳，涵养千华，鼓山之灵气也。回眸吾州兮，灯火万家。东扩南进兮，跫音不寂。岁月峥嵘兮，精神如砥。古邑新篇兮，见大手笔。何为闽人精神？曰：“读懂鼓山，可知妙谛也！”

2003年秋于闽都

昙石山赋

华夏九州，左海一脉。山不怨瘦，水不择渊。有昙石如磐，炊烟几缕，足可休养生息，雄睨洪荒。独木舟横，肩日月而携河汉；神灯一炬，烛前路以问津梁。信史开宗，肇于山而载于水；因缘广缔，顺乎天而秉乎人。三百里咸淡交冲，五千年春秋递衍，始有人文积淀，洋洋大观，谓之昙石山文化，拓吾闽文明之先河焉。

三人成众，百姓为群。诉稼穑于农桑，而千畴葳蕤；承天地之造化，而万象峥嵘。更旗鼓双标，江海一望，循水听涛，慧泽汲于四野；领风逐日，薪火播于九邻。遂有闽越故郡，枕莲花而案五虎，筑样楼以眺双龙，伏脉连千僖，迤逦续鸿篇。

考古半世纪，俯拾八度情。叩祖于泉，感怀在心。长念昙山蠔冢，至十邑榕垣；弱水初渡，及海峡流觞。中间多少晨昏细节、行止传奇，于今都借遗存，发豪气而干六合，蕴五内而见精神。风水澹澹兮，天地为赐；瑞气萦萦兮，山河共骧。蓝色文明之旅，八闽人龙之链，摇篮在籍，而渊薮在斯，宁不万万惜乎?!

2007 年秋于闽都

旗山赋

有福之州，左鼓右旗，天造地设，谓全闽二绝，旗鼓相当。翠旗名山也，援戴云余脉，遥迢东赴；挹乌龙逝水，蜿蜒南巡。如屏如帜，载欣载奔，绵亘二十余里。挈上街而领南屿，踞侯官以望榕垣。牛酣千畴黍，户起万灶烟，一派生机盎然。恰黛岭斜阳，浓紫氤氲，冠绝八景洪塘。三溪相萦，誉环江一胜；龟蛇交锁，称合山奇观。或曰：“旗峰无墨千秋画，锦水有声万古琴。”

旗山之豪气，在八闽首邑，文明滥觞。南朝独木舟，盛唐多角壶；宋家演武刀，旧县古城隍。驼峰峥嵘双披顶，龙脊迤逦风火墙。南屿街头，可叩聚奎书院；使亭山上，且阅锦溪草堂。更三进大本厝，双寿人瑞坊；洲渚将军庙，弥望新黉门。幸遗徽之可鉴兮，喜文脉之绵延。

旗山之生气，在人文渊薮，卧虎藏龙。翠旗衍秀也，水西一沛然。六都教授，启闽学之先声；四门庠序，导理学于大成。崇儒励教，诗礼传家；耕织课子，科甲联芳。但闻大老六朝，经略七省；鲜见琼林三世，学萃一门。道是城开闽越，源溯昙山，听浩歌一路；凤翥江南，龙腾海左，驰俊彩九州。盖缘缔乎三山，而势出旗鼓焉！

至若九庵十八寺，旗麓尽丛林，尝钟声闻十里，行人半是僧。灵凤之禅关也，曩以千岁石松名世，今藉万佛玉宇重光。东南首刹之宏愿，偕世纪同臻。法不孤起，依境方生；文化润泽，翰墨传馨。而或洗心梅潭雨，听瀑别有天；棋盘今犹在，勾漏亦通仙。妙哉！未登主峰大岩顶，已然旗麾在心巅！

2010 年冬于闽都九赋轩

武夷绿色丰碑赋

南国武夷，神州一壁。黄岗险峰，华东屋脊。纵横闽赣，缀瑶珮于北归；捭阖沧桑，避灾变于冰纪。四邻联袂，振翠羽以翩跹；百里同怀，率群峰而迤逦。曲水如歌，丹霞若砥；坤断乾连，天人合璧。此自然文化双遗之大观也，举世称奇，嗟英雄无觅！

武夷自然之神秀也，盖六合同伦，万类咸集。昆虫世界，演不尽物种沉浮；鸟类天堂，窥无数基因消息。绿色家园，藏几多旷古孑遗；蛇类王国，曾知否谁为天敌？大小竹岚，上下挂墩，多少故事，都道天时地利。更三港蹊径，九瀑桃源，几代传奇，见证人和第一。

大音稀声，大道无极。科学春天底事，有武夷特辑：留一块生物资源调研基地，听赵老呼吁；设国家重点自然保护区，蒙邓公挥笔；世界人与自然保护圈之锁定武夷，更赖全局上下，同心勠力。三十年虎步牛肩，五百里龙回凤集。如幽谷劲竹，领天赋而举祥云；似高山矮林，经风霜而添豪气。保护发展，两相不弃；科研民生，时时在意。昔教堂既颓，神甫早杳，东渐已成旧历；问正山小种，皇室英伦，茶缘可否解密？

保护区、风景区同登世遗，都道天作之合，加神来之笔。资源共享，遑论源头下游；生物走廊，岂止标本采集。生物长链，天然科普之窗；和谐主题，心灵教育基地。“走进自然的自然，呼吸健康的健康。”个中学问，谁与相匹！“除了镜头，什么都不带走；除了足迹，什么都别留下。”一言九鼎，无双创意！

灵山胜水，因缘广缔。两线交织，联防而至联保；三级管理，铁心诉诸铁臂。基因交流，环区防火，时领全国风骚；建站观测，筑台瞭望，遍写青春日记。嗟夫！生态典范兮，善待武夷；泽及千秋兮，功在国际。保护为根本，先导有科技；社区为基础，发展为动力。再造秀美之山川兮，实至而名归；目标国际之品牌兮，道远以知骥。

绿色在抱，丰碑在心，明日之武夷，能不赋万千胜意?!

2009年秋于闽都九赋轩

长乐赋

吴航古邑，左海边城，贯溪川而举半岛，揖平野而负崇岗。暖风和润，最宜休养生息；微雨时行，尤合兰桂腾芳。百粤之地，居者安之，是为长乐焉！明郑和舟师七下西洋，屡番泊此候风，可知斯土钟灵，声闻六合，好风胜水，足资壮行者也。

然吾境之成雄都胜邑，不以天物独恤，而在乎人；人之群超类拔，亦无论士子渔樵，而秉乎德。汉建安董奉，行医储杏，赈济贫病，人尊杏林始祖。唐百丈怀海，制约清规，力耕自给，世称大智禅师。宋女钱四娘，舍命筑陂兰溪，惠心及于远邻。明代陈振龙，则引朱薯于吕宋，救饥馑于荒年，为旅外赤子，作归航报效楷模。

厚德以载物兮，文明日启；见贤而思齐兮，风气蔚然。书院林立，耕读同欢。首石时鸣，科甲联芳。硕彦名儒，应代间出，或述论通轨，为算盘定式；或羽翼圣道，愿质证考亭；或博涉人文，使经纶满腹；或精勤铅椠，留著作等身。更难得，五四战将郑振铎，贯古通今，标新立异；文坛祖母谢冰心，爱化春水，诗灿橘灯。今之科学昌明，民族中兴，先进文化，播火传薪。敬师重教，见才俊云蒸，从容天择物竞；英雄用武，有能人秀出，谈笑适者生存。

而能积健为雄，才尽其用者，唯逢盛世清明。吴航儿女，尝死生同赴，打造赤色江山，谱南阳豪歌一曲；今必稼穑并肩，收成小康伊甸，添长乐新志三章。风行黎庶集，雷布号令传。良策覃思，借山海之利以强市；蜂媒蝶使，传智能灵光以富民。百业骏发，五福骈臻，梓桑故地，如沐春风化雨，能不频换新装乎？

锦绣三襟外，乾坤一壶间。缥缈远处，见筹峰积雪，御国归帆，金刚濯足，月泛壶江，活脱无限生机，舒人怀抱。依稀耳际，有龙潭晓瀑，寒岩晚钟，洞天听水，梅城弄笛，隐约几多清籁，摇我心旌。更喜沧桑嬗递，新区豁然。厂房布列，商厦摩肩。豪宅纷峙，公园毗连。码头声喧，货物随诚信流通四海；空港鸽哨，旅人携友谊往来八方。一派历史文化名城气象，如许现代港口城市端倪，历历乎皆在望中。

壮哉！骋怀游目，最激情商。吾爱吾庐，亦爱吾乡！来日更与君约，共步斜阳，先斟陈酿，再读新航。

2003 年夏一稿，2009 年春二稿于福州

福清赋

山自永福，水自清源。造化之涵泳化育，始有宜居之境，谓之福清。斯土先民，择此风水宝地，领闽山之浩气，承龙脉之华滋，渔猎耕樵，休养生息。金声玉振，天地融通，玉融古邑所以千载如磐，凭山海相谐、人文殊盛，而翘楚乎闽中。

天行健者，辄有水之长流不息，人之自强不息。龙江之水天上来，蜿蜒大地文章：上游灵脉如屏，少林雄风久驻；中流碧湖若镜，石竹好梦长萦；咸淡交冲处，见圳渠派水；江海吞吐间，望樯橹扶摇。天但久旱，曾拜泉老井；流或不逮，则调水闽江。更辟港通津，挹万番之机运；乘槎浮海，援五洲之惠源。信乎天人之间，早有灵犀通焉。

地势坤者，人以厚德载物，地以宽怀载福。斯土之精彩，除却醴泉，便是贞石。借名师妙构，里人巧手，时出遗世神品：唐陂之截流分灌，宋桥之卧波渡人；元佛之笑拥三界，明塔之雄睨大千；黄阁之重纶瑞气，东寨之歇山自逸。更浚河固堤，防百年之不遇；筑库成湖，均一脉以长流。世代福祉，黎庶愿心，于金石声中，铿铿然都赋峥嵘。

天地人合一，必出精气神也。君不见：开考问世界，有科甲联芳，出将入相；开蒙参世界，有黄檗高僧，弘法东瀛。开眼看世界，有林公则徐，功标社稷；开步闯世界，有新老侨领，缘缔八方。开怀容世界，有海纳精神，弥勒肚量；开放赢世界，有诚信为本，左右逢源。

一方水土养一方人。人之群超类拔，则各秉其德：翁丞耽情课读，倡学四门；郑公见佞明眸，归装一拂；戚军南奔荡倭，光饼为飧；叶相明廷独辅，梦寄乡关；忾辰追随孙文，殚精国运；啸秋先遣抗日，铁血豪歌；拓夫蕉岭捐躯，气蒸原野；胥陶龙高暴动，义薄云天；融侨反哺梓桑，绸缪伊甸；天生观光农业，海峡流觞；院士经纬双肩，报效家国；民企玻璃一片，透视乾坤。

春秋代序，风雨兼程。开放融合，拼搏争先。曾倚海口重镇，奋鬣八闽；今凭江阴大港，鹏举海西。侨心、侨力共济，乡音、乡情同牵。风电、核电联网，公路、铁路比肩。都道福清哥：勤于耕云种月，勇于叩地问天；精于科学发展，明于适度超前。嗟乎！得天之独厚兮，宜高怀而远翥；借地之深蕴兮，犹贾勇而翩跹。天时地利，再臻人和，试看明日三福胜境，当领南国之雄风焉！

2010年春于闽都九赋轩

永泰赋

闽中古邑，越国边城。天地之绝胜，在山水人文。仁者所钟也，戴云延脉。领群峰而迤逦，舞翠袖而翩跹；毗七邻之息壤，接三府之幅员。智者所悦也，樟水川流。切崇岗而成壑，眷灵穴而成潭；路无觅而湍瀑，岩有阻而潺湲。泽沛之地，毓秀之乡，必能人辈出，高士比肩。永阳所以科甲联芳，文经而武纬，岂唯秀色可餐？

山之造化也，岁月峥嵘：可读有岩洞，可探有森林，可尝有果珍。山不矜高，有奇峡异窟，自多仙踪。方广岩开，见三千世界；名山室邃，藏一壁祖图。缥缈姬岩，寄闽王遗爱；堂皇摩刻，留朱子墨香。道是榕都前庭，物种基因库；华夏林圃，空中美家园。更弥望经济林，中国李之乡，绿色经典兮，一页一馨然。

水之造化也，大地流芳：静卧为涧潭，垂空成瀑布，暖身有温泉。永字八法，二水俯仰；泰字春头，一水又添。藤山天池，何夕举案极顶；赤壁栈道，时邀山水知音。天门深幽，竟然地下走水；百泉叠潦，隐约雪里飞虹。青龙赴壑，一挂如练；暗潭映月，六合清凉。更樟溪出谷，际会风云，通津梁于四海，缔善缘于八方。何日携侣同游，共浴金汤，再续流觞，其乐也融融，是谓永和泰安。

人之造化也，各领风骚：崇文出硕儒，尚武出名拳，精艺出巧师。联奎塔标，状元连番及第；芦川月皓，辛词正气可风。笔荐三翰，永乐玉成大典；诗存十砚，乾隆唯宝莘田。墨斗过处，一派琼楼轮奂；金石声中，每见雕艺琳琅。堡寨相望，古厝毗邻，历史文化名镇，公推嵩阳。道是江山文章，皆成锦绣，于斯足见焉。

山川形胜，人物风流，盖精气神投契，天地人融通之功也。菜篮公贵群伦，养生之诀，可追彭祖；监雷悬壶祈雨，农桑之重，谁比圣君？四疏力劾权相，耿介之尊，气贯绝壁；三朝宿老乞退，高蹈之怀，澹若斗湖。御侮沙场生死，节烈之操，堪抚汉柏；风雨亭边去来，自强之志，可照秦松。

永福之大幸也，山水涵泳，文脉传承。六十年镂月裁云，雄风再振；三十载鼎新问故，圣迹重光。宏图在握，重任在肩。绸缪未来，知发展之至要；辉煌再铸，感人才之攸关。漫论天下状元，蝉联三度；且看永阳学子，鹰扬四方。迎别桥长，最宜高朋论道；青云路远，乐见胜友摩肩。嗟夫！永阳之泰，福蕴其中；属于世界，自当拥有乾坤！

2010 年夏于闽都九赋轩

尤溪赋

周东迁，夫子出；宋南渡，文公生。地钟其秀，天毓其灵。六经训范，一脉道传，两仪之间，何以岩邑独尊？或曰："天地合璧，山水同伦，人文双运，精气骈臻，蔚为南州之阙里焉。"

尤溪昔称岩邑，正合仁者乐山。席地闽中，时阅戴云积雪；延袤南国，遥挹武夷流馨。傍白岩而倚乌石，枕五峰以望太华。听西泽龙吟，东岩虎啸；观狮麓云水，牛岭耕烟。更剑门山胜，莲花峰雄；双峰挂日，文公比肩；七星顾盼，九阜绵延。噫唏！福地之无尽藏也，在在壮我襟怀。

岩邑之谓尤溪，信乎智者乐水。山标其峻，水献其妍。龙脉迤逦，万壑争流。记否方塘半亩，天心可鉴；源头活水，泽被无限。况月印虹桥，鲫戏湛泉；玉溪青印，二水明霞。湖衔三县，流汇闽江。涵泳有自，浩荡忘年。嗟夫！兼容百川水，闽心一沛然。

山鉴水而慧，水觐山而苏。天地人和，文明滥觞。尝归唐置县，共拓荒蛮。兴黉序，尊师道，以教树人；牧士马，劝农桑，以业齐民。荷锄东西曲，移苗上下塍，人间伊甸，最是梯田炊烟。识得英雄面，曾阅藤牌操。出而砺兵，入则整旅。社稷为怀，民生为念，防危于履安。

文修武偃，化育群伦。委己于政者，如韦斋朱松。课子砺学，岂唯敬惜字纸；登堂入室，但冀星斗文章。曾喜火行地，文曲经天；竹马描沙，义理自现。辄有南溪书院，理窟宏规，昭千圣之道统，启万古之鸿蒙。誉之文山毓哲，斯文正鹄，与金石并寿，共华衮争荣。

见贤思齐，人同此心。林积还珠，居敬孝亲；澹思辅政，詹荣靖边；沈括梦笔，田项豪吟。斯民之精气神也，盖积健为雄，而德厚流光。想海西跨越，闽中崛起，直需清源正本，法脉传薪。遂有朱子文化之丕振，欲寻画沙之浦，重觅活水之源焉。

叹宋窑瓷片，明清土堡，地腹敦煌，几多文明遗迹；感红军播火，巾帼耕山，柳塘会战，累代图强精神。今科学昌明，观念更新，勇立时代涛头，迭展富县宏图。水电连轴，交通纵横，福银浩然气，高铁快哉风。恰铅锌矿富，再生稻优，茶山凝碧，金橘流馨，园区成片，百凤来栖。壮哉！山海联袂处，城乡一望中。

经济飙起兮，文运隆兴；百废修举兮，万民鼓欣。上下勠力，好戏连台。鸿梦从头做起，经典照旧写来。八百龄老樟作证：千年古邑，九州通衢，四野晴翠，一城峥嵘，勋业之绸缪，直抵科学发展。三百米长卷见刊：朱熹故里，承启斯文，豪气在胸，锦猷在囊，温故以知新，再著盛世华章！

2012 年秋于闽都九赋轩

福州温泉赋

有福之州，百福骈臻。闽都地热，冠绝东南。五凤朝阳，天生丽水；九龙经脉，地出金汤。泽被乎斯城，涵泳万载；惠施于广众，源溯千年。晋凿内河，热泉喷涌；唐拓罗城，龙眼觐天。凿石为槽，初成露天民浴；砻石为井，辄有豪舍官汤。恰榕垣首善，灵窟珠联，日产万吨，汤院比肩。不分贵贱，无论尊卑，与君共享，唯缘是登，正合海之大量，城之有容哉。

金汤之浴，岂止活血袪病，免疫消疲；更块垒冰释，郁结渐融。曾令李纲称奇，叹何似汤浇病叟；师孟惊诧，问几时泉落天涯？道是非福人，焉临福地；有龙脉，方得龙泉。是以骚人题咏，墨客赠联，鸿儒驻足，商旅流连。身心借以善待，天物得尽所长，应是双份福祉，何乐而不为？

肌肤之幸也，一摩挲田黄，二赤膊洗汤。其时也：一池金汤，两眼生风；三围勿论，四肢放松；五内舒泰，六神和衷；七窍无碍，八面融通；九龙传说，十邑旧闻，都入谈锋。多少尘凡虑，尽涤一泡间，怎一个温柔之乡！

泡汤一族，尤耽老式澡堂。呼朋唤友，池畔扎堆；竹椅联躺，劳背互推。木屐声声里，水烟袅袅间，或品茗听曲，或海侃神聊。风云三界外，乾坤一壶间。清逸散淡若此，几欲登仙！坊巷名媛，深宅闺秀，无论学富五车，金莲几寸，亦心向往之。但凭挑汤上门，放浪桶中，或可解瘾于氤氲。女为悦己者容，安肯错过一泡忘年？

蒙地母之巨献，水质好，温度高，埋藏浅，泉眼多，更存储之丰，取之无尽，分布之广，遍及城乡，好个温泉之都气象，金汤名府风流。解甲更衣，浴而来矣；风乎舞雩，咏而归焉。多福之州，有福同享——正是中国温泉之都宣言！

2010 年秋于闽都九赋轩

寿山石赋

——为第一届中国（福州）寿山石文化节而作

地孕之琼浆，涵泳无纪；山藏之精气，氤氲有年。蕴于深层，凝为彩卵；出乎浅表，化作金汤。运天地之机，咀日月之华，合乾坤之道，衔山水之音，灵石乃成。偶露峥嵘，肇于寿山。或华滋丰润，或晶透斑斓，同出乎天真。补天彩石遗此，问娲皇知否？填海精卫去来，嗟秀石可餐。

南方有佳木，寿山出贞珉。高隐器识，岂在物外？莘田叹其冰雪聪明，何止灵犀一点通。亦庐常思蓝田种玉，欲充石户为山农。乾隆一梦，情钟福寿田；孙阳一顾，焕然精气神。运交九流，不唯天子独享；缘缔四海，难得黎庶同珍。敢说我山之石，可凭攻玉；遑论芙蓉田黄，封后称王。

山以石名，石以文彰。金石对话，天人合一，必出人文华章。千年冢俑，情关阴阳二界；百载神雕，脉出东西两门。或圆雕浮雕，或兽钮薄意，穷形尽态，皆陆离刀端。况其质也，柔润易攻，冠绝印坛；其色也，荧煌烛世，御玺独尊。无怪乎少穆墨馀，亲治闲章，愿长君子心，为寓目之石写真。

有数寿山石，无双福州工。米芾拜石，东坡赏砚；九龙出岫，三链成章。方寸容巨著，盈握见大千。观之却尘虑，抚之欲登仙。石道人道，以石悟道：高兆握瑜怀瑾，嗜好为移，有观石录问世；奇龄审石索隐，首开矩镬，后观石录既行。三坑次第，双璧有凭。是以藏者忘形，赏家养心；趋之若鹜，点石成金。

天遣瑰宝，惠吾闽中。福州有福，幸彼寿山。地多深蕴偏怜物，石不能言最可人。国石之誉，非邑人自矜。实话石说，乃地义天经。山以静而寿，石以贞而久。唯患补天才，流落风尘手。善哉！幸原石之尚解兮，韬光养晦；冀游刃之无忘兮，敛锐藏锋。念天物之独恤兮，安敢暴殄？知感恩以善待兮，与石同庚！

2013 年秋于福建省耕读书院

春声赋

壬禧新元岁阑，诸同好如约梅峰雅集，得赏陈礼忠先生寿山石圆雕新制。此作高约五尺，重千二百斤。天遣瑰宝，硕者如斯，吾闽之福也。以十数万金，寻购盈吨鸡母窝石坯，石痴之识也。耗时近五载，因材施艺，成此皇皇巨制，巧匠之工也。摩挲斯作，似有春声冉冉于耳际，诗心郁勃，因作此赋，以志贺忱。

早稻抽穗，绿豆生芽；老篁拔节，新树扎根。虽微细消息，乃生命之声。江河开冻兮，其流若瑟；杨柳梳风兮，其响似筝。天籁物语，如霞蔚云蒸，盖缘春而起、应命而生者也。

观夫陈君巨制，信乎宝石可通灵也。苍松团团兮如盖，丽日灿灿兮中天；九成箫韶兮甫落，双凤于飞兮来仪。丹穴之灵雏，皆太阳信使；天物之拟音，作凡界宫商。其顾盼也脉脉，隐约秋波春澜；其和鸣也锵锵，依稀玉振金声。周遭鸟雀，凡五十六羽，或沐日翔舞而尽兴，或嬉逐喧声以纵情。春之为声也，发乎万灵。如达人舒卷，见怀见性；君子行藏，至朴至诚。春声过处，著青条而播芳蕤，灿野径而焕祥云。与欧阳公所窥秋风之余烈，肃杀为心，不可语于同日焉。

石本无语，而观者觉其有声。信乎雕艺精运，可以乱真矣。施艺者春驻心府，意遣刀端；审势妙构，随色著形。取奇石之天趣，夺造化之神工；赋凡坯以灵性，寄美意于自然。令金石之质，共草木争荣；春秋代序，偕万类同欢。噫唏！群鸟欣有托，吾亦爱吾庐。陶令真仙也，早道尽吾侪情怀。

古人听凤凰之鸣，以别十二律；观日月之渡，而分廿四时。目明于六合，耳聪乎万殊。借一艺一品而得此历练，敢不引为幸事耶？

2001 年冬于闽都骥斋

刀耕四品赋

水火不相容，金木可相生。人之无穷胸臆，诉诸刀笔，便有千般故事，万种风情，奔突乎肱股，鲜活于案前。文心既在，龙虫可并雕。唯其高手，得鱼而忘筌。木不求稀世，刀不假吴钩。但能藏幽奥于盈握，集风雷于比肩，得心而应手者，遂臻大成。

木之肌理，根之魔方。刀耕不易，心耕尤难。决然缘木求鱼，而成同道之翘楚者，亚太四大神雕也。或陆离长铗，韬光守正以传承非遗；或冯志凌云，斯文兹土而融汇中西；或高屋建瓴，公论宏博而默以神会；或林翳泉幽，敏学善究而达摩图壁。体五行以解三昧，掸十指而闻九歌。皆知其知也，乐其乐哉！

中国木雕，异彩纷呈。唯人文雕艺，秀拔群伦。大师成就之路，步步为营；有约身心，无关年龄。今兹同根四品，联袂亮相。觉其放旷随缘，而顾盼成契；各秉其赋，而殊途同归。直如隔篱呼取，惺惺相惜，无酒亦醺。嗟夫！六艺之通神也，在兼容并蓄，而意会心倾。天演地择，西就东成，旷世奇葩之所从出焉！

2014 年秋于福建省耕读书院

翰墨赋

鸟羽之长且劲者，曰翰。持以高飞，亦借以护体。鸡别称翰音，声达于天，而身犹在地。古人援翰制笔，濡墨以书，老庄所谓舐笔和墨。斯文既就，视若天人对话。天子布衣共一管，何其祥和哉。

魏晋时引黍烧烟，和松煤以为墨。部首为土，五行属水。流水行云，无形有迹，正合诗书品格，因称文人为墨客。自古物仰其墨，绳丈乎寻常曲直。盖墨之留痕，入木三分，如天定玄黄，横竖不易。

翰墨之互为因果，若金石砥砺，日月参商，引多少青衿为伊憔悴。一念在心，双管如椽；蘸来三界灵气，四野晴光；酒过五六巡，纸铺七八张；跳出九宫格外，挥洒十砚流香。公孙行剑，挑夫让肩；牵黄飞白，走马衔声。千姿百态，蔚为尺幅奇观。

耕云读雪，天道酬勤。浅深聚散，晨昏晦明。缘缔乎翰墨，情耽于文房。抚九龙经脉，披五凤翎裳。身心入定，肱股生风。运线条以旋舞，领水墨而徜徉。取一于万，承万于一。知拙而勤补，得鱼而忘筌，始有神来之笔，次第成章。

世间风雅事，莫若兰亭修禊。挥洒乎微醺，体书圣之蚕纸鼠毫。不同年代，无论流派，得堂奥之机，掬心源以出，随缘放旷，水到渠成，便有品位标乎高端，气息传之久远。但有精品结集，即如丰畴拾穗，金瓯一拢，灿灿然皆在心仪。

墨分五色，笔润三秋。或崇帖尊碑，或摩挲会要。但得法古开新，秀拔群伦，则片缣寸楮，世竞珍藏。不稼不穑，有种有收。曲水流觞，不唯夏之圳渠、晋之会稽。想翰墨底事，何以百家同赴，千载不移，盖华夏之国粹，绝胜处无出其右焉。固可乐其乐也，善其善哉！

2013 年秋于耕读书院，2015 年秋二稿

清风赋

弘扬正气，匡扶时风，方式可多样。吾莆秀屿，以清廉为主题，公园为载体，将人文与风物巧妙融合，诉诸公共空间。有感于寓教于乐之神思，草木传情之妙构，因作此赋，以纪胜概。

风起于青蘋之末，而纵乎八荒。鹏举鹰扬，扶风之功也；沉沙折戟，逆风之虞也。武帝悲秋而作风辞，宋玉讽世而有风赋。各诉其曲，各伤其怀，始知风字了得。

清风入室，明月对饮，记曾豪客醉语。剖瓜解暑，清风徐来，难得浮生逸情。收拾乾坤，归云盈袖，清风明月，可纪春秋也。居庙堂之高，其品皎如明月；处江湖之远，其行穆如清风。人间载道若此，梓桑幸甚；正气充盈于斯，玉宇澄清。

清风协于玄德，淳化通乎自然。大凡事有所因，智有所达，心有所悟，行有所依。景行行止，欲止于至善，天物自有鉴哉。松之坚直高峻，竹之劲节虚心；梅之凌霄傲骨，菊之不染世尘；莲之从容自洁，兰之剑气传馨。天地人合一，精气神相投，岂唯香草风流？

清心为治本，直道是身谋。人生镜鉴，看似无形，却如日月之悬。先民以水为鉴，照见自己；古人以铜为鉴，认清自己；达者以史为鉴，警醒自己；睿者以人为鉴，把握自己。德业互为参照，民心自有天平。渺小之灵魂，高尚之情怀，卑琐之举止，磊落之操行，当臧否有度，柳暗而花明。

史册有遗训，毋贻来者羞。寄意涧鸟流萤，不与宝马香车抢径；立身秦松汉柏，岂同夭桃秾李争妍？高山流水，明峡清风。至上之境界，莫若政治清明，科学昌明，社会文明，人心透明。信乎以民为本，德厚流光，方可载福。

春风化雨，润物无声。清微之风，化养万物也。志洁行芳，君子之道也。归共优游，播清风于长久；出同忧患，措国步于安宁。进退关乎社稷，胸襟涵纳乾坤。清风荡怀，明月写心，一如水之上善，道之景行，本然无价，古今之仁人，皆心仪焉！

2013 年春于福建省耕读书院

母爱赋

孟母断织，陶母截发；岳母刺字，欧母画荻。望子成龙，苦心孤诣。人间至爱若此，感天动地。爱字繁体，中有心系；下维反文，凡三层深意：天有文而灿烂，水有文而荡漾，人有文而明亮。文心可雕，天人合一。母爱为怀，最是美丽。

母爱如河：上承渊薮，下汇海湖。不避艰险，不惮畏途。窄处湍湍，宽时穆穆。有路为溪，无路为瀑。泽被生灵，溉及万物。倘逢天堑，自有舟渡。称之母亲河，全为利民故。知上善若水，亦需呵护。

母爱如井：默默无闻，拳拳在典。左右对称，无繁无简。朝天穹开启之窗，往地心垒起之塔。聚拢天地琼浆，只为子孙繁衍。把潜藏交给光明，用梦想滋润笑靥。以负的海拔，标正的能量，苍天有眼。

母爱如灯：白天有太阳，夜里有月亮。日月顾不及处，则有明灯。有光不抢眼，有火不烫人。一灯如豆，暖遍全身。陪你雨读，照你笔耕；念迟迟归，走密密针。肩上两星火，示儿莫顾盼，勇往直前。

母爱如伞：骨架一把，油纸几片；模样朴素，使用简便。收敛不占地方，打开撑一片天。可避风挡雨，可庇荫遮阳。多云转阴，总被记起；天放晴时，难免靠边。爱心与伞，总与天气相关，天可怜见。

母爱如渡：从无到有，脐带断处。由此及彼，蹒跚学步。哭声即仙乐，最香是乳臭。无知而至聪敏，涉世且能自立，多少跨越，费心一路。一杆撑篙，二潮吞吐。洗尽铅华，春风几度，但知为谁辛苦。

惠即爱也，反之亦然。以爱惠人惠世，亦即惠己。母爱不求回报，但思万全。倘有宣言，或曰：“留爱和榜样，给子孙；留静和不争，给自然；留笑和知足，给自己。”高蹈风尘，低调为人。在母亲的辞海里，将为有慈怀，而无太息；为有大爱，而得永年！

2014 年母亲节于福建省耕读书院

福建师大百年赋

闽都故郡，文儒之乡。三山垂拱，双塔比肩。无数达人，进退关乎社稷；几多贤士，行藏补于时艰。醒世觉民，夫子功同再造；发蒙启智，学人视若重生。时维近代，甲申喋血，甲午蒙羞，国人知耻，闽人知纠：欲救亡图存，必先废科举、办新学，改书院为学堂，借变法以维新。

林公开眼，沈公造舰，尝以强国为梦；严子西学，林子东译，敢领风气之先。以一篑为始基，既可开物成务；引九泽之新法，信将格物致知。遂有三山硕儒，陈公宝琛，倚乌石而筑黉宇，摇木铎而作金声。延师课徒，冀群伦之化育；传道解惑，期新学之发祥。

学堂所倚之乌石山也，灵岩走笔，古榕垂阴，老藤摇曳，青鸟殷勤；更阳冰、曾巩碑铭布列，道山、先薯诸亭翼然。灿灿人文，每化春风秋雨；莘莘学子，乐此读雪耕云。校长有心，建制高之海天一阁，供儒生临虚怀远；修贯校之风雨回廊，让学子阴晴无忧。时书声琅琅，钟鸣悠悠，东麓乌塔，有耳在焉。

学为人师，行为世范。知明行笃，立诚致广。学堂伊始，以师范为心，优级为求，培养师资，泽被全闽。有训联云：“化民制俗，其必由学；温故知新，可以为师。”观母校所历百载，比之榕寿千秋，沧桑互异，而精神一也。院址屡迁，诸校之开合分并；校牌几易，人事之启后承前，盖能因缘顺势，与时俱进，而不坠青云。一如榕根之玲珑四达，榕身之丛发成林，处变不乱，矢志弥坚。真堪叹：“树犹如此，况复黉庠！”

幸也所适，或乌石山、鼓山，或长安山、旗山，甚或战时之南平、永安，皆与山为伍，共水为盟。历届师生不下十万，其气宇如山之坚质，慧心若水之灵修，固多有建树于家国者，信乎一方水土，养一方人哉。百年之馆藏也，其丰可供天子、士子，其险遑论劫余、虫余。有云一地黄金屋，无如书香盈袖，与人家不必论贫富、唯有读书声最佳之说论，有异曲同工之妙。始信世有真痴，多出于师门耳！

有福之州，曾五度为都，六次拓城。今之东扩南移，早成定势。母校应天时而趋地利，乘千禧而跨乌龙，辟新校区于旗山之麓，与长安山老校玉成双璧。其时也，旗鼓垂拱，双龙并驾，祥云蔚起，百鸟和鸣，谓乌龙江时代发轫之作，举世为之鼓呼。

木铎百年，万里金声。播火传薪者，代有才人。信有笔架山门在额，方胜柱础在心，海西战略在线，人才高地在肩，母校又一世纪宏著，定然有个精彩开篇！

2007年于闽都骥斋

华南女院百年赋

垒石为塔，植杏成荫，功在持恒也。舜之肇基，一年成聚，二年成邑，三年成都，盖民意在握，而宏图在胸焉。见说道："地瘦栽松柏，家贫子读书。"女界闻之，亦皆振肃。上下求索，男女何殊？巾帼之志，岂唯耽于灶下田间乎？

时维百年前也，群伦敦化，受而当施，恰逢其时。旋见女子学堂，飙起于闽江之畔。程氏担纲，取名华南；私立为制，公益为心；延师课学，专设女班；独标一帜，而趋者翩然。不稼不穑，有种有收。藤山草创，不惮含辛茹苦；偶际流离，无妨雁影鸿声。东西互参，信乎物竞天择；华人治校，犹解适者生存。好雨知时，立案宗于国部；和风解意，聚惠泽于民间。树人百年，利及千秋，使命在抱，夫复何求？

春秋代序，日月交辉。开国后并校易名，与协大殊途同归，适福师发轫，善事从头做起；新时期旧梦重温，置民办职教女院，唯初衷不改，美文照旧写来。因缘顺变，不离其宗：信守华南，胸怀寰中。培养女界精英，服务社会；铸造健康人格，挺拔如松！

今之华南也，得道多助，春风再度。蒙诸公扶掖，拓新址于旗山东麓；借同侪砥砺，展丰姿于大学新城。校门宏开，挹雄风于旗鼓；虚襟若壑，汲灵气于双龙。时遣本院师资，留洋深造；频邀外籍硕学，驻校传经。有福之州，钟灵毓秀；俊彦才女，不缺风流。君不见，冰心、庐隐、林徽因，驰骋文坛，令多少须眉仰视；犹难能，世静、宝笙、陈钟英，领衔华南，为弘学师范一方。

三椽黉宇，木铎百年；母校有幸，事业递衍；牵怀九系，携子三千；勇跨乌龙，重辟新天。以爱为心，坚持唯贤是举；以人为本，矢志积健为雄。大道无极，大爱不言。种月耕云，冀丰收于后；传薪播火，知绸缪在前。双百之岁，亦始于足下，正期激扬文字，倜傥青春，同掬心香一瓣，再著鸿篇！

2008 年夏于闽都

福建教育学院赋

闽江何湛湛，八百里水分咸淡；闽山何苍苍，五千年天定玄黄。山雍雍兮鉴水而慧，水穆穆兮觐山而苏。人文之涵泳，万象之峥嵘，盖润物无声，功归化育；有教无类，谓之海涵。

吾闽尝蛮荒之地。幸南朝肇兴文教，冀家有翰墨，市无斗嚣。唐倡行教化，移孔庙入城砺学，借科举力擢群芳。唐五代拓四门学，遍教闽中秀士。宋时庠序广设，闽学蔚起，路逢十客九青衿。清季则书院比肩，硕儒辈出，朱紫盈门，驰俊彩九州。

文脉传承，旗鼓相拥。时维一九五六年，福建教育学院诞生。倚梦山而筑黉宇，濒西湖而得智泉。学高为师，教研与培训并重；德高为范，面授与函授双肩。高考红旗，奠基拓路；基础教育，霞蔚云蒸。喜见杏坛结硕果，欣闻木铎作金声。

十年浩劫，不堕青云。复办伊始，锐意进取，重振教研，拓展学历。世纪之初，再明方位。守定主业，研训一体；认准目标，开新领先。师训干训，如喜雨普降；专题研修，似陈酿回甑。专门专业，一枝独秀；面授网授，两翼齐飞。任重更知力行，道远再展雄风。

梦里鸿声雁影，山前秋雨春风。来年迁址旗麓，重拓荆莽，科教愿景，又谱新章。望翠湖衍秀，视界欣多紫气；听乌龙潮涌，胸中每觉雄风。壮哉！海滨邹鲁地，闽越文儒乡。有林公开眼于前，严子启蒙于后，海西先行在列，科学发展在握，吾闽之基础教育，必再续信史辉煌。正凤翥江南，龙腾海左，母校于钟灵之地，毓秀之时，办成教师之家、校长之院，诚不负时代鸿猷之独寄于斯焉！

2011 年 8 月于闽都九赋轩

莆中赋

兴化故郡，文献名邦。教泽绵长，润物无声。开莆来学，壶兰传斯薪火；科甲联芳，经典炳乎宋明。西学东渐，学堂衍自书院；杏本琴心，母校肇于东门。擢英毓秀，承启斯文。数易校名，但祈云舒千鹤；累经扩建，唯望海纳百川。

以一箦为始基，成双璧之黉序；摇百年之木铎，振万里之金声。先哲宏愿，烈士遗风。因材施教，唯贤是登。尝擎高考红旗，名闻海内；今膺百强中学，誉满神州。历届校友，海北天南，龙骧凤翥；在校学子，春稼秋穑，霞蔚云蒸。

翠柏劲松，岂嫌海陬地瘦；耕云种月，正好秋雨春风。天妃垂爱，夫子灵光。切问近思，探科技之堂奥；达观博识，汲人文之琼浆。进德载物，力学多能；求实行笃，超越创新。学有大成，敢登博士院士；问鼎奥赛，无论考场赛场。鸿鹄奋志，兰桂腾芳。

十年树木，百年树人。世纪华诞，化育成林。今里程新辟，鸿梦雄飞；中西合璧，疆海联辉。一体携两翼，六环带七星。全面发展，体验多元。养正育德，益智臻精。冀母校如松之盛也，全国示范；愿师生似兰斯馨哉，俯仰乾坤！

2006 年一稿，2016 年二稿于福建省耕读书院

哲理中学赋

兴教化民，乃称兴化；开莆来学，蔚为名邦。龙门半天下，十室九书堂。道承东鲁，学启吾闽，有南湖三先生；西学东渐，玉振金声，见哲理中学堂。江汉秋阳之功，春华秋实之获，天道酬勤也。

乾坤入梦，神圣在怀。穿越三个世纪，共缔二中奇缘。发轫仓后路，复兴杨梅岭；延脉溪白境，叠翠九华山。前身书院，初号培元。蒲氏执教，改制学堂。易名哲理，感念爱生。道远知骥，一路共克时艰；传统在握，几度柳暗花明。

求知传统，长让才俊云蒸。学风久荡，古训俨然。栽松不嫌地瘦，读书岂惮家贫。春催桃李，雨润杏坛。和风梳柳，师道之化境；旁征博引，学海之津梁。莘莘十万，济济百年。砥心砺志，入室登堂。

革命传统，记取大任在肩。进退关社稷，肝胆铸春秋。锤镰标国柱，正义炳天章。继先烈之宏愿，承真理以焕然；秉将星之豪迈，挺华夏于东方。文经而武纬，志洁以行芳。巍峨砖楼在，不老是钟声！

体育传统，足令激情飞扬。物竞天择，勇者无疆。强健其体魄，文明其精神。旋风劲旅，曾征战列省；田径之乡，从脚下发祥。健儿沙场，冠军摇篮。鹰扬鹏举兮，鱼跃龙腾。聚沙成塔兮，积健为雄。

开放传统，时领风气之先。滥觞在陋巷，联袂于友邦。课程开新学，敞门育群芳。有教无类，学海铸人。名师咸集，博士担纲。进修风盛，留学成行。冀东南名校，式范华夏；愿高考红旗，续写辉煌。

名邦多文献，哲理见锦囊。艰苦奋斗，坚韧不拔，注重发展，风雨兼程。传承百年积淀，着眼民族未来，面向全体学生，培养合格人才。以特色求卓越，以创新促发展，办学模式，国际接轨。

今之起蛰也，筑梦九华麓，新序翼荔涵。遥揖壶公，聪明花开早；襟牵兰水，润物爱无疆。嗟夫！文章有道，哲理无穷。百年积淀，千载薪传。正其时也，老校发新枝，万紫复千红；木铎金声里，尽带荔花香！

2013 年秋于福建省耕读书院

锦江中学赋

马江之畔，有罗星山；锦江之口，有罗星顶。罗星山一塔巍然，称中国塔；罗星顶黉宇俨然，曰锦江中学。戚将忠魂在，东岳法缘深。古之军事要塞，今成弘学杏坛。文修而武偃，名邦之福祉焉。

锦江活水堪研墨，罗顶朝阳好曝书。明之文昌书院，清之锦江书院，皆锦中前身。春色来天地，浮云变古今。卓尔罗山第一，豁然弟子三千。摩崖走笔，砥砺春秋之志；抚剑听琴，涵泳海岳情怀。

御风迎仙寨，观澜兴化湾。龙津渡口近，通应子鱼欢。北探灵溪，可追翁丞垂钓；东眺石马，犹闻草堂书声。君谟栽松，垂阴千年古驿；晦翁溯流，寻访夹漈樵公。天地覆载，文脉绵延，山水会知音。

以兰为友，以校为心。祥云纷至，吧城堂兴。侨雄高瞻，屡扩庠舍；校友踊跃，频设基金。梓荣萱茂，凤翥龙腾，富玛万聚，迎三华祥瑞；天顺亭耸，春梅阁秀，图书馆高，启四合同门。

以人为本，以德为先。木铎七十载，金声万里传。或沉潜科技，俯仰教坛；或耽情公务，乐裁嫁裳；或濡染翰墨，摇曳诗文；或驰骋商道，绸缪发展。桃李无言，风骚各领，皆为母校争光。

岱峰拱秀，远浦归帆。山海之异趣兮，壮我故园观念，社稷情怀。江桥夜月，古寨夕阳。枌榆之恩泽兮，催人追求卓越，成就栋梁。春随中国梦，马踏宇宙风。一曲高歌摇篮地，锦江水流长！

2014 年夏于福建省耕读书院

闽侯一中赋

南国古都会，全闽大学堂。文脉迤逦，教泽绵长。旗鼓双标，文明滥觞之地；诗书一径，朱紫盈门之乡。独木舟横，水分咸淡；神灯烛照，路展蜿蜒。闽水回澜兮，望翠旗衍秀；昙山怀璞兮，冀士子鹰扬。

方圆聚纳，承启斯文。鸿儒坐镇，名重杏坛。初辟鸿蒙，设正斋于首善；延师课学，肇庠序于牧坊。城门摇木铎，南屿听钟声；沙县曾避乱，梅城且安身。沧桑衍递，岁月蹭蹬。喝三江水，究竟情钟甘蔗；吃百家饭，于今回马昙山。

圆润以成才，方正以立身。前哲有在琦宝琛，尊严师道；后昆则精英次第，材可栋梁。觉民喋血辛亥，邓拓夜话燕山，昭武铁心纳米，陈彪斗胆问天。文经武纬，才俊云蒸。进退关社稷，师生共湖山。

江汉秋阳，玉振金声。黉宇屡迁，英雄不问出处；校名几易，曲水正可流觞。今观夫闽中新址，天地之独恤焉：北邻福古要道，东倚昙石群峦；西傍耕读民俗，南挹闽水潺湲。绿色主题，如松之盛也；育人天职，似兰斯馨哉。

闽侯之幸，母校之光，功归青云不坠，百载薪传。苟无笃志博学之校训，何来高考红旗？苟无多思善问之学风，敢称教苑常青？新世纪伊始兮，双百年开篇。正能量队伍兮，园林式校园。求实求新求是，一心一轴一环。愿青春气象，地久天长。愿中华鸿梦，吾辈共襄！

2013年秋于福建省耕读书院

草堂山赋

——为母校福清市新厝镇硋灶中心小学百年校庆而作

长风荡荡，古道弯弯。道是古驿道，风是海峡风。小扁担，三尺三，一头在海，一头在山。山通岱峰麓，海接兴化湾。中拱一脊似屏，界分福莆；腰挂双梯如链，世无篱藩。东眺昭灵晓旭，北阅仙岭松烟；西邀韶溪夜月，南数芦岛渔灯。海陬之雄秀，莫过此间也。

道是人文自然，相济和衷。渔樵士子，各有所钟。唐翁丞首倡四门学，以教闽中秀士，得赐光贤文秀；宋朱熹结庐草堂山，时念夹漈四白，志启万古鸿蒙。人家不必论贫富，唯有读书声最佳。岭北之岱麓书舍，读雪耕云，叩地问天；山南之硋灶学堂，擢英毓粹，起凤腾龙。山海异趣，殊途而同臻焉。

乡风可煮，古训入心。是劲松，岂嫌地瘦；知耽读，何怨家贫？过客不需频问姓，读书声里是吾家。草堂山下，关帝庙前，摇百年之木铎，播万里之金声。古有通儒进士，现有硕学博士；文有兄弟作家，武有伯仲黄埔。鸿鹄奋志，士子鹰扬；云蒸霞蔚，唯贤是登。

今观夫摇篮地也，潮平两岸阔，海近千帆悬。经济雄起，港口隆兴。沧桑一望，稼穑随缘，而尊师重教，犹不坠青云。黉序屡新，但祈云舒千鹤；师资衍递，唯愿文脉传薪。千佛晨钟犹自在，朱子书声不记年。草堂弟子，积学储实在握，文章道德在胸，断不忘斯文承启，而教泽绵长也！

2012年秋于福建省耕读书院

滨江赋

峰延永福，泽本清源，是谓福清。金声玉振，天地融通，乃称玉融。承龙脉之华滋，山重水复；领闽都之浩气，柳暗花明。祥云在天，潜龙在渊。静卧一泓水，奔腾一道川，蜿蜒大地文章，谓之龙江。

壮哉龙江，百里归渊。源头如屏，少林雄风久驻；中流凝碧，石竹好梦长萦；下游交冲，陂横水分咸淡；临海吞吐，御风帆举乾坤。但逢端阳，龙舟竞渡，击楫声起，试看人龙。天择物竞，其乐融融。

善哉龙江，与石为盟。同肩风雨，共履沧桑。唐陂截流分灌，宋桥卧波渡人；元佛笑拥三界，明塔雄睨大千；黄阁重纶瑞气，清寨自逸歇山。城中藏龙卧虎，郭外日月星辰。是谓玉融故地，世界襟怀。

美哉滨江，山水相拥。望中千畴缀绿，岸边五马奋鬃。仁者乐山，沉静庄重为范；智者乐水，灵动儒雅为尊。惟拥山之德，怀水之志，成就阳光美少年；文武兼擅，博雅骈臻；龙骧鹤舞，无愧于炎黄。

妙哉滨江，道法自然。在山之野，在水之湄。知音之会也，当浚智以育仁。山雍雍鉴水而慧，水穆穆觐山而苏。挹天地之精气，汲古今之风神。有三声盈耳，六艺相生，龙脉之一方热土，所以冉冉焉。

钧天广乐，叩地跫音。三声播远，智融江滨。不负石之敢当，水之流觞。笑声之暖耳，歌声之畅怀，书声之润心，乃黉序宫商。三福之地，道承东鲁，学启闽中。留恋处，无须问姓，读书声里是吾家！

2016年夏于福建省耕读书院

凤丘鹤林赋

龙腾海左，凤翥江南。抚云屴崱，席地晋安。北延蒲岭，遥挹桑溪活水；东揖达摩，回望福寿全图；西傍御河，长载榕都灵气；南临明港，每闻江海渔歌。福人居福地，龙脉走龙泉。却看牛港之凤丘，山藉石雄，后汉龙虎曾篆；石以人尊，晦翁题刻焕然，曰：“凤丘鹤林。”

竹横前后屿，林蔚凤丘山。武偃文修之境，朱子讲学之坛，谓竹林书院。继绝学以致广大，训六经而尽精微。耕心岂惟半亩，读册幸有五车。彭耜慕名过焉，见丹刻与修篁掩映，晓风共鹤影婆娑，疑弱冠一梦。遂筑鹤林宫于麓，问道鞭心，修持不仕，后诏封为鹤林真人。

仙人梯鹤上，吹笙去不还。石壁草荒残刻隐，空留梯石白云间。游子乡愁之感赋者，异曲真善美，同工释道儒。箫韶九章，成于凤凰来仪。凤之丘，鹤之林，狮之嬉，鸡之鸣，天地人合璧之大观也，若因缘既定，深藏吾乡。千年一回眸，歌其歌者，幸其幸哉，福佑晋安！

斯土人文之炳蔚，远可溯闽越无诸，流杯宴集，绸缪开疆；继可追五代闽王，通津辟港，宜居宜商；后则三山养秀，鹏举鹰扬，惟读惟耕。今从生态起蛰，信将涵泳精气神；与土地修好，正可融通日月星。壮哉！民生民乐兼顾，家园公园毗连。且看云舒千鹤，海纳百川！

2017 年秋于福建省耕读书院

嘉登琅岐赋

天地之近也，在俯仰之间。陆之裙摆，海之花边，谓锦绣嘉登。看沙坡北拥，矶岛南联；金牌西耸，石鼓东腾。抚狮峦象岭，揽五虎九龙，近若股肱。更双龟把口，两马奋鬃；白猴戏水，金鸡报晓寰中。

山水之静也，与土地修好。白云观日，天竺听泉，谓自然嘉登。碎石于洪波，安流于碧海，乃大地怀柔。候鸟虔心，引北国朴树，固沙护阙。赏瓜果滴翠，观砚池流觞。国际生态旅游岛，一个静字了得。

人神之敬也，从耕读归真。芦州宿雁，罗阁书声，谓人文嘉登。唐辟海陬，宋稠庐宇，明标宦绩，清振科名。丝路延九译，蓝图接八纮。斯土之温度，在家国情怀。维桑与梓，必恭敬止，匍匐处在祠堂。

心灵之净也，共乾坤呼吸。高士谈经，龟蛇听法，谓梦想嘉登。载福甘棠港，惜缘海连江。融通儒释道，兼济天地人。今豪迈有约：坚韧拼搏，互助共存。壮哉！新时代，添真善美；大舞台，振精气神！

2018 年春于福建省耕读书院

牡丹亭赋

小引：道不虚行，遇缘则应。滕子京谪守巴陵郡，嘱范公作记，始有千年一叹："吾谁与归?"明代剧作家汤显祖谪迁徐闻，途次南安大庾，掇拾"还魂"传说，旋有逢春伤情、遇秋成恨之名剧《牡丹亭》风靡中外。故里学者谢传梅，探源《牡丹亭》本事，激活中外学术界。《牡丹亭》故事策源地之江西大余县，则欲打造"中国最纯美的爱情圣地"。感佩闽中学人杨立辉，四十载不易初心，遍访现当代文艺名家叶圣陶、刘海粟、林散之、冰心、沙孟海、陶博吾、俞振飞、贺绿汀、巴金、臧克家、艾青、曹禺、张乐平、关山月、孙道临等，汇聚百家宏愿，墨宝悉数捐赠馆藏。有感于文化起蛰，盛举同襄，爰作斯赋，与君共流觞。

易有太极，是生两仪。文因景起，景由文传，因果之经典也。景之蔚起，立见空间格局；文之薪传，辄成时间奇观。梅关古驿道，赣南大庾情。欣闻大余城关，倚东山而傍章河，古园深处，再现十景牡丹亭；老梅前头，重温四梦玉茗堂。田汉曾期许："留得牡丹亭子在，晶莹应不让金沙。"

层楼丛柚对西华，曾是南安太守衙。汤显祖流离过境，撷一梦足矣，况四梦次第，玉成东方莎士比亚。重建牡丹亭，彰显汤显祖，让美丽古典，走向青春现代。游梅花观，跨芍药栏，登舒啸阁，倚梳妆台。法自然而贯古今，与关汉卿之窦娥冤，王实甫之西厢记，同肩中国戏剧之大厦焉。

一曲《牡丹亭》，人间铸深情。因情入梦，情不知所起，一往而深；以梦入戏，戏不知所终，跨越死生。曹禺叹喟：“莫道此曲天上有，人间春歌处处闻。”臧克家坦言：“名曲当年迷心窍，佳句于今在嘴边。”一曲“牡丹”传千古，两株玉兰犹亭亭。依旧址重振圣迹，冀中国仲夏夜之梦，偕山河同庚。

清风剑气，夜雨书声。柳花梅雨间，嵌一梦字，成悲情男角；援以杜丽娘，见一亭问天。因情赴死，为爱重生。梦之穿越，情之何殇。岭色随行棹，江光满征衣。爱情经典，岂惟“红楼”；临川四梦，驿道双程。剧坛国粹不殒，赣南非遗弥珍。守望传统，深耕文化。幸甚至哉，千秋永赞《牡丹亭》！

2019 年 9 月于福建省文史研究馆

新疆奇台赋

小引：相隔卅载，两赴新疆考察。前度走访南疆，为其自然胜景所迷。此番寻访北疆，则受双重震撼：自然厚度，见奇台一地馆藏；人文深度，在援疆人员胸膛。奇台地标，古城街冲的春秋楼也。高明在于：供奉关公而不张扬，径以刮骨疗毒时捧读的《春秋》为名。其文修武备之诉求，及斯楼曾经的失而复得，一样地意味深长。眼界即世界，观感得同感，因有赋曰："此生当来新疆。"

豪放千秋，奇台之豪气也。海到无边天作岸，瀚海有边即天山。山以天名真杰士，疆既称新不纪年。先民聚落，早见石器递变；汉将开埠，都护北庭戍边。将军戈壁，英雄勇决，但求一死，籍尽我节。回唐之一德同心，日月可鉴；维族为汉将立庙，动地感天。匈奴犯我疏勒，耿恭固守孤城。凿山为井，煮弩为粮。将士尽忠，不为汉耻；节过苏武，义薄云天。家国情怀也，最养雄风。

仙风道骨，奇台之仙气也。山通南北套，地接上中台。足砥北塔，头枕天山，迤逦有如睡佛；参差冰川，蜿蜒湖泊，潺湲至若圣泉。沟渠交错，云覆古林空壑；阡陌纵横，峰隐沙薮虚间。鸟从无处有，水往高处流。坡怪千骑疾，路险百瀑徊。驼铃阵阵，知货源之丰实；酒令声声，羡商帮之摩肩。酒源古城古，新疆第一窖。烧房遗址北斗宫，杏林泉眼无声中。谈何无酒拜佛，有酒学仙？

人杰地灵，奇台之人气也。商道即人道，丝路乃活路。曾与乌鲁木齐、伊犁、哈密并称四大商都，亦获金奇台、石城子、旱码头三枚外号。唐时无数铃声遥过碛，应驮白练到安西；今则千峰骆驼走奇台，百辆大车进古城。手可探月穴兮，足宜浪天根。留连萌诗意兮，坐安起禅心。黄玛瑙，白石钱，黑石墨，紫水晶。穹庐为室毡为墙，以肉为食酪为浆。耕云钓月兮，岂惟汉唐竞风流。

福泽绵延，奇台之福气也。非福人焉来福地，有龙脉必有龙泉。林公先浚福州西湖，后修吐番坎尔井；左公奏办马尾船政，旋领命收复新疆。新时代援疆之旅，初心不二，范式前贤：守正行权真事业，平矜节欲大功夫。奇台二十景，如数家珍；将士十三躯，犹闻铁血。筑汉城演绎历史，借影视砥砺后昆：进退关社稷，英灵镇湖山。眼前无俗障，足下起祥云。国之有疆土兮，无远弗届！

历史衍脉，岁月沉香。雁影鸿声里，闽疆两地心。祈福造福，人神是以共享；知福惜福，家国之所并寄。五福骈臻，福何如哉。平沙万井，开人间之辐辏；远树千堆，掩丝路之去来。援疆诸友回榕，不忘奔走相告："平安是福，诚信是金；福泽之润，疆海相因。"天涯如咫尺，随时乐重逢。奇台之永恒，岂惟江布拉克。北山岩画，天沟恐龙，硅木匝地，胡杨誓天，皆额手："下期还来新疆！"

2019 年 12 月于福建省文史研究馆

凤凰山赋

凤凰山，翘楚乎玉融。脉延永福，见龙江吞吐；水自清源，得沐溪蜿蜒。远观五马奋鬃，近赏瑞塔抚云。西有石竹遥揖，东则玉屏御风。仰止祠古，独相高怀，乐扶持良善；抗战碑耸，有我无敌，鉴铁石同心。美哉凤凰，高翔四野，见盛德而栖止焉。

凤凰鸣矣，于彼高冈。山不在高，曾融垣北廓，凤岭烟锄。以状若神鸟，得称凤凰山，果然有仙则名。梧桐生矣，于彼朝阳。玉振金声，江汉秋阳，是谓杏坛之象。始有福清县立初中，借明德书院、文昌阁旧址草创，辄黉序次第兮，读书声里是吾家。

倚旧鼎新，若凤凰涅槃。脱胎换骨，砥砺精神，旨在其身弥健，其羽愈丰。子曰诗云，无愧三山论学；天演地择，尔来五福融通。凤鸣锵锵，更生而赋新猷者：求生存，续命脉，谋发展，获重生，争上游，铸辉煌，起宏图，谓之步步为营，柳暗花明。

慨尘亭畔，苍榕劲卧，独木成林，虬根盘错，犹壮凤凰山色。书山叠水，涓流成渊，宜乎腾蛟起凤。雏燕习飞，赛帆蓄势；寒梅吐艳，修竹扶风。记曾严勤实活，知易行难；端赖名师垂范，积健为雄。超越自我，引领群伦，唤取鹰扬鹏举，百鸟和鸣。

藏器学海，集善聚美。道循前哲，昌文明德。忠烈堂复纪念坛，千秋仰止；相思林携梧桐树，百凤来仪。敬业爱生，博学善导，名师出高徒；秉持校训，弘扬三风，硕德领群芳。壮哉，鸿梦与谨勤并济，传承共自信同臻，断不负百岁韶华，久久为功！

2020年春于福建省耕读书院

螺洲赋

闽之山，何苍苍。领武夷而迤逦，挹戴云之峥嵘。方冈踞五虎，石鼓振六军。沿途鸿儒走笔，崖刻比兴；盈野枌榆连理，植被互参。攘溪河于两便，抻旗鼓于相当。凤翥鹤鸣，率九仙而旋舞；龙骧虎步，领八骏之齐奔。葱茏乎野，锦绣斯山。翠旗衍秀也，水西一沛然。

闽之水，何泱泱。丹霞舒九曲，闽地走双龙。小时穆穆，大时湍湍；无路为瀑，有路成湾。靖姑祈雨，水部镇海，天后安澜。清籁闻海国，覆釜卧云端。螺仙胜迹古渡口，塔寺如玺水中央。听水斋词，曾清流南渐；回澜砥柱，凭天地玄黄。巡安护阙兮，去来顺水帆樯。

闽之洲，何皇皇。山鉴水而慧，水觐山而甦。门迎龙虎峁，地拥凤麟洲。尚书宅第，诗书古颍川；南宋文庙，玉振作金声。螺女神话，穿越渔樵耕读；妈祖灵光，最知江海融通。书院开明，砥砺斯文承启；宗庙传薪，进退社稷情怀。一岛一世界，是之谓："南台小福州。"

闽之贤，何拳拳。唐宋择居，夫子立庙。书声琅琅，鼎盛人文。礼部侍郎，内阁称学士；六子科甲，照壁走麒麟。花香书香墨香，恰百花洲渚；赐书还读沧趣，复北望晞楼。妙也螺洲八咏，善哉陈氏五楼。三姓簇拥，古厝毗连。鹰扬鹏举，代有名贤，端的是帝师之乡！

2020 年 6 月于福建省耕读书院

三坊七巷赋

八闽雄都，千秋福地。山海为怀，藏锋敛锐。坊巷之滥觞也，衍脉乎晋唐，宏规于明清，起蛰惟新纪。方圆六百余亩，中衢辐辏三七：西向称坊，东向曰巷。巷陌如枰，沟渠若济。宅院毗连，望族踵继。南襟安泰河墘，北抵双抛桥堍。峥嵘灰雕鞍墙，俯仰悬钟雀替。工匠之初心，成就南国古建之大观哉。

山川清淑之气，郁为人文之邦。读书为世业，士宦作悬鹄。碧纱垂户移影，皎月伴读窥人。耕心岂惟半亩，读册幸有五车。千家多朱紫，十客九青衿。论诗阁上下，听戏水中央。寻幽知鱼乐处，赓句光禄吟台。五柳孤松客，十砚莘田翁。思源泔液境，砺志蒙学堂。旸谷鹤磴，道南碑铭，斯土之无尽藏也。

白塔如剑，乌塔如松。少穆销烟，幼丹造舰，基肇于一篑；几道西学，琴南东译，智启于时艰。觉民洒血醒世，长民辑报发声。冷斋宛平御侮，晚翠捐命维新。高义薄云，进退关社稷；忠心贯日，死生炳春秋。徽因情钟营造，冰心爱燃橘灯。谋天下永福，开风气之先。一片三坊七巷，半部中国近现代史焉。

户枢声声里，岁月忽忽间。文事重名区，曾笔走他乡，书藏旧肆；遗风尚民俗，见塔展中秋，烛迎新元。折枝射虎，榅俪花灯。木画刻版，漆艺田黄。评话甘国宝，伬唱换绛桃。状元何急避，述古每听讼。别记闽都，故事郑堂。择仁善，为邻为里；爱吾庐，惟读惟耕。社火闽山巷，祈福天后宫，居乃安也。

国之瑰宝，世之传奇。海峤人文之薮，理学昌明之乡。黄璞幽居，尝过兵熄炬；刘氏开物，始电光焕然。擦拭记忆，倚故鼎新。里坊制不替，中轴线不移。曾水流一湾，涓赴四海；丝路两线，梦寄八荒。今潮平两岸阔，九州一脉；海近千帆扬，十邑同风。坊巷之斯文承启，熔古铸今，当无愧乎有福之州！

2015 年一稿，2017 年发布，2021 年改定

冶山赋

小引：冶山，闽越文明滥觞之地，闽都文化发祥于此，福州建城两千两百多年的肇启标志，是福州的“原点”和“城市之根”。

冶山因其敛锐藏锋，而隐身“三山藏”之列。其实汉唐时期即有望京之名。累代的开凿营造，致一山多名：泉山、欧冶池山、将军山、城隍山、王墓山。

一楼且镇海，万树任屏山。千年一回眸，将福州的历史底蕴、文化遗产挖掘出来、保护下来、亮相出来、分享开来，让外界共同领略：闽都城垣的演进，古厝名贤的可敬，觐山鉴水的照映，剑胆琴心的灵应。冶山春秋园的主题，恰在“天地人和”之间。

走进历史，俯仰冶山之敬。春秋五霸，战国七雄。纵横捭阖，风雨如磐。汉无诸有福，王闽越而都东冶，坐稳龙脉之腹。有欧冶子铸剑故址，觐山鉴水，福泽绵延。鸟篆之戟，淬火之池，一刃锋出中原，一刃锋出闽越，乃神来之笔。剑胆琴心，城市肌理；止戈为武，休养生息。凭五度为都，六次扩城，越过千又千年，百年又百年，踏出有福之州一豪歌。曰：“一篑为始基，中国有圣人。”

相约斯文，呼吸冶山之静。上友不羁云，下友忘年石。偃武修文，肇乎威武军门。坐扶国祚齐箕翼，愿挽天河洗甲兵。闽王高怀，宁为开门节度使，不作闭门天子。天开文运，学置四门；铜壶滴漏，九曲流觞。北枕将军山，南拥大考场。学优而仕，儒风蔚然。家有洙泗，户承邹鲁。缦胡之缨，化为青衿。三山璧联于后，五虎秀拔于前。为国求贤，州闾大光。登斯山也，静观群彦汪洋。

感荷天地，清享冶山之净。崇古之地，开化之乡。唐使李椅，移儒学于文庙；宋设贡院，蔚考场于大观。无懈无怠，知本知源。不学为耻，习学为常。兴废千古事，净手拭时艰。善待前贤，古厝仁寿可仰；感念国老，中山有堂同尊。莲荷盈塘，游目青蘋之末；亭阁倚岸，侧耳喜雨无声。冶灶知何处，抚藓识汉风。山之秀耶，压彼沧溟。蕴此至灵，谁德不馨？无尘摩刻，原来净手书丹。

扪我心襟，丈量冶山之近。三山藏，三山现，三山看不见。北捧五云听凤，南来勺水跃龙。天演地择，蒙郭璞之慧识；城隍递衍，借严高之迁城。鼓楼雄起，浮屠双标；样楼镇海，铁佛摩穹。湖派东西，宜游宜溉；杭通上下，可旅可商。山在城中，城在山中。河道成航道，边城是港城。冶山即泉山，从来多福；此方非远方，自古有诗。潮平两岸阔，九州一脉；海近千帆扬，万里同春！

2021年秋于福建省耕读书院

庆云寺重光记

名山藏古刹，好雨借祥云。泰宁庆云寺，夙称峨嵋庵。肇基于宋季，捐建赖状元。地维神州十大名镇，背倚全闽第二高峰；袖舞竹林十万，案举笔架双重。曾闻华南虎啸，时听梅花鹿鸣。登顶可阅金湖凝璧，临渊可赏游鱼成群。丹霞地貌，藏风聚气，世界遗产，千年不替，固远图之宏规焉。

法不孤起，遇缘方生。庆云寺近代高僧并峙，一慈航菩萨，一优昙长老。慈航垂髫开蒙，弱冠启悟，剃度于庆云寺，脉衍乎峨嵋峰；学从太虚大师，法承圆瑛大师，授记为曹洞宗四十七代传人。但以一甲子之圆满，践行出家、受戒、弘法之僧伽三部曲，足迹遍布缅甸、新马诸地，累办佛教学院，薪传空门火种。尝以佛心为己心，师志为己志，力倡人间佛教思想。恪遵教育、文化、慈善三大办教理念，弘扬太虚之人生佛教精神，留传著述百又三十万言，为汉传佛教走向世界厥功至伟。

慈航乃证道之菩萨。于台湾弥勒内院示寂后，历五载而肉身不坏，遂予装金安座供养，成为宝岛首尊全身舍利。半个世纪后，经两岸联袂力行，慈航菩萨得遂夙愿，以肉身菩萨分身圣像，回归大陆泰宁之出家祖庭。

今兹兜率化现，伽蓝重辉，悉赖住持本性大法师，承弟子之愿心，集四众之援力，为弥勒应世、慈航归宗，而广辟道场、大兴轮奂。期以佛心正人心，佛道辅世道，荣佛耀祖，护国佑民，将庆云寺建成南北传佛教交流之视窗。

庄严国土，利乐有情。冀天下第一湖山，因慈航归里以臻弘化；

愿佛门千秋勋业，蒙春风化雨而蔚大成！

2010 年秋于闽都

崇恩禅寺碑记

高山有寺，曰香灯禅寺，可溯乎有唐。原寺宏开六扇，前后三落，侧附一榭。中殿供佛教列尊，两厢祀道教诸神，附榭为文昌阁。世事沧桑，文物蒙尘，历史际遇若此，怨尤无益。唯拂拭记忆，传承法脉，再造轮奂，方为上策。

法不孤起，依缘而生。适世纪新元，政治清明，经济复苏，台海安靖，文化勃兴，禅门之重光，正其时矣。先有众乡贤大德，勉力鸠资，倚原址重构梵宇，规模粗具。今有虔诚佛子，中国首善，于寺侧兴办德旺中学，延师课士，化育新人。并发心扩建禅院，广袤百亩，次第六进，为表崇德向善，知礼感恩，取名崇恩禅寺。原址右侧筑道场一座，沿用香灯原名，内奉道家诸神，以志儒释道骈列，天地人共融焉。

德不孤，必有邻。学子偕弟子共勉，书声与梵呗相闻，蔚为左海丛林之大观。斯域之人文谐和，德义同臻，乃吾闽之文明气象，玉融之千秋善缘也。上善若水，利万物，唯不争。兜率净土，利乐有情；德以旺族，福而耀华。斯之谓：“庄严世界，理想人间！”

2012 年夏于闽都

金尊妈祖铭

邈邈天穹，荡荡海域。波涌渺冥，风云莫测。
涛浪旋行，狂飙时作。九牧默娘，义行相诺。
临难舍身，道承天德。顺济呈绥，巡安护阙。
大爱在怀，悲心在握。懿范咸钦，坤仪永式。
黎庶同虔，皇廷累敕。海靖总司，扶危佑客。
普渡慈航，广施福泽。高义薄云，功垂六合。
神像今兹，金尊足赤。祖庙增辉，遐迩共祝。
善信感恩，尚飨奠帛。千载歌吟，八方鼓瑟。
幸矣吾湄，昭灵万国。炳蔚寰中，光彪史册！

2014年春于福建省耕读书院

附录

《根的魔方》序

陈章武

章汉的书稿搁在我的案头很久了，但我答应为他写的序却迟迟未敢动笔。忙，忙于装修，忙于搬家，忙于当外公，忙于为自己的一部书稿做最后的润色，自然是一大原因，但真正让我感到为难的倒是：这序很重要，但却不好写。说它重要，因为这是章汉近二十年来散文随笔作品的总汇，是从长长短短两三百篇、洋洋洒洒五六十万言中精选出来的，分量之重，不言而喻。说它难写，因为章汉毕竟是我的同胞兄弟，畸轻畸重，说好说坏，都难免有悖“为亲者讳”的古训，分寸感难以把握。

但章汉对此却毫无顾忌，始终认为我是作序的最佳人选，因为我对他太了解了，毕竟同父同母同根所生，甘苦同尝荣辱与共走过了大半辈子，且从来没红过一次脸，吵过一次架，手足情深，血浓于水。

即此一端，也可以看出我和章汉在个性上极大的差异。一事当前，他总是往最好的方面去想象、去努力，乐观、豪迈，充满自信，在勇往直前中让生命之火充分燃烧，尽管他的理想有时也会在现实面前碰得头破血流。而我总是把困难估计得过于严重，瞻前顾后，犹豫彷徨，从而错失许多转瞬即逝的良机，自我扼杀一些本可稍加发掘的潜能。

比如，在“以阶级斗争为纲”的年代，一个“莫须有”的罪名，逼得父亲不得不挥泪告别教坛，返乡牧羊，每天在山坡上默数小羊，就像他当年在教室里为小学生点名一样。受其株连，我这全省文科

"高考状元"上不了重点大学，毕业时想读研究生也不敢报名，而"年少不知愁"的章汉，居然兴致勃勃参加体检，梦想投笔从戎，当一名光荣的人民解放军，结果当然是事与愿违，落得个"政审不合格"的下场。此后，他种过田，晒过盐，收购过蘑菇，当过罐头厂的车床工等，照理说吃的苦比我多，走的路比我曲折，但我老是夹着尾巴做人，与世无争，他却始终锋芒毕露，哪怕返乡务农，在秧田里插秧，也要插出全村最直的秧行来，以此显示他完全有能力出人头地。

又比如，同样以散文为文学创作的起跑线，我一辈子只在这一亩三分地上精耕细作，日出而作，日落而息，不管其年景如何不好，收获如何微薄，也不管别人的地上如何姹紫嫣红、热火朝天，我目不斜视，从不旁骛。但章汉却不愿在同一棵树上吊死，他虽然因在同安出生而得了个乳名叫"安生"，但似乎从来也不肯"安分守己"，总喜欢"打一枪换一个地方"。20 世纪 90 年代初，他的第一本散文集《人生的履痕》出版之后，又一批散文新作陆续在全国性报刊上发表，其中，《跳跳鱼钻豆腐》一文在《散文》月刊上刊载后，还得到著名电影演员达式常先生的青睐，声情并茂地为之在中央人民广播电台朗诵播放。正当捷报频传、势头看好，我满怀信心期待他乘胜前进，拿出更为出色的第二本散文集时，不料，他却突然改弦易辙写起了长篇报告文学，一写就是几年，几乎把原先的散文创作优势全放弃了。待这部长达三十万字的《江口风流》在北京人民大会堂成功举办研讨会之后，他又突然迷上了儿童文学，一口气写出九十九篇成系列的儿童文学作品，并结集为《童年真好》一书，把自己童年时代的"趣事、羞事、蠢事"一股脑儿兜了出来，在全省各地签名售书时，颇受小读者、家长和老师们的好评，以至于该书连续加印两次，总印数突破一万大关。然而，就在这好评如潮声中，他又"移情别恋"，一会儿写起歌词，一会儿摆弄起电视纪录片的文学脚本。他虽不是美学家，却举重若轻，鼓捣出一部《美感百题》，得到美学界泰斗王朝闻先生的肯定；他虽不是文字学家，却又歪打正着，炮制出一部《说字写文》，还得到北大名教授谢冕先生的嘉许。至于逢年过节，我一向对热闹场合避之唯恐不及，他却像演艺界大腕一般到处赶场，又唱又跳又朗诵又当节目主持人，甚至不惜学鸡鸣狗吠逗人取乐且乐在其中。难怪朋友们尽往他家跑，因为他常常能给大家带来轻松、快乐与欢笑，尽管其中很多人也是我的好朋友。他们批评我为人太刻板了，就像写在方格稿纸上的楷书，一笔不苟，而章汉却是率性为之的行书和草书，尽可伸胳膊蹬腿、拳打脚踢，有趣，痛快！

说起书法，据章汉回忆，他是在小时候看见我用毛笔字书写家书，他对信封上的隶书尤为羡慕，这才萌生了对书法的兴趣。如今，我笔墨荒废已久，从不敢在人前胡乱涂鸦，他却舞文与弄墨并举，一跃成为小有名气的书法家，其作品，尽管十之八九是自费笔墨纸张替人白写的，但哪怕只有十分之一的有偿服务，其润笔费，也大大超过我那广种薄收的散文稿费，以至于我后来购房装修，都不能不仰仗他慷慨解囊、鼎力相助。

他每次破门而出、另起炉灶，我都免不了要给他泼点冷水。他呢？出于对兄长的尊重和礼貌，总是虚心接受而坚决不改。也许，在他看来，我的执着与坚守，淡泊与沉稳，是保守，是迂腐，是作茧自缚，故步自封。同样，他的多才多艺，求新求变，在我看来，又难免会分散精力，浪费才华。好在他学什么像什么，且往往很快便能捧回一大堆奖状奖杯之类，使我在惊愕之余，又不能不心悦诚服，自愧不如。

但毕竟，章汉的诸多文体创作实践，都还得益于他散文写作的功底，况且，随笔、杂文、报告文学等等，原本也都属于广义的大散文范畴，只不过它们后来各自强大了，这才在文学体裁分类学上独立门户，与狭义的散文隔邻而居罢了。本书取名《根的魔方》，本意是喻指家庭、家族、家乡的亲情，犹如盘根错节，不断向四面八方延伸，在我看来，也有点像章汉的作品，把散文这条根，长长地伸进其他文体，犹如魔方一般，在急速的旋转中，让不同的块面闪射出不同的色泽与光彩。其中，就散文作品而言，他继续保持并发扬以往的特色，以带有自传性质的记叙为主，抒写有关童年与少年，有关亲情、爱情与乡情的情感波澜，“酸楚与欢愉同发，苦涩与甘甜杂呈，是一曲曲忧欢交替的心弦独奏，更是一篇篇字里行间洋溢着真情挚意的美文”（曾焕鹏：《联袂攀文山双辉映艺苑——略评章武章汉的散文》）。与此同时，我还注意到他写出了另一组超越原有题材、颇具特色的人物散文，如《白色联》《笑的哲人》《公家的舅舅》等。其中的《白色联》一文，把镜头对准农村中的弱势群体，写出了“番薯仔”这个人物在长期政治斗争中被扭曲的性格以及不曾泯灭的善良本性，以及被时代的发展无情抛弃的悲惨命运，这在当时的文坛上，可谓空谷传音，难能可贵。

当然，在本书中，随笔与杂文的数量大大超过散文。其中，也包括 1992—1995 年间，我俩联手在《福州晚报》和《湄洲日报》先后推出《骥斋随笔》专栏时的作品。当时，我俩就像他在《戽水》一文中所写的那样，一左一右，共拉一个戽桶，从山潭里戽水浇田，每周一文，轮番上阵，不亦乐乎。兄弟俩共同的家庭出身和文化背景，共同的价值取向和道德评判标准，使我们的作品在选材和立意上比较接近，而不同的审美意趣和个性的差异又在文风上拉开了彼此的距离。但不管如何，兄弟俩同台亮相，演出一圈圈“二人转”，倒也瑕瑜互见，相映成趣。在我看来，论章法的严谨、内容的厚实、分寸的把握，他可能稍逊于我；论思维的敏锐、文笔的俏皮与泼辣，我则远不如他。记得专栏刚结束，就有论者曰：“章汉的文章，随意多了，但他才华横溢，笔致灵动，善于化腐朽为神奇，嬉笑怒骂皆成文章，尽管有些文章思想内容不如章武的厚实，个别地方还有点横逸斜出，但可读性一点也不比章武的差。”（鞭骥：《以文载道各臻其妙——

“骥斋随笔”摭谈》）

此后，“兄弟不下马，各自奔前程”，我全力投入山水游记写作，他则在四面出击之余，不时杀个回马枪，写点杂文随笔，于调侃与幽默中仍然保持着针砭时弊、匡正世风的勇气与锐气。其间，他还以《红蓝墨水》为总题，写出编辑手记十五则，道尽“为他人作嫁衣裳”的种种甘苦。他还在《福建日报》读书专版上开过一阵子《骥斋书话》专栏，为读者奉献出十多篇读书随笔，浓浓淡淡的书卷气，多少为他增添了学人的儒雅风度。在图文书畅销的今天，章汉还为一些大型画册如《冰心爱典》等撰写配文，自然又得另换一副笔墨，于是摇身一变，他又成为多情的诗人了。

近几年，由于旅游业的勃兴和城市文化景观建设的需要，他屡次奉命写赋，《闽都赋》《鼓山赋》《马江赋》《长乐赋》等便是他呕心沥血之结晶。他的赋气势磅礴，文采飞扬，音韵铿锵，朗朗上口，颇得社会各界好评，以至于北京有人戏称章汉的赋为“汉赋”，连万里之遥的甘肃河西走廊也有慕名前来求赋者。对此，我在赞赏之余，也劝他赶紧见好就收，切不可写得过多过滥。毕竟，赋在形式上的严格要求使它在内容上受到很大的限制，而散文的出现，最早便源于对韵文与骈文的反动，古人好不容易才打破押韵、平仄和对仗的桎梏，作为散文家的章汉，何必还要在今天重新戴上这些镣铐跳舞呢！何况，赋往往还要镌刻在石头上，要经得住时间的考验与后人的评说，其中难免会有一些非文学因素在起作用。这回他倒也听话，除了被委派的任务，其余能推则推，若纯属商业行为，哪怕一赋万金，也要尽力婉辞。

文学之路，是一条只有起点而没有终点的路，一条鲜花与荆棘并存且往往荆棘多于鲜花的路，又是一条充满竞争、淘汰率极高、往往行百里者半九十的路。在这条漫漫长途上，我和章汉之间，既是亲兄弟、好伙伴和同盟军，但同时，也是一对战略竞争对手。过去，他自认为一直在追赶我的背影，如今，我又常常听见他的脚步声从我身边蹿了过去。所庆幸的是，我俩从没停下各自的脚步，对生活的热爱伴随着对文学和艺术的热爱始终是我们前进的动力，只不过我所追求的目标比较单纯，充其量不过是一名单项运动员，而他，眼观六路、耳听八方，十八般武艺样样俱全，是一名多项全能运动员。在公众场合，过去，他刚出道时，人们总是介绍道“章汉，是章武的弟弟”，如今，人们常常倒过来介绍道“章武，是章汉的哥哥”，足见章武老矣，而章汉依然年轻，尽管他只比我小五岁而已。

信笔写来，这篇序文已经颇有一些篇幅了。文如其人，我之所以写了许多有关章汉人生经历的往事，无非是想为读者在阅读本书时提供一些类似于“相关链接”的背景资料。至于作品本身的成败得失、优劣功过，相信读者见山见水、见仁见智，自有高明的评判，也就无须我多加饶舌了。是为序。

2004 年中秋–国庆于榕城金山新骥斋

《说字写文》序

谢冕

这本书由“说”字而“写”文。从书名看，它让人联想起东汉许慎的《说文解字》，那是中国文字学的开山之作。正如作者自述的那样，这本《说字写文》不是严格意义上的学术著作，它只是一本随笔集。虽说只是散文一类的文学写作，但却是一本让人看了喜欢的、别开生面的随笔的合集。

读到这本书的清样，我的第一个感觉是，陈章汉先生的文章越写越活泼、越写越漂亮了。前些年我曾为他的长篇报告文学《江口风流》写过评论，那时就对他把握和处理复杂问题的能力以及精致深刻的文字功夫有很深的印象。从那以后，只要碰到他新发表的文字，我一般都不会放过阅读的机会。

陈章汉先生文思如涌，笔墨丰彩，且各种文体都写。除了用白话写作之外，他还有用文言写作的文字。近读他的《闽都赋》，不觉眼睛一亮，那真是一篇文采飞扬的美文：“中原士族，数度南奔。文化交汇，俊彩星驰。唐宋以降，文风日炽；书声盈巷，科甲联芳；刻书成业，闽学蔚起。路遇十客九青衿，海滨邹鲁，誉之当矣！”这样的文字，在当今年轻一代的作家中，已经很少有人会写了。作为闽人同里，除了钦佩，读之更感亲切。

这本《说字写文》的书名，是从《说文解字》谐音引申而来。作者声明，它基本无关训诂，甚至也无涉考据，即不属于严格意义上的学术书。它只是“虚虚说字，泛泛写文”的一本随笔集。但细读此书的读者，一定会在作者这些自谦的文字背后，发现他深刻的人生思考和严肃的治学精神。（他自己也说过："旁征博引的材料，必得重新检索；记忆中的东西，没有确证亦不敢滥用。"）

说此书是随笔集，这点我是同意的。但我对此要加以补充，即它不是一般意义的随笔集，作者有自己独特的总体构思以及有异于常的写作向度和切入点，这就构成了本书在同类书中无可替代的地位和价值。本书写作的特点，简单地说就是：每一篇文章都由一个汉字命名，围绕这个字展开一个有趣的基本上属于历史文化范畴的话题。约有六千年古老历史的汉字，本身的形成和发展的史实就非常丰富，是世界上最古老的文字之一。它形声表意，自成一个系统，是中华文明的象征。每一个汉字的背后，都寓含着一个悠远的历史，可以演绎出一串有趣的故事。这种写作本身，就具有极大的丰富性和挑战性。作者本人也由于这种写作而获得展现自己才华的机会——由这个汉字的引领，他可以汪洋恣肆地遨游在这个浩瀚的世界里。

从总体上说，此书说五十个汉字，写五十篇文章。至于说哪些字，写什么文，作者并无特别用意，自述只是"随机取样"，有很大的随意性。但读过此书的读者都会在作者的这些"随意"中，不难看到他的认真的用心和严肃的态度。一题既定，他的写作灵感顿时便活跃了起来，他一心一意地调动着平日的知识积累着意于发挥：峰回路转，信马由缰，柳暗花明，海阔天空。谈古论今，溯流讨源，纵横捭阖，看似东拉西扯，却是左右逢源。信手拈来，举重若轻，如好友谈心，又如长者话旧，虽语多警策，却涉笔成趣。往往是，言说活泛而有序，文理整饬而不滞，在轻松愉悦中见精神。

本书虽优点多多，然细究亦有不足。从总体上看，"写文"的部分较充分，而"说字"的部分相对要弱。虽然不是意在考订辨证，但从已有的写作来看，对所涉及汉字的有关史实是有所论述的，不过还是有不满足之感。文章若能就这些字的历史沿变，对它的形义声训消长推衍做必要的推介，使读者不仅了解这些字在当下所拥有的新意(关于这点，本书有很大的贡献，如对“发”“酷”“泡”“炒”等字的解释)，而且也了解这些字义的历史变迁，岂不更好！当然，我的这些意见可能是超出了作者写作的初衷，有些勉人之难的味道。因为我们是老朋友，我想陈章汉先生是会宽待我这些意见的。

2002 年 7 月 1 日于北京大学中文系

打赤脚上路

——《人生的履痕》读后

俞元桂

多年来，常有学生送我新著，心里总会涌起一阵欣慰之情。不久前，章汉托人带给我一册《人生的履痕》，装帧不俗：封面是一幅斜阳瀚海的摄影作品，寓意深远，色彩鲜亮；封底有作者的近照，一派新潮模样。章汉在校时，我在当系主任，知道他是一位文艺活跃分子，话剧、书法、绘画、篆刻等都能来一手，快人快语，干练灵活，壮硕匀称，算得上美男子。现在正值盛年，竟抚弄起人生的琴弦，我于高兴之余，不免有点诧异，因而产生了披阅的兴味。

这个集子颇有可读性，不知不觉很快就看完了，章汉的童年、少年、青年、壮年的生活境遇，历历在目。每个人都是这么成长起来的，似乎没有太多的事好说。章汉把他的成长同他所处的充满传奇意味的时代紧密地联系起来，以他的生活和心灵来映照多彩的富有戏剧性的年代，那年代的的确确规约着千万个家庭的命运。于是，在我记忆中的这个快活的小伙子所拨弄出来的悲与欢、失望与希望、热烈与冲淡的曲调，也牵引了读者的神经。

作者家住近海的山村，幼年随当小学教师的双亲在海滨生活，青年时伴回乡劳动“改造”的父亲熬过苦难，“文革”后又幸运地考进高等学府深造，然后，就投身于熙熙攘攘的城市人海里。海的浩瀚与奇妙，山的坚忍与浑厚；学校里的图书翰墨，城市里的五光十色；讨海姑娘、山村老汉、拨乱反正后的高校学友、改革开放中的机关同事……这些人、事、景、物以及所酝酿的可喜可乐、可悲可叹的种种，都渗入他的生活而深印在他的人生履痕之中了。

我读完了这集子之后，纠正了我收到书时的最初印象：在相片中章汉披着现代派的衣裳（牛仔衫），而其躯体却深栽着传统的血液，他是山村质朴子弟。他的父母虽是农村知识分子，可能留给他若干文艺因子，至于品格却还是道地的。我们在集子中所感受到的作者对于乡土和人物的热爱，对于忠诚于教育事业的父母、共患难的妻子和兄弟的热爱，以及对学习、对工作的热爱，海样的深藏，山般的坚定，达到执着、迷恋的程度。也是由于这样的意念，他紧握"正义之戟"，对无理想、少主见、没有事业心、缺乏社会责任感、忘恩负义、见风转舵的人，给以严正的批评和嘲讽。他突出"人择"的主题，因而他的文章具有阳刚的抒情色调，同时也表达了他对人生的理性感悟。

章汉从山乡打赤脚启程，走人生的路，海与山成全了他的艺术创造，使他的感觉与联想带有鲜灵的风味。比如他写，"我是在一位讨海姑娘背上开始认识""海的热情而恬淡的形象"：

"帆一般颜色的衣背上，汗渍渍的一摊，时大时小，时伸时屈，那便是大海的潮汐？我仿佛寻着了海风的足迹。"

读到这段的时候，不由得感到新鲜，而认定确是作者创造性的发现。书中有不少这般的神来之笔。还有，海与山给他的作品增添了不少趣味，如《肩火》《山例·海例》之类。我以为散文不能失去趣味，应该有情趣、意趣、理趣和语趣。幽默乐观原是山野之人的本性，作者一些描写城市生活的作品并未放弃这个特色，如未名沟的吊脚楼降格成大街的"屁股"之后的许多充溢着灵感的笔墨，确为名副其实的"青色幽默"。

作者是"老三届"，学习上进的路曾意外地中断了，加以家逢厄运，更加剧了他对知识的饥渴。一旦获得了上学的机会，他的读书需求几倍地爆发开来，从而使他的文字显出书卷气，许多词汇，不少典故，和文中的野趣相映。读书也启迪了他的理性思索，他善于从平凡的事物如手表、檐头水中发现哲理。

我写到这里，不禁有点自得之感，觉得脸上生光。其实，章汉只是我广义上的学生，他未曾得到我的丝毫教益。不过这也无妨，因为我们是同乡，我应该为以人文著称的乡土多一位后继者而高兴。老来我颇相信命运与风水，今年初，我曾同章汉和其兄章武等去了一趟湄洲岛，回榕顺道参观一下他们的出生地“岱麓山庄”。如果作者不是生在这近海的山村，又遭逢那戏剧性的岁月，其人其文怕不会是这样的吧！人，是大自然之子，我希望居于城市中只能在电视机里看到海与山的孩子，应该有更多的机会接受大自然的温存。

1990年10月

《中国结》序

郭　风

曾经拜读过陈章汉同志的长篇报告文学《江口风流》，认为它是一部颇为独特的纪实作品，它在北京人民大会堂的作品研讨会上得到专家的普遍好评，并在福建省第十届文学奖评奖中夺魁是意料中的事(后来又获福建省第二届百花文艺奖)。不想现在又得以读他的《中国结》的书稿，深感欣喜。

《中国结》是一部报告文学集。章汉同志长期从事编辑工作，同时是个记者，因此不仅写散文，也写报告文学。《中国结》是他十几年来所写的报告文学作品的选集。我学写作散文大约有五十余载吧，但未尝写作报告文学。此外，报告文学又读得很少。不过，徐迟同志的《哥德巴赫猜想》等一经问世，使我大开眼界，猛然觉悟报告文学竟有此等精品。后来，又后来，听说报告文学格外繁荣，使散文瞠乎其后；有些忧时之士似乎还指出，与小说、报告文学相比，散文衰落了。对于这些话，我个人只是听听而已。因为，小说和报告文学对于我来说，的确读得太少了，无从做出自己的“评估”，也无从与散文创作相比较而得出何种“结论”。这是题外之话。

这次我读了《中国结》中的《啊，中国结》《两张合影后面的联姻悲喜剧》等报告文学作品，虽然觉得还不能与徐迟同志的精品相比，但个人看来也是一种佳作。所以多次得奖，也是十分自然的。因此我还以为这样的报告文学，出现得越多越好。《啊，中国结》是作者参加历时一个月、行程六千里的台湾海峡西岸考察采风的纪实，很有特色地记录了福建沿海（海峡的这一岸）包括岛屿上两岸人民悲欢离合的遭遇，以及翘首期待两岸人民团聚与和平统一之善良的强烈意愿（像东山岛上所出现的“寡妇村”的历史悲剧再也不能重演了）。

我觉得感人的文学描写、抒情和发表议论，在《中国结》中随处可得。我喜欢如此言之有物、充满时代和历史的声音、抒发人民的意愿而颇具文学光彩的报告文学。而《两张合影后面的联姻悲喜剧》以及其他数篇报告文学、特写作品，都具有此等特点。另外我还应该提及他的近作《台湾行十日手札》《文代会手记》等，不仅内容充实，有卓见，而且在报告文学的表现方法方面，有一种独创性，这是一种贡献。

我曾在《稀饭和地瓜》（此篇拙作原发于1990年7月号《散文》，已收入拙著《汗颜斋文札》中）的开篇处，写了一段手记：“在作品中，注入民俗趣味。民俗趣味是不知不觉间进入民心的生活情调……”我读了章汉同志的获奖散文集《人生的履痕》和即将结集出版的许多作品，譬如《探海纪事》《古道弯弯》《如烟三题》《兴化古风》《莆仙民风》以及《戽水》《肩火》《不求人》等作，深感这些散文，颇具我所称的民俗趣味。作品中流动着一种民间的、令人怀念的、祖先遗传下来的生活情调，流动着一种民间的古老的智慧和创造性，而作家的笔致又是如此的朴实。《中国结》虽是些报告文学、特写作品，却仍保持着他的这种散文风格。我老是说，章汉同志的这类散文、特写是我国当代别具一番色彩和滋味的佳作，在某种意义上说，丰富了我国的当代散文文学。

最后，我还应该提及本书中的《弯曲的教鞭》等作，这些作品具有报告文学和散文融化于一体的美丽，散发出作品的纪实性、抒情性以及地域性和散文所特有的一种文学香味，很值得我们品味。因之，既丰富了当代散文文学，又丰富了报告文学的多样性，展示了作家在文学创作方面探索新途径的开拓精神。

1998年10月于福州凤凰池八旬斋

《江口风流》序

吴建华

通读作家陈章汉的长篇报告文学《江口风流》，你会觉得好像在读一部新时期多侧面的社会信史，又像看一本记述可靠的古代笔记小说（如《世说新语》），或像展阅一卷乡土气息浓郁的《清明上河图》一样，可以窥见某个时期的社会缩影，同时得到审美的愉悦。不仅如此，社会学、民俗学、心理学以及教育学、宗教学等方面的专家们，也可以从这里找到丰富的感性材料，从而激活和深化他们的理论思考。

《江口风流》以福建著名侨乡莆田江口镇在改革开放中崛起为社会背景，选择、熔炼普遍存在的生活事实，特别是把对社会现象的真实描绘和对人的心灵的深入开掘紧密结合在一起，既有新闻通讯质朴、敏锐地反映现实生活的特征，又有适当的艺术加工和适度的塑造想象，使得作品凝重而又灼热感人。

作品一开头就突破了单一的社会视角，获得了较开阔的视野。那些富有传奇色彩的故事和人物显示着江口人独特的感知和行为方式，不仅有其奇诡的魅力，而且不显生涩和虚假。作家像手握着一把闪光的手术刀，在轻轻地剖视江口镇的昨天：战乱导致生灵涂炭，以致“锄头玩玩”解决不了温饱而民不聊生；大批江口人被迫当作“猪仔”贩运到印尼后，“开山、挖矿、筑路、造田、开辟橡胶园，完全失去人身自由，只剩思乡之泪剥夺不去”，许许多多的妇女构成了“以青春殉情的一族”……江口镇的昨天是何等惨烈！但作者似乎无意于感叹命途多舛，深究历史曲直，而是直面现实："咱这地方为什么老留不住人呢?"

于是，作家以群众一员的身份和眼光，以及对时代色彩准确的点染，从众多人、事中抽取具有典型性的素材，刻画一群具有典型意义的栩栩如生的"父母官"形象。这一群立志"就地闹革命"的"父母官"，最令人难忘的，当推江口镇前任党委书记王天全。作家的笔蘸着情、蘸着泪："我王天全剩下的日子就交给江口了!""这一年，他正好五十岁。"就这么一个"知天命"的"父母官"，带领江口人民"只争朝夕"，大力发展多种经济。围垦造田，营造万亩果林，兴办乡镇企业，发动旧镇、旧村改造，大抓党的基层组织建设和精神文明建设，仅用八年时间，便使江口镇告别了"贫穷"二字，发展成为年产值高达十几亿的名闻遐迩的明星镇。王天全也在"鞠躬尽瘁，死而后已"的无上境界中完成了生命的壮丽。作家在追述王天全政绩的同时，又使我们看到了另一面，这便是共产党人的高风亮节和奉献精神。王天全的一生几乎可比拟为沙粒在蚌壳里磨滚成珍珠的过程。

作品还把触角伸向江口镇创业史中的各行各业各色人等，他们的所作所为、所思所感，他们的奋进、欢欣、激昂、困惑、沉沦和活跃的思绪，无不跃然纸上。这些看来并不起眼的"芸芸众生"，却在人生的舞台上，演出了可歌可泣的雄壮活剧。而这些，只有作家为之动情、为之震撼，然后全身心投入；或者恰与他们相碰撞、相对视，才可能迸发、牵引出如此有价值的内容。章汉抱病骑着单车，穿街走巷，如大海淘金般，去探寻江口人的生活轨迹和内心世界。无论写谁，作家总是有意无意地将视线掠过人物内在的心理演变，使事件和空间随着人物心理流程而向前漂流；作家的笔，又像长上想象的翅膀，突破时空阈限的束缚，"精骛八极，心游万仞"（陆机《文赋》），使人物美妙的心灵，贴近生存心态，洒上自然美的各种色彩，使人倍感亲切。其中《不打不相识》一节就是佐证，这也说明作家能够驰骋的领域相当广阔。

《江口风流》在真人实事的艺术记录过程中，在触及一些尖锐的社会问题时，情不自禁地发出感叹，做些分析，涌现出简洁独特、蕴含哲理的警句，将真实性、思辨性、政治性和抒情意味融于一体，仿佛在与读者促膝谈心，自然地启人思考。

文学面对的永远是整个世界，在历史、现实、地理的三维交点上，演绎出万千奇美壮丽的艺术图画。《江口风流》以其深邃的历史感、强烈的现实感、浓郁的乡土气息，构成了改革开放大潮中王天全们艰苦创业的宏伟画卷，散射着撼人心魄的艺术力量，同时向你证明：艺术的生命来于创造，源于生活。

我惊叹《江口风流》的艺术魅力，更敬重王天全们的开拓与奉献精神，于是欣然为之作序，并借此缅怀为了《江口风流》的出版而献出宝贵生命的作家出版社副总编秦文玉同志。

1994年11月26日于莆田

风流人物数今朝

——《江口风流》再版序

许培元

元月 5 日，陪文友陈章汉到湄洲妈祖庙朝拜妈祖。因为，在众多妈祖信徒的捐助下，在湄洲南轴线圣殿中，又增添了两尊可圈可点可歌可泣的妈祖圣像，一尊是缅甸翡翠打造的，一尊是黄金打造的。千足金打造的妈祖金像，凝聚了祖庙董事长和虔诚的企业家的一番心血，需要配上一篇铭文，其诗文书法应该并茂，谁堪当此重任？官方和民间均选择了陈章汉主席。

章汉一直担任福州市文联主席，退休之后，舞文弄墨，痴心不改，又是撰联作赋，又是冲刺书法，相继成立了九赋工作室和福建省耕读书院，忙得不亦乐乎。他本人调侃说，我现在是“赋联主席”，赋债累累。因为《闽都赋》一炮打响，名闻遐迩，各地请他写赋的络绎不绝，应接不暇。

不过，在章汉创作生涯中，他念念不忘的是他的第一部长篇报告文学《江口风流》。笔者有幸与这部作品结缘。1993 年年底，莆田市委决定将《湄洲报》（四开小报）扩版为《湄洲日报》（对开日报），让我出任总编，我硬着头皮挑起重担，请省新闻界和文艺界的老领导、前辈和老乡文友们支持。《湄洲日报》于 1994 年元旦正式创刊，除新闻外，另一重头戏是副刊。郭风、许怀中、章武、章汉等都成了副刊的座上宾。章汉当年深入老家江口采风，拟创作长篇报告文学《春秋代序》，讴歌江口巨变。基于新闻记者的敏感性，我斩钉截铁地决定，在党报副刊上每天连载章汉的《春秋代序》，最后有的章节甚至在头版底栏发表。时间已证明，当年批准《春秋代序》在党报上连载是正确的，受到广泛好评，同时提升了党报的品位，让副刊充满了改革开放味、乡土味，或曰向广大读者传递了正能量。

1995 年元旦过后，作家出版社出版了章汉的《江口风流》（前身即《春秋代序》），这个书名改得好。毛泽东词《沁园春·雪》，在评点了秦皇、汉武、唐宗、宋祖、成吉思汗之后，豪情满怀地高歌："俱往矣，数风流人物，还看今朝。"

笔者在莆田任职多年，耳闻目睹了江口的侨乡巨变，有些项目、某些事件还是参与者。如今重读《江口风流》，感到格外亲切，爱不释手。蒙章汉友厚爱，叫我为《江口风流》再版作序，受之有愧，却之不恭。笔者欣然命笔，写了这些文字，权且充为《江口风流》再版的读后感。因为十年前，我在《湄洲日报》上发表一篇书评，题目是：《"锦江春色"的赞歌——〈春秋代序〉读后感》。

我想以本文加上原来的读后感交卷，不知章汉和广大文友认可否？

2014 年元月 8 日于莆田

《美感百题》序

许怀中

新月纤纤的夏夜，小会客室里，晚风从天台徐徐吹进，驱散了炎热的暑气。我在翻着刚由上海文艺出版社寄来的新近出版的《中国现代小说理论批评的变迁》样书，心中荡起一阵难以言表的感情波涛。回想三年前，正是这样的酷暑，我在汗流浃背中写完这近三十万字书稿时的情境，不能不陷入了沉思。

这当儿，章汉送来他的一叠厚厚的书稿，要我写序，并希望在月底前写好。

游累了会海，爬倦了文山的我，心中略一迟疑。特别是一看到是美学方面的书，便有点望而生畏。因为我曾在大学的书斋里苦读过黑格尔、康德的美学著作，啃得大汗涔涔。近年来也断断续续读了报刊上发表的美学论文，有些文章也读得颇为吃力。因此，心头一时笼上畏难情绪。但当我想起作者写书的艰辛，又随手翻翻书稿之后，看到书稿字迹十分清楚工整，文笔通脱流畅、饶有趣味，便欣然应诺了。

在工作之余，我便关在燠热的房间里，把电风扇开到最高档，在习习“人造风”中，一页一页地读下去，终于读完了。放下书稿，听到窗外夏蝉在声嘶力竭地通报着高温的信息，而我醉心阅读时，居然一点也不理会这份气象报告。从这一点也可以说明，这本书所具有的那磁铁般的吸引力。

我很欣赏作者在《后记》里所写的由赴宴避坐主桌的狡黠，回观本书的写作，也许正是要觅取那种“少些规矩”和“大可随意”

的自由度，而力避与习见的著述法“同桌”的。诚然，作者运用了他较顺手的散文笔法，记录了自己在美的“迷津”前的许多感觉，写得挥洒自如，无拘无束，可谓天真、无羁、通脱、随意。

自然，这不是深奥的美学专著，有别于体系俨然、思辨性极强的文艺理论学术著作，也和美学界的高谈阔论迥异。但它自成格局，特别是通过轻松、优美的文字，引导你去感受自然美，领略景观美，观赏人体美，窥探心灵美，涉足人的社会美，锻炼行为美，熟谙艺术美。作者正如一位知识丰富、语言生动、亲切自然、颇有风度的导游员，把人们带入一片美的山野，一所美的园林，一座美的殿堂，一列美的画廊，一条美的街巷……从而流连在广阔的审美时间和空间，涉猎中外古今的美学现象，接触现实生活的五彩缤纷，翱翔在想象和幻想的浩渺世界。从中得到一点启示，引发各自的联想，对历史，对过去，对现实，对周围，对未来的美，有所感悟，有所启迪，有所钟爱。

作者是个共青团的干部、青年杂志的编辑，他在业余发表了不少散文，屡有获奖之作，并有文集出版。他正处华年，精力充沛、求知欲旺盛，生活和著述的道路伸向长长的未来，这本书自然只是写作生涯中的一块里程石，也是进取途中的一个新的起点。

本书系“青少年经典文化轻阅读丛书”中的一本。应该感谢福建教育出版社为青少年开辟了学习新天地，为那些疲于考试的莘莘学子打开一扇知识窗户，送给他们一股清凉的风。读了章汉这本熔思想性、知识性、趣味性、科学性于一炉的美学的书，我作为一个“大”的读者，也受到一股清风的撩动。

1991年春作于福州

《美感百题》题签

王朝闻

美学理论的表达方式多种多样，你以散文的特长对美育性的写作，定将与更多读者交上朋友。学术的深度不能因通俗化而贬值，摆出莫测高深的架子反而更加显得浅薄。

1991 年在厦门